天秤型を成す大陸パルヴァには、『魔術』という神秘のすべが、いまだ日常のなかに存在していた。

パルヴァの片翼に位置する幻術国家リアは、魔術師を多く抱えている。

だが、現在のリア皇国は、皇帝と法王、この二大権力が衝突し、小競り合いが尽きない。

皇帝に忠誠を誓う騎士たちは、閉鎖的気質の魔術師を排して、国を覆う神秘の衣を払い、
新たな歴史を作ろうと動き始めた。

時代の転換期に、争いはつきもの。

主義の異なる魔術師と騎士の対立は、終息の気配を見せず、国に濃い影を落とす。

影のなかには、人世の騒乱を好む『悪魔』が潜んでいるという。

『悪魔』の名前を呼んだとき、物語は波瀾万丈の幕を開け——。

ア大陸
ラスタスラ
オスロル
ハルグラム
リア皇国
真国
シエル
（エンピス＝シエル）
華々しい経歴を持ちながら、
ある事件により失脚した
上位魔術師。
ジャヴ
（スウィートジャヴ＝ヒルド）
重力の塔で〈塔の貴石〉と
称えられた魔術師。
シエルを師と仰ぐ。
リスカ
（リカルスカイ＝ジュード）
花を媒体としなければ
魔術を使えない花術師。
他の魔術師からは〈砂の使徒〉
と呼ばれ蔑まれている。
普段は術によって性別を偽っ
ている。

パル
アレクファンド帝国
リッシャ
ガラス
ファー
レノダン
セフォー
（セフォード＝バルトロウ）
伝説の剣術師。無慈悲な殺戮を繰り返すことから〈死神閣下〉の異名を持つ。ひょんなことからリスカの護衛をすることに。
フェイ
青年騎士。誤解から、リスカに暴力をふるい地下牢へ閉じ込める。
ティーナ
（フィティオーナ）
リスカの店に媚薬を買いにきた高貴な婦人。どこか暗い影をまとう。
ゼクター＝ワイクォー
将軍と対立したため王
から堕ちてきた伯爵。
ティーナの夫。

Riska & Sefo & Fei

花術師

Kajutsushi

糸森環

＊目次＊

第一章

【1】

いざ舞い狂え、常世《とこよ》の花よ。

＊　＊

白い、白い上弦《じょうげん》の月が、甘く柔らかな光を地上に注いでいた。
そっと優しく、孤独な迷い子へ慈悲の手を差し伸べるように。
ゆえに、リカルスカイ＝ジュードは走る。
月の光を背に浴びて、枯れ葉舞い散る雑木林のなかを、ただひたすら走り続ける。

＊　＊

冬華祭《とうかさい》。

天秤《てんびん》大陸の右翼にあるリア皇国の東の辺境地に、峻厳《しゅんげん》な山脈を背に抱えたオスロルという小さな町が存在する。

地図にも載らないようなこの最果ての町では、本格的な木枯らしが吹く前に、季節がもたらす恵みに感謝して七日のあいだ、大掛かりな賑々しい祭りが催されることとなっていた。

往来にずらりと並ぶのは大輪、小輪の祝い花。色鮮やかな幟旗《のぼり》。大気も香る雲ひとつない晴天の下、布がはためくさまは虹の波かと思うほど。

赤と黄金の色に染め上げられた落葉の路を行き交う人々の足音も、弾むように高い。

なにしろ町をあげての感謝祭だ。開催はまだ先の話だというのに、大広場にはすでに祭壇が組まれ、軒々では神迎えのための風車がいくつも回り、物資を運ぶ荷馬車のおとずれも絶えない。大広場へと続く通りの石畳もすべて、ぬかりなく磨かれている。

中心部が活気づけば、日頃は静けさに包まれている周辺の様子にも、変化が生じるというもの。

町外れにぽつりと建った、あきらかに繁盛とは無縁のでたらめな店——いたるところを蔦《つた》にまかれ、なおかつ多種多様な花に埋もれた怪しい外観のこの店もまた然《しか》りで、ささやかながらも確かに恩恵がもたらされるのだ。

つまり祭り目当てのふところ豊かな旅人が店に迷い込み、なかなかに逼迫《ひっぱく》した明日の暮らしを支える貴重な金を落としていってくれるという次第だった。そう、花屋と誤解して。

晩秋の穏やかな日差し舞いこむ昼下がりのこと。

本日十人目となる客人が、リカルスカイ＝ジュードの——リスカの店を訪れた。

「店主、こちらの商品はなに？」

古びた木棚にぎっしりと隙間なく陳列されている商品を物珍しげに眺めたあと、客人はそう言って頭を覆っていた布をずらし、隅の勘定台に座っていたリスカを見つめた。

「治癒《ちゆ》の花びらです」

リスカはにこやかに答えると、相手を不躾《ぶしつけ》にならない程度に観察した。

不思議な客だった。老成した雰囲気にはそぐわない、清く柔らかな微笑。年齢も性別もつかみにくい。静謐《せいひつ》が似合う優雅なたたずまいは、生まれのよさが感じられる。

いったいどこの貴人なのか。鋭い目をした従者が数人控えていることから、ただの旅人ではないと知れるも、どうやらお忍び旅行の様子。リスカは詮索をよした。

「治癒？」

「はい」

リスカは勘定台を離れ、瓶のひとつを手に取って、きょとんとしている客人のほうへ近づいた。

「初見の方は大抵、私の店を花屋かと誤解されるのですが」

蔦にまかれたリスカの店兼家には、様々な花を栽培する庭があり、遠い異国から取り寄せたサクラという名の不思議な木で周りを囲っている。

井戸の側には、これまた遠き異国から取り寄せた、ウメという名の珍しい木を植えていた。

蛇足だが、壁のでっぱり部分やらサクラの枝やらに絡みついている植物は、またまた異国より手に入れたフジなる名を持つ花で、それらは春になると奇麗な色合いの蕾《つぼみ》を見せ、目を楽しませてくれる。

「うん、わたしも花屋かと。外にも花が多く咲いている」

リスカはにこやかな表情が崩れないよう、商人根性を燃やして堪えに堪えた。

いやあ実はおっしゃる通り、花屋と勘違いさせて来店してもらう作戦でして、などと内心で小狡《ずる》い事実をひっそり告げてみる。花屋と誤解させねば客が寄りつかないだろう、という過酷《かこく》な現実からは、そっと目を逸らしておいた。心の平安を守るために。うむ。

「普通の花も多少は扱っていますけれどね、主な商品は棚の花びらです」

「花びらを売っている？　造花ではなくて本物？」

リスカは軽く笑った。最初はみな、怪訝《けげん》そうな顔で説明を聞く。

「観賞用の細工物ではありません。色によって様々な効能を持つ花びらです」

リスカは棚に並べてある瓶へ手を伸ばし、鱗《うろこ》のようにまろやかな光沢を見せる青い花びらを一枚取り出して、指に挟んだ。

使い方は簡単だ。身のどこかにふわりと載せるだけでいい。すると花びらが淡く輝き、肌の奥へふうっと染みこむように溶けていく。

「あなたが手にされている瓶のなかの白い花びらは、負傷時に治癒の効果をもたらすものです。そちらの瓶にある黄色の花びらは、障気《しょうき》を払う護符《ごふ》がわりになりますね。青い花びらは精神安定。淡紅色は病をやわらげ、水色は結界を作ります」

「この、紫色の花びらは？」

「それは風の刃を生むもので、戦闘時に使用します。剣士向きですね。赤い花びらは媚薬《びやく》用」

よく売れるのは、もっぱらこの媚薬の花びらと、強壮剤がわりの橙色《だいだい》の花びらなんですけどね、と胸中で呟き、リスカは笑みをたたえたままちょっぴり虚《うつ》ろな目をした。

いやいや、人の欲望に限りがないからこそ、地味なリスカの商売もなんとか成り立つわけで、いやいやいや。悩んでいない。

「おもしろい。花びらにそんな効果があるなんて。私は旅が好きで、パルヴァの大陸各地をよく回る。昨年はアレクファンド帝国の首都ガラスへも行った。けれど商い街でも、こういった特殊な花びらは見たことがない」

「アレクファンドを旅したことが？　十五年前に起きた貴族間の内戦があとをひき、まだ完全には復興に至っていないとか」

「いや、都市部はもう以前よりも栄えているよ。地方も少しずつ活気を取り戻していると聞いた」

「そうでしたか。あそこはもともと沃土《よくど》に恵まれているし、現王はお若く賢君《けんくん》だと聞くから、しばらくは安泰でしょうね。むしろ気がかりは、河涸れの問題で辺地の砂漠化に悩まされているファーデル真国ですか。リアとアレクファンド、左右に豊かな資源を持つ国に挟まれて、なおさら穏やかではないでしょう」

天秤型を成す三大国家についてのあれこれは、旅人とかわす世間話の定番だ。

大陸全土の名をパルヴァといい、軸となる位置にファーデル真国、左天秤にはアレクファンド帝国、右にリスカが暮らすリア皇国が存在する。長い歴史を持つこの三大国が中心となって近隣の経済援助を必要とする貧困国を支えたり、激しく分裂を繰り返す遊牧民族の動向を監視しているのだが、近年では武力侵攻の脅しも辞さぬファーデルの圧制により、服属を余儀なくしつつある。

　また、天秤大陸の周辺には杯からこぼれ落ちた飛沫《ひまつ》のごとく、小さな島々が点在していた。それらの島は〈神の涙〉と称され、独特の文化を持つ少数民族が生活している。

「穏やかでないのはリアも同じだが、魔術師が多いこの国は保守的だから——ああそうか、わかった」

　話の途中でなにか思いついたらしい客人が、ふと声音を変え、手のなかの瓶を熱心に見つめた。

「これは、魔術。店主は魔術師殿なのだね。花びらに魔術を仕込んでいるのか。そうだろう？」

　感嘆の声に、リスカは少し笑みを強張《こわば》らせた。魔術師。その通りだ。だが——。

「そういえば店主。秘なる力を抱く魔術師なら防御の術にも長《た》けているだろうが、やはり警戒するにこしたことはない。とくに夜間の戸締まりは厳重に。先刻ね、怪しき風体の者たちがあたりをうろついていたよ。思いのほか賑やかな町のようだけれども、この店は民家と離れているから、立地的に悪人の目にとまりやすいのでは？」

「本来は人の出入りが少ない町なのですが、祭りの始まる時期ですから。旅人の訪れも増えているようですね」

「旅人だけならいいけれど。最近はどの村々も、とみに揉め事が多く思える」

「王都の乱れが一因でもあるでしょう」

　現在のリア皇国は、先帝崩御を契機に絶え間なく小規模の闘争が繰り広げられ、安寧《あんねい》とはほど遠いと言わざるをえない状態だ。なにしろリアには二つの勢力が存在する。

　宗教界の頂きに立ち術師の擁護に力を注ぐ法王と、貴族を中心とした騎士団を抱え政権を掌握する皇帝。聖俗それぞれを統治するこの二柱がリアを支えているのだが、今は隣国のファーデルと同様、武力優勢の時代だ。新皇帝が国政統一という名分を掲《かか》げて軍事力強化につとめ、かつてない勢いで聖界の支配をも目論んでいるのだ。おそらくは法王を完全に排して帝権を確立し、より独裁的な専政を敷きたいのだろう。

二分化された権力というのは、どうしたって争乱の種になりやすい。

いつの世でも、皇帝が教会の所領地を欲したり、逆に法王が政《まつりごと》に関与して世俗への影響力を強めたりと、様々な形での対立が見られたが、この数年は、いずれ大きな内戦が始まるのではと危惧《きぐ》されるほどに、聖俗両界の均衡が崩れている。

二柱の政争の余波は、王都のみならず辺境の地にまで拡大し、いたずらに人心を掻き回している。とくに施政者の膝元で暮らす貴族たちにとっては、この先美味しい汁が吸えるかどうかの瀬戸際だ。些細《ささい》な変化さえ見過ごせない、緊迫した毎日を送っていることだろう。

まあ、王都を遠く離れたリスカには、さほど関係のない話だ。

「あなたもこちらへは見物に？」

先ほどのリスカのように、客人の微笑がぎこちなくなった。

この反応からすると、推測通りにどこかの貴族のお忍び旅行だろう。

もしかすると、他国の貴人が賄賂《わいろ》やら人脈やらを駆使し、違法な手段でリア皇国へ遊学に訪れたという可能性もある。

というのも、リスカの母国であるこのリア皇国は、俗に〈神秘を抱く幻術国家〉と呼ばれ、他国と比べて魔術系統の修学環境が整備されているのだが、ひどく古めかしく排他的なことでも有名なのだ。

〈鉄壁〉と揶揄《やゆ》したくなるほどの鎖国体質《さこく》は、リアを語るうえで外せない肝要な特色でもある。

自国民が各地域へ活動拠点を移すのは概《おおむ》ね自由だが、魔術の研究目的ではるばる渡ってきた国外の者などについては、大抵門前払いで追い返してしまう。一般の無害な旅行客にすら、入国の際には事細かな審査を繰り返し、そうたやすくは受け入れない。

はるか昔から受け継がれてきた国の頑《かたく》なな気質は、他国より幾度となく通達される苦情や勧告をものともせず、決して変化しなかった。

時の流れに左右されないというよりは、時自体が失われてしまったかのような頑陋《がんろう》な老国だ。

これは多分に法王側の意思を反映しているため、諸外国と陸海両面からの交易をさらに活発化させたい皇帝との衝突理由のひとつになっている。

ともかく――こういう閉鎖的気質が大きな障害となるために、他国の貴人のなかには正規の渡航を諦め、危険を承知で密入国する剛毅《ごうき》な者までいると聞く。

目の前の客人も、もしかするとその類いであるかもしれなかった。

「うん、見学にね。この町は興味深い」

「おもしろいでしょう、オスロルは辺境地だというのに、町の形状がリアの王都ラスタスラに酷似しているんです。こちらへ来られるとき、見ましたか？　町を囲う黒水と赤水の川」

「見てきた。〈双頭の蛇川〉と言われている細い川だろう。確かに王都と造りが似ているね」

「リアは、川の国としても有名です。いたるところ、川、川、川です。国内のどこを旅しても、飲み水に困ることはありません」

「でも、そのままでは飲めない。黒水は苦いし、赤水は泥臭い」

小さく笑う客人に、リスカも同意を示した。

「我が国のことながら、本当に不思議な川です。道と同じ数だけ川があるのではと思います。その昔、黒川からは銀石が採れ、赤川からは砂金が湧き出たとか。なんにせよ、水を清める浄石《じょうせき》は旅の必需品ですね。私の店にも置いていますよ」

と、雑談の合間に少し商売気を出してみた。

「ではその浄石と、こちらの花びらを一包み分、いただけるか」

客人は笑い含みにそう言って、手にしていた瓶をリスカに差し向けた。

「ありがとうございます」

リスカは七枚の花びらを薄紙に包み、太い撚《よ》り糸で丁寧に封をした。

「また来る。花屋ではない花の店、気に入った」

世辞だとわかっていても褒められれば嬉しいもので、リスカは気をよくし、礼がわりに小さな花束を作って客人に持たせせた。狙い通り、代金にずいぶん色をつけてもらえ、しめしめとほくそ笑み……ではなく、穢《けが》れない純粋な笑顔を作りつつわざわざ道にまで出て、立ち去る客人を丁寧に見送った。普段、ここまではしない。邪心まみれである。懺悔《ざんげ》したい。

……などという浅はかな反省は長く続かなかったが、冬華祭効果か、貴人めいた旅人が去ったのちも客足が途絶えることはなかった。

リスカはほくほくとしつつ商売に勤《いそ》しみ、そうして間抜けなことに肝心の盗賊対策を怠った。

ただでさえこういった辺鄙《へんぴ》な町は、治安がすこぶる悪く危険であるのに、犯罪事件がさらに増加するだろう大祭の時期に自衛と警戒を怠るなんて、愚の極みだ。

強盗に金品を奪略されても文句は言えないし、みな今日を生きるのに忙しく、利得が絡まない限り、誰も親身になって同情などしてくれない。

リスカもこの町の不文律は十分承知していた。そのつもりだった。

しかしだ、リスカの結界はなんとも融通がきかず、悪人ばかりか他の無害な客まで阻《はば》むという厄介な面を持つ。なので日中は解放し、就寝時、我が身の安全を守るため家屋の周囲に守護結界を再構築する、という策をとっていた。

なぜ今宵にかぎって結界を張らなかったかというと、月が天頂に近づく頃、教会預かりの妊婦の容態が悪化して、顔見知りの神父が駆けこんできたためだった。

間の悪いことに彼以外の神官はみな不在で、薬師も留守ときていた。

そこでリスカは、治癒の術を依頼する神父に付き添い、教会へと足を運んだ。

妊婦の容態を安定させ、店に戻ったときにはすでにくたくただった。

眠気に負けて、そのまま寝入ってしまったのだ。

結果、闇が最も濃い時刻に、夜盗の襲撃を受けるはめとなった。

「ありえない……」

家中を荒らす夜盗の隙をついて、命からがら外へと逃げ出したリスカは、絶望的な思いで呟いた。

こんなしょぼくれた店に目をつけ、金品を盗もうとするとはどういう了見なのか。

どうせ襲うのなら財産が溢れていそうな豪邸を狙ったほうが現実的だし効率的だし満足度も申し分ありませんよきっと、と思わず微妙に卑劣な考えを抱いてしまう。

とりあえず助けを求めて民家が点在する方角へと向かってみたが、自分の不運が原因なのか、見回り兵すら現れない。

「どこに行けばいいのかな。衛舎《えいしゃ》は確か、反対側の道……うう」

まったく、どうすればいいのだろう、この状況。

走り回って窒息しそうなほど呼吸が荒い。逃げ出す前、無慈悲な夜盗に散々暴行も受けたため、身体中が錆びついているかのごとく軋《きし》んでいる。

髪もぼさぼさだし、きっと全身にいくつも傷ができているだろう。

泣きたい、とリスカは内心で少しだけ弱音を吐いた。

店を荒らす男たちの、すさんだ暗い目を思い出す。一人、リスカと同じ魔術師がいた。

闇に堕ちた不穏な眼差《まなざ》しは、他者を穢すことにもはやなんの躊躇《ちゅうちょ》も罪悪感も含んでいなかった。

魔術師が嘲笑《ちょうしょう》とともに吐き捨てた罵声が、今も鼓膜にぴたりとはりついている。

「おまえも魔術師か。だが、その力は歪《ゆが》んでいるな。劣弱な魔力。異系の魔術師め」

劣弱な魔力。異系の術師——なんて痛烈な嘲《あざけ》りだろうか。

魔術師にとってこれ以上ない侮蔑の言葉。なんたる不名誉。

他人に指摘されるまでもなく、魔力のいびつ具合はリスカ自身、嫌気が差すほどよく理解している。だが、望んで異端者の立場になったわけでは当然、ない。

言葉はときに、魔物へと変わる。たやすく脆《もろ》い精神のなかに侵入し、思う存分食い散らかす。

一旦呼吸を整えるため立ち止まり、リスカは道の脇にそびえる太い樹幹を支えにして、大きく喘《あえ》いだ。

醜き異系の術師。

夜空に瞬く星を見上げるうち、意識はゆらゆらと波間をくぐるようにして、数日前の記憶のなかへと潜りこんだ。

不思議な雰囲気の客人の他にもう一人、夜盗の襲撃を案じて警告してくれた者がいた。

魔術師の知人で、名をスウィートジャヴ＝ヒルドという。

「リル、護衛くらい雇えばいいのに」――リスカをいつも〈リル〉と愛称で呼ぶ彼の姿が、脳裏にぼんやりと浮かぶ。こうなるなら出費を惜しまず、腕の確かな護衛をきちんと雇うべきだった。

危惧が現実となったあとに忠告の重みを理解するなど、みずから愚か者だと証明したようなものだった。

＊　＊

「見つけた」

休息をとっていたのはまずかった。

夜盗は諦めずに、リスカをしつこく探していたらしい。

こちらの行動を先読みし、町中へと続く大通りの前で待ち伏せしていたのだ。

おかげでリスカは、今来た道を引き返し、四方八方をあてずっぽうに走り回って、とうとう雑木林のなかにまで逃げこむはめとなった。夜盗たちは執拗だった。店内で争ったさいに彼らの顔をはっきり目撃してしまったので、おそらく見逃してはもらえないだろう。

「待て、向こうだ、向こうへ回れ！」

夜盗たちの怒声にぞっとしながら、リスカは懸命に足を動かした。

無意識に唇を噛《か》み締めたとき、柔らかい泥土の表面に盛り上がった木の根に足を取られ、危うく転倒しそうになる。崩れた体勢をなんとか整え、リスカは再び走り出した。

木々の輪郭を曖昧《あいまい》にする闇の彼方から、獣《けもの》の遠吠えが聞こえる。笑いさざめくような、木の葉を揺るがす夜風の音。はるかな高みできらめく星の瞬きさえも耳を澄ませば聞こえそうだが、それらすべての音は、自分の荒い呼吸ですぐさま掻き消されてしまう。

「逃がすな！　つかまえろ！」

しつこい！　と叫びたいがその瞬間、正確に場所を把握されることは間違いない。

「くそったれ、なんの収穫もなく引き下がれるか！」

寛大な心で譲歩してみませんか、そうすれば私の感謝という小さな収穫がありますよ、などとリスカは内心で呟いた。冗談であっても声に出してみる度胸はない。

「おい、魔術師。あの野郎はどの辺にいるんだ。魔術で探知は無理なのか」

男たちの苛立ちあらわな嗄《しゃが》れ声が近距離から響いた。

リスカはわずかな逡巡《しゅんじゅん》の末、ゆるいうねりを見せる樹幹の陰に身を隠した。不用意に移動して音を立てるよりも、じっと潜んでやりすごすべきだと判断したのだ。

夜の気配に包まれた枯れ草の臭いが濃厚すぎて、鼻につく。湿った土の臭い。年月を重ねた樹木の臭い。まとわりつく臭いの全部が鬱陶《うっとう》しくなり、リスカは軽く首を振った。雨のように冷たい汗が幾筋も頬や首を伝った。

「俺の魔力は熱源感知を得手としない。だが、必ずこの一帯に隠れている。その程度の気配は読める。月光の精度が魔力を高める」

「つまりはっきりとは場所がわからねえのかよ。役に立たねえな」

毒づく声を聞きながら、リスカは一度、月を仰いだ。

今夜は一段と明るい。樹木の幹も白々と、かすかに発光しているように見える。

降り注ぐ月の光はこれほど貴《たっと》く美しいのに、今はまばゆすぎて涙がにじむ。

「魔術師」と呼ばれた者の説明通り、リスカの肉体のなかで、低い温度で燃える魔力が月の光に呼応していた。

ざくり。地表に敷きつめられた落葉を踏みしめる音が、さらに接近した。

リスカは身体を硬直させた。

「おい、逃げている野郎も魔術師だと言ってなかったか？　転移の術を使えるやつもいると聞く。ならばすでに逃げられたあとじゃねえのか」

夜盗の一人が、リスカの隠れる樹木の側で足をとめた。もうひとつ、こちらへと近づく足音は、魔術師のものだろう。

「いや、転移の心配はない。あれは、魔力に歪《ゆが》みを持つ術師だ」

「歪み？」

嘆息《たんそく》しそうになるのを、かろうじて堪えた。

「あれは〈砂の使徒〉と呼ばれる魔術師だ。手に刻印が浮かんでいた」

「なんだって？」

「特定の道具を使用せねば魔術を使えぬ異端術師のことだ。逃げたところを見れば、さほどの力量でもあるまい」

魔術師の説明に、リスカの唇が歪んだ。

リスカは本来なら――体内に渦巻く魔力の含量のみで言えば、きわめて希少な聖魔級、それも〈高位魔力〉と呼ばれる上等な力を持っているはずだった。

上位魔術師は幻術国家リア皇国内においても、数えるほどしか存在しない。

だが現実のリスカは魔術師として認められず、生涯半人前扱いをされる身だ。魔力を満足に操れないせいで。

そもそも魔術というものは、系統が複雑に枝分かれしている。

攻撃系、使役系、治癒系、防御系などと一口に言うのはたやすいが、たとえば召喚《しょうかん》系の術を操る場合、魔物の住処自体に幻界、平界、根界と独自の多様な支配領域があるため、まずはそこの基盤言語から解明していかねばならない。

また、籍を置く門派が違えば、むろん扱う学術本も異なるので、一生を費やしてもすべてを学びきれはしない。ゆえに魔術の道を歩む者は身に宿る力の質と位を考慮し、特定の分野を専攻して習得に励むのだが、初歩的な術学についての理解はやはり必須となっている。それぞれの基本を知らねば、選別のしようがないためだ。

やがて自分なりの呪術《じゅじゅつ》を考案し、独り立ちする。基礎から応用へ、改良から開発へ。それは普通の学問においても、至極当たり前のことだ。

なのにリスカは、応用ができない。

門派や系統の問題ではない。上質の魔力を持ちながらも詠唱《えいしょう》で魔術を発動させられないために、致命的な欠陥があると判断されてしまう。

これが魔術師仲間に〈砂の使徒〉と蔑視《べっし》される所以《ゆえん》だった。

己の美を鼻にかけたひとつの高慢な宝石が、醜《みにく》いもののなかに埋もれていればより美貌が輝くと浅はかな知恵を巡らし、砂漠に飛び込んだ、という寓話からきている呼び名だ。

結局、その宝石は、迎えにきた優しき神が差し伸べる慈愛の手からもみずからの意思でこぼれ落ち、いつしか抜け出せないほど砂のなかに深く埋没してしまって、二度と美を誇ることができなくなる。

要するに、どれほど強い力があってもそれを表に出せないことを、揶揄《やゆ》しているのだった。

リスカはまさに砂の使徒。花を媒体としなければ、魔力の一切を行使できない。

魔術においてそういった厄介な制限を持つ者は、正規の魔術師として永遠に認められず、真名以外を名乗ることも許されない。

扱う媒体名をとって、リスカの場合は『花術師――かじゅつし』と呼ばれている。

これは、秘密にしていれば誰にも知られずにすむ……とはいかない。

夜盗たちの会話は正しく、砂の使徒には独特の特徴が身体にあらわれるのだ。

「こうしていても埒《らち》が明かねえ。一旦店のほうに戻るか。油断して舞い戻ってくる可能性もあるだろう」

「だが、確かに気配の残滓《ざんし》が読み取れる」

「うるせえ、姿が見えなけりゃあ、気配もくそも意味はねえよ。戻るぞ。明け方になれば必ず道へ這《は》い出てくるはずだ」

捜索に見切りをつけたのか、夜盗の男は忌々《いまいま》しげな口調で吐き捨て、渋る様子の魔術師を促してようやく去っていった。リスカは、遠ざかっていく男たちの黒い背を木陰からそっと見つめた。

彼らの姿はすぐさま闇に飲まれ、うかがいしれなくなった。

リスカは十分な時間を置いたあと、幹に背中をあずけて深々と溜息をつき、月明かりに自分の左手をさらした。人差し指を覆う、花の模様。まるで入れ墨のようだ。

この花の刻印のせいで、と苦々しく思う。

魔術師が修学のために集まる王都の『重力の塔』から去ることとなったのはすべて、周囲の冷笑や見下す眼差しに耐えきれなくなった自分の弱さが原因だ。

けれども、我が身の腑甲斐《ふがい》なさを恨み、だらだらと無為に落胆ばかりはしていられない。前向きとはいかないまでも、自分にできることをしようと奮起し、流浪の果てに辿り着いたこの町で商売を始めたのだ。

以来、かなりの頻度で暮らしに貧窮《ひんきゅう》しつつも、なんとか独力で生きてきた。

そうして安定を見せ始めた矢先に、この襲撃である。山あり谷あり暴風雨ありの人生だ。

多少なりとも剣技を身につけていれば、野蛮な男たちが相手であっても怯《ひる》まず対峙《たいじ》できただろう。だが、リスカは多くの魔術師の例に漏れず、肉体の鍛錬などには消極的であったため、基礎体力に自信がない。鋭利な輝きを見せる剣を突きつけられれば、なんとも情けない話だが、怒りよりも先に恐怖が芽生えてしまう。

都合の悪いことに、自分自身に施していた、とある秘密の術もちょうど効力が切れていた。

そう、リスカは防衛手段のひとつとして、普段から性別を男だと偽っている。

まあ、その、それに、外見だって、別に卑下するつもりはないけれども、あまり人様に堂々と誇れるものではなく……つまり貧弱な部分がなきにしもあらずなので……ええい、単刀直入に説明しよう。どうせ髪もぼさぼさで灰色だし、痩躯《そうく》で、艶麗《えんれい》さとは正反対の淡白な顔貌《がんぼう》をしているのだ。わざわざ大仰《おおぎょう》な魔術で（リスカの場合は一旦花びらへと魔力を注ぎこまねばならないが）外貌《がいぼう》そのものを変化させなくとも、単純に性別のみの転換術を施すだけで、皆、リスカがれっきとした青年だと信じて疑わない。

いや、青年ではなく栄養不良の血色の悪い少年だと思われている可能性のほうが高い。

美貌の影などかけらも感じられないので、倒錯《とうさく》趣味に傾く男の魔術師から、妙な誘惑を仕掛けられることもない。

別に慕われたいわけではないが、かすかに悔しい、というか複雑な気分になる。

魔術師には結構容姿の優れている者が多いのだ。もちろん、転換術やらなんやらで、本来の姿からかけ離れた容貌に変身している場合が大半なのだけれど。

それでも一人暮らしには危険がつきまとうと案じ、リスカは念のため、昼間は性別を変えていた。

しかし、暴力の気配で神経を昂《たかぶ》らせている輩《やから》には、外見など些末《さまつ》な問題だろう。

リスカには理解できないが、血の色や香りは人をひどく酔わせるという。残酷に暴虐《ぼうぎゃく》的に。

夜盗たちに女だと知られたら、また新たな恐怖が生まれそうだった。店を襲われ、陵辱《りょうじょく》され、あげくに殺害されるなどごめんだ。

「どうにかして切り抜けないと……花を探してみるかな」

雑木林に逃げこめたのは、こうなると、ある意味幸いであったかもしれなかった。野花を手に入れられる。細かいことを言えば、魔力を注ぐにしてもよくよく花を吟味《ぎんみ》せねばならないのだが、切羽詰まった状況では藁《わら》にもすがる気持ちだった。

花術師は花の種類、色、開花の程度によって、魔力の引き出され方に大きな差異が生じる。治癒には治癒に適した花が必要で、結界や攻撃系には生命力の強いものを選ぶ。

なかには、魔力を受けつけず弾いてしまう頑固な花もある。延々と魔力を搾《しぼ》り取るといった厄介な特性を持つ花まであった。

どのような花でも自由に魔力を流しこめるのならば苦労はなく、露骨な差別もされない。

それでも他の砂の使徒と比較すれば、花術師は魔術の幅が広いといえるだろう。

花の種類自体が数千、数万と存在するためだ。

目くらましに使う程度の小花なら簡単に見つかりそうだ、とリスカは楽観的に考えた。

だが、忘れていた。

「今は秋だったっけ……」

もうすぐ秋の踊り子が去り、冬将軍が到来しようかという頃であるのを完全に失念していた。

夏場に比べ、野花の数は激減している。

くわえて、いくら月が明るいといっても、闇夜に包まれた雑木林のなかで、足下に生える秋花の種類などぱっと見分けられるはずがなかった。地面を覆う枯れ葉では代用できないし、そもそも追われている状況でのんびりと花摘みに集中できるわけもない。

「痛っ」

不意に鋭い痛みが臑《すね》に走り、リスカは顔を歪めてその場にうずくまった。

野生の獣がこの一帯を通り抜けでもしたのだろう。不自然に折られて突き出る形となっていた低木の枝先が、臑から膝にかけてを深く抉《えぐ》っている。

情けないが、痛みには本当に弱い。魔術師でありながら、血を見るのも苦手だ。

「うわあすごく痛い」

間抜けな声で呟き、しばしのあいだ茫然と傷口を眺める。

我に返り、慌てて傷口を押さえる。ぬるりとした血の感触に寒気を感じた。放置しておくと、かなりの量の血が流れることになるだろう。

まずい。血の匂いで居場所が夜盗にも知られてしまう。

リスカは震える指で長衣《ながぎぬ》の一部を裂き、応急手当をした。傷口に巻きつけた布はすぐに黒く濡れて、重くなった。

ああもう、と思わず悪態をついてしまう。

どうしてこんな目に遭わなくてはならないのか、やりきれない。

血が流れた場所というのは追跡しやすいから、とにかく一刻もはやく移動したほうがいい。

リスカは焦燥感に追われるようにして、よろよろと立ち上がった。

足を動かすたびに痛みがひどくなる。不自然な歩き方のせいで、地面のでこぼこした場所に何度も爪先がひっかかり、転倒しそうになった。

おまけに花も見つからない。

地を覆う落葉の下から顔を出すのは、魔力を注ぎこめない野草ばかりだ。

自分の身から放たれる血の匂いが気持ち悪い。

あまりにも濃厚で、強烈で、吐き気すら覚えた。

出血多量で死ぬんじゃないだろうか、と不吉な考えが脳裏に浮かび、鼓動《こどう》が激しくなった。

なんだか体温まで急激に奪われている気がする。寒い。

「血の、匂い」

ふと、意識しない間に、声がこぼれた。

【2】

強い強い血の匂い。

強すぎる。強すぎるのだ。

リスカの勘が警戒を促す。

目を凝らし、丹念に周囲をうかがってみると、リスカの肌を切り裂いた枝があった周辺を含め、広範囲にわたって闘争の痕跡《こんせき》が色濃く残されていた。

どうも獣が通り抜けただけではないようだ。何者かがこの一帯で争ったに違いない。

束の間痛みを忘れ、慎重に足を踏み出した。

血の香りは、海の匂いに似ている。それは、体内に潮が満ちているためだという。

ゆえに人は血液が夥《おびただ》しく流れた場所を、〈血の海〉と表現する。

群生する野草を掻きわけ、不均等に並ぶ木々のあいだを抜けて、唐突に視界が開けたとき、リスカは確かに、血の海を見た。

月明かりは美しいものだけではなく、凄惨《せいさん》な景色までをも平等に照らし出す。

リスカは息を呑み、呼吸を止めた。

目に映るおぞましい光景に、魅入られる。

軽く十はあろうかという屍《しかばね》。まともな形をとどめた死体はひとつとしてない。どの骸《むくろ》も見事に四肢が切断されている。

飢えた獰猛《どうもう》な獣が、力任せに手足を噛みちぎったという雰囲気ではなかった。切断面がすっぱりときれいなのだ。刃物を使用したのだろう。

首、手、脚、胴。無惨に断ち切られた人間の破片。

枯れ葉の上に四散しているつやつやした物体は、もしや臓腑《ぞうふ》だろうか。

リスカは呆然とした。修羅の光景に、魂が束縛される。

どう見ても生きている人間はいない。

全身をばらばらに切り裂かれた状態で、鼓動のあるほうがおかしい。

心の許容量を超えたむごたらしい光景を前にすると、嘔吐《おうと》感や恐怖など微塵《みじん》も感じないものらしかった。現実感がひどく乏しく、悪い夢でも見ているような心地になる。

「どうしよう」

リスカは何度も瞬きを繰り返した。

いくら血に弱いとはいえ、たぶん一般の女性と比較すれば、こういった惨劇に対する耐久性はあるはずだ。精神が麻痺《まひ》しても、悲鳴を上げてはたりと気絶するほど繊細ではない。

魔術師は、必ず心に枷《かせ》をつけている。

いかなる事情があれども精神の波動を一定に保つことは、魔道を志す者がまず最初に頭に叩きこまねばならない重要な戒《いまし》めだ。魔力が暴発しないよう、厳粛《げんしゅく》な理知の檻《おり》にて飼い馴らすべきと。

危機に瀕したときにこそ冷静な判断が下せなければ、魔術師を名乗る資格はない。

そのため、無意識のところで精神が狂気の沼に溺れかけると、あらかじめかけていた暗示が効力を発揮し、正気を促す。

リスカはじわじわとだが、忘れていた手足の感覚が戻ってきたことを意識した。

だらしなく放心している場合ではない。

死人たちには可哀想だが、遺体を集めて手厚く埋葬《まいそう》してやる気にはなれなかった。

今はリスカ自身の体力、気力が大幅に失われているし、追っ手がしつこく探し回っている可能性も十分考えられる。

さらに、不謹慎なことだが、正常な意識を麻痺させる麻薬のごとき濃厚な血の匂いは、追跡者たちの目から身を隠したいリスカにとっては好都合でもあった。

大気中に溶ける血の甘い匂いが、リスカの乱れた気配をうまい具合に掻き消してくれるだろう。

少し、ほんの少し、罪悪感はある。

死人さえも利用しなければならない自分の非力さに、失望する気持ちもある。

でも、でも。

リスカは、ゆっくりと後退した。死体の山から目を逸らすことはできないけれど。

「あ……？」

月が無言で見下ろすなか、地面を濡らす血液が、一瞬きらりと光を反射したように見えた。

血の輝きにしてはいささか鋭利すぎる。怪訝に思って、リスカはおそるおそる屍の山へ近づいた。

ずいぶん刃毀《はこぼ》れした一本の長剣が、仰向けになっている男の胴体の下敷きになっていた。

「魔剣だ！」

思わず声を上げる。恐怖や罪悪感などを遠くへ押しやって、血に染まる長剣を屍の下から引きずり出した。

かなり傷んでいるが、魔剣に間違いない。

「うわ、うわ」

魔剣の正体は、伝記として後世に語り継がれるような、名高い魔物の魂である場合がほとんどで、だからこそ希少性もひどく高い。魔術師どころか傭兵や騎士、妖術師のあいだでも垂涎《すいぜん》の的だ。しかも今、リスカの手にあるものは、この先きっとお目にかかる機会もないくらいの上等な魔剣だった。

売れば、一生遊んで暮らせるだけの大金を得られる。断言できる。

「盗みたい、これは本気で盗みたい」

不埒《ふらち》な考えが浮かぶのは、どうしようもない。

刃毀れはひどいが、リスカならば治癒できぬこともない。なにせ魔術師。いや、花術師。

異系の魔術師であるという歴然とした事実を思い出して、つい落ちこみかけたが、暗い感情はひとまず脇に置くことにする。

白刃は本来なら感嘆の吐息が漏れるほどに精巧なのだろうが、今は血に塗《まみ》れ、傷ついている。

研ぎ澄まされた刀身に、絡みつくようにして彫られている蔦模様。凄い。寒気が走るくらい端整で美しい。

これほどに精美な剣、状態が良好であったならば、到底リスカの手には負えない代物だ。身の側に置くだけでも相当の負担となるだろう。

「だが、死にかけている……」

魔剣には覇気がない。死にかけているからこそ、手にしても正常心を保っていられるのだ。知らず知らずのうちに、溜息が漏れてしまう。

おそらくこの魔剣が、目の前の凄惨な光景を作り出したのだろう。

ということは、死人のなかの誰かが魔剣の正当なる持ち主だったはずだ。

力ある魔剣は、主を選ぶという。

ならば、このまま死なせてやるほうが、剣にとっては本望だろうか？

「でも」

もったいない。たとえ、自分のものにならぬとしても。うう。どうしよう。

「ああ、もう」

なんて夜だろう。

魔剣を握り締め、できるかぎり素早くこの場を去る。

魔剣に鞘《さや》は存在しない。なぜなら、持ち主が鞘となるためだ。

しかし、この程度の人数、といっては命を散らした人々に申し訳ないが、もとは尋常ではない威力を誇っていただろうと推測される魔剣であれば、これほどに刃が消耗するのはどう考えても不自然だった。魔剣は、常に手入れを必要とする普通の刃とは異なり、血を浴びれば浴びるほど強さを増す性質を備えている。

とすると、答えはおのずと見えてくる。

無礼千万、傲岸不遜《ごうがんふそん》な言い草であるのは重々承知だけれど……たぶん、持ち主の力量が魔剣に追いつかなかったのだ。

あるいは持ち主が手にする以前より、激しく消耗していたか。

魔剣にも様々な特徴があり、持ち主の生気を吸収する危険なものも存在する。

「その手のものには、見えないけれど、ううん、どうなんでしょう」

勝手に持ち出してきたことに幾ばくかの後ろめたさと不安を覚えつつも、リスカは剣を両手に抱えて、木々のあいだをゆっくりとすり抜けた。

視線は月の光を頼りに、花を探していた。治癒の術の受け皿となる、白い花〈クルシア〉を。

たった一輪でいい、どこかに咲いてはいないだろうか。

クルシアは、夏の半ばから秋の初めにかけて咲く花だ。その短い時期に摘めるだけ摘んで備蓄《びちく》しておく。秋も深まり冬が近い季節、はたして遅咲きのクルシアが見つかるかどうか。

しかも、リスカの体力も残り少ない。現実的な問題として、持ち主不明の魔剣の治癒よりもまず、自分の安全を優先させなければならないことはわかっている。

魔剣を発見したときは興奮して忘れていたが、ここへきてじくじくと、異様に足の傷が痛む。頻繁《ひんぱん》にめまいがするのは、あまり歓迎できない兆候だ。

貧血で倒れてしまいそうだった。

他人の怪我を治すよりも自身の傷を癒すほうが難しく、魔力を多く消耗する。体力が大幅に失われると精神を統一できなくなり、結果、魔力も望む通りには扱えなくなる。

魔力、体力、気力はそれぞれ別物だが、互いに深く干渉し合う。どれかが欠けると、他のところに大きく負担がかかってしまう。

だがこの魔剣、思った以上に酷い状態であるらしく、やはり放ってはおけない。

急速に刀身が輝きを失い始めている。まるで死にたがっているようにさえ思える。

リスカは焦りを覚え、なぜだか泣きたくなった。

探しても、探しても、花が見つからない。

＊　　＊

一輪の白い花、クルシアを見つけたのは、濃い闇の果てに青がにじみ始めた頃だった。

リスカの意識が少しずつ混濁《こんだく》し出した頃でもある。

さすがに足元がおぼつかなくなり、すべてを投げ捨てて地面に寝転びたいと切に願った瞬間、ふいに風がそよいだ。

風が伝える。花の命のきらめきを。

「ああ」

思わず声が漏れた。吐息なのか感嘆なのか、自分でもわからなかった。

気がつけばいつの間にか雑木林を抜けて、樹海という言葉が相応しい巨大な森のなかへさまよいこんでいる。

追っ手の心配はもう無用だろう。というよりも疲労困憊《こんぱい》のあまり警戒心がぼろぼろと瓦解《がかい》し、すでに投げやりな心境に陥っている。

リスカはゆっくりと、握り締めた魔剣と我が身を見比べた。

どちらも傷つき、血に塗れて酷い有様だ。ただ、どれほど傷ついていても、この魔剣には否定できぬ確然とした価値がある。リスカの命よりも。

手は、自然と一輪の可憐《かれん》な花へ伸びていた。

自分の怪我を治したところで、これまでの災難続きの運命が一変し、目を見張るほどの幸運が次から次へと舞いこんでくる、なんてことがあるはずもなく、当然、容姿がきれいになるわけでもない。しかし、魔剣はすべての穢《けが》れを払えば、きっと美しく、まばゆいほどの輝きを取り戻すだろう。

リスカは、花の入れ墨に覆われた自分の指に魔力を集めた。

覚悟した以上の抵抗感と痛みが指先に伝わり、その刺激に精神の一部が本能的な拒絶を訴える。リスカはさらに集中力を高め、身の内で反抗的な野良犬のようにじっと固まっている自分の魔力を叩き起こした。

精神からの糾弾を無理やりねじ伏せて目覚めさせた魔力は、思惑通りには定まらず、猛《たけ》る龍神《りゅうじん》のように暴れ狂い、体内を秩序なく縦横無尽に駆け巡った。魔力が制御できないと、苦痛はそのまま肉体にはね返る。魔術は便利である分、扱い方によっては諸刃《もろは》の剣《つるぎ》となる。

「ちょっと、辛いなあ」

奔放に暴れる力が表に噴き出し、皮膚を破った。

耳鳴りがするくらいの頭痛に襲われて、目がかすむ。それでも、指先に刻まれた花の模様が、少しずつ色づき始めたことがわかり、リスカは安堵《あんど》した。

炎に直接触れたかのような、痛いほどの熱が指先に集まる。花の模様が淡く輝き、あまのじゃくな魔力がようやく正しいほうへと流れ出す。

花術師で唯一よかったと思う点は、詠唱《えいしょう》を必要としないことだろう。

リスカの魔力は言葉には従わない。瑞々《みずみず》しく咲き誇る花にのみ、恭順の姿勢を見せる。

十分に魔力を集めた指先で、ひっそりと儚《はかな》く蕾を広げる白い花に触れる。神秘に包まれた深き夜の静寂を壊さないよう、ゆっくりと花びらを一枚ちぎって、一気に魔力を注ぎこむ。

クルシアの花びらは一輪に五枚。一枚目、二枚目と失敗し、瞬時に燃え上がって灰になった。

焦《しょう》燥《そう》感がにじみ、舌打ちしてしまう。

三枚目は途中までよかったが、ほんの少し花びらが萎《しお》れていたため、流しこまれた魔力に耐えきれなかった。四枚目は先端部分が虫に食われて変色しており、使い物にならない。

最後の一枚に望みを託す。

さあ、迸《ほとばし》れ――咲き誇れ、舞い狂え、叡《えい》智《ち》の花、豊穣《ほうじょう》の華。

指先を細い針で貫かれたかのような、一瞬の鋭い痛みが走った。

次の瞬間には、気力を振り絞って作り上げた治癒の花びらが完成した。

空を渡る鳥が落とす羽よりも軽く頼りない小さな花びらに、残されていたありったけの魔力が注ぎこまれている。

なんとか成功した、と安堵を含んだ達成感に息を吐くと同時に、全身の力が抜け、リスカはくたりとその場に座りこんでしまった。寒々しく感じるほどに、気力も魔力も体内から抜け落ちている。まずい、あとで気絶するかも、と苦笑が漏れた。後悔は感じないのだから、不思議なものだ。

リスカは完成させたばかりの花びらを、さっそく魔剣に載せた。

魔剣はしばらくのあいだ、なんの反応も見せなかったが、突如、きぃんと金属音を響かせた。刃の上に載せた白い花びらが、形体を崩し始める。輪郭《りんかく》が溶け出し、花びらに込められた魔力が剣のなかへ流れていく。

湖面に生じた波紋のように、剣へ注がれた魔力がざっと波打った。

瞬きするうちに、魔剣は回復していた。呆気ないと感じるほどだった。

「美しい」

先端へ向かうにつれて徐々に鋭さを増す細身の刀身は、すらりとまっすぐに伸び、月明かりに冷たく冴え渡る。面に浮かぶ銀色の蔦《つた》模様は、まさに典雅《てんが》で艶美《えんび》。切っ先の鋭利さは、剣を握る者に美酒よりも強い快楽をもたらすだろう。

剣の美しさに心奪われ、強靭《きょうじん》な白刃の威力に酔い痴《し》れる。月夜に円を描いて翻る凶器の軌跡を、幾度も夢想せずにはいられない。

魔を秘めたるものは、かように甘く、美しい。

リスカは少しのあいだ、時を忘れて魔剣の輝きを堪能《たんのう》した。幸か不幸か、絶え間なく押し寄せる

足の痛みとめまいのせいで、魔剣が発する脅威をそれほど感知せずにすんでいた。

自分が所有者になりえないのは、心底残念だ。

リスカはふらつきながらも、魔剣に対するわずかな未練を打ち消すべく、呼吸を整えて立ち上がった。最後にもう一度魔剣を眺め、そして、すぐ側の樹木へ丁寧に立て掛ける。

持って帰りたいのは山々だが、リスカには相応しくない。

これほど大層な値打ち物を持ち歩いて、万が一、あの野蛮な夜盗に出くわし強奪されるのは、我慢ならなかった。まあ、魔剣のほうも夜盗が所持者となるなど許せないだろうが。

「出会うべくして出会う者が現れるときまで、森でゆっくり眠るとよい」

森の葉は主となりえぬ者を排除して、運命を担った者を正しく招いてくれるに相違ない。

リスカは微笑み、静かに魔剣へ背を向けた。

頭痛を堪えて夜空を仰げば、半分闇隠れしている上弦の月が艶やかに夜を彩っている。

月と魔力は結びつく。

月光の恩恵にすがって、魔力が体内に再び満ちるまで、リスカもどこかで一時の安息を得ようと思う。

【3】

リスカはふと、目を覚ました。とても、とても暖かいなにかに包まれている——。

よく身体に馴染んだ心地のよい温もり。柔らかさにうっとりする。

リスカの毛布のなかには、仄《ほの》かな香りを放つ香草が入っている。その匂い、優しさが、当たり前のようにリスカの身体を抱きとめていた。

――いつ寝台にもぐりこんだだろう？

リスカは覚醒《かくせい》しきらない頭の片隅で、のんびりと他愛ないことを考えた。

森のなかを歩き回るのに疲れ果て、適当な木の幹に寄りかかったところまでは記憶にある。

その後、意識が朦朧《もうろう》とし、気絶するように眠ってしまったのではないか。

そういえば秋も終わるという季節なのに、なぜ気を失うまで森をさまよったのだろう。

夏は唸《うな》るほど暑く、冬は木々が凍りつくほど気温が低下するという厄介な国だ。この微妙な季節に冷気漂う森のなかで一晩明かせば、凍死寸前という目にあっても不思議はない。

しかし、昨夜はいつもより暖かかったらしい。足の怪我が熱を持ち、寒さなど感じる余裕がなかったのも不幸中の幸いだった。

足の怪我？

「あああ!?」

瞬時に昨夜の記憶が蘇《よみがえ》り、かすれた悲鳴を上げて、リスカは勢いよく跳ね起きた。

「な……なっ……なに？」

自分の寝室だ。夢ではない。

わけがわからない。なぜ呑気《のんき》に寝台の上で寝ているのだろう。

いや、その前に、いったいいつ自宅に戻ったのか。

何事もなかったようにというのは大げさだが、あれほど荒らされていたはずの部屋が隅々まで奇麗に掃除され、しかもきちんと整頓されていた。散乱していた瓶の破片やら紙の切れ端やらを、自分が片付けたという記憶はまったくない。絶対していないと言い切れる。

まさか盗賊が一夜で改心し、良心を迷惑なほど発揮させて清掃したのかという考えがよぎったが、馬鹿馬鹿しくてすぐに却下した。ありえない。ありえても、してほしくない。

はっと気づいて毛布をはぐと、これまたいつの間にか脚の傷の手当てもされている。腕にこびりついていた泥も丁寧に拭われている。

ありがたいと感謝する気持ちより、いったい誰がなんの目的で……という恐怖心のほうが断然強かった。

視線を何気なく扉に向ければ、目覚めてから一番ありえないと思うものを目撃してしまい、うひぇぇえ、と叫びなのかなんなのかわからない奇妙な声を上げてしまった。

全身白ずくめの、身分性別年齢その他諸々一切不明な不審人物が扉に寄りかかっていて、ゆったり腕組みしつつ、静かにリスカを見つめていたのだ。

いいいいいつの間に！　リスカは心のなかで泣き叫んだ。

さっきまでは間違いなく、いなかった。数秒、呆然としていたあいだに突然降って湧いたのだ。

全身をすっぽり白い布で覆っており、露出している部分といえば目元だけだったが、その背の高さから判断して男性だろうと思う。不思議な衣装だ。そういえば砂漠地帯に暮らす異国の民がこういった外衣《がいい》を好んで着用していた気が、とリスカは余計な記憶を掘り起こした。

いやいや、格好などこのさいどうでもよろしいのだ。

睨《にら》まれている間違いなく睨まれているどうしようもなく睨まれている、とリスカは呪文のように胸中で繰り返し、青ざめた。

目が、唯一のぞく目が、射殺《いころ》す意思を持っていそうなほど鋭く冷たい。絶対零度の眼差しだ。大地も凍る氷河の瞳だ。

また目の色が銀なだけに、冷酷さに拍車がかかっているというか、磨きがかかっている。

目を逸らしたいが、頑丈な縄で幾重にも束縛されたようにまったく身動きできない。何者なのかと勇敢に問う気概《きがい》もわいてこない。

リスカは数分のあいだ、魂を飛ばして硬直した。

絶体絶命！　と我を取り戻したのは、暗殺請負人《あんさつうけおいにん》のごとき無情な目をした白ずくめの人物が、睨み合う状況に飽いたのか、ゆらりと扉から背を起こして、こともあろうにリスカのほうへ接近してきたためだった。

夜襲を受けたときの苦しみを超えるほど絶望した。なにかもう、普通の殺され方ではすまないだろう、という壮絶な確信を抱いてしまった。

生皮をはぐとか、宙吊りにして血を一滴残らず搾《しぼ》り取るとか、手足をもぎ取るとか、最悪に痛い拷問《ごうもん》風景を正確無比に脳裏に描いてしまう。

全身が、押し寄せる恐怖と威圧感と冷気に耐えきれず、かすかに震え始めた。怯《おび》えぬほうが普通ではない。

白ずくめの危険人物は足音を立てずに近づいてくると、寝台に片膝を乗せ、縮こまるリスカの顔を無遠慮に覗き込んだ。

リスカは、氷の鞭《むち》で首を強く締められているかのような錯覚を抱いた。戦慄《せんりつ》が止まらない。

「気分は」

「はい!?」

情けないほど声が裏返る。

「気分はどうかと」

想像通りの低く抑揚のない声に、リスカは再び凍りつく。

もし、このやたらと響く低い声に耳元で「殺す」と囁《ささや》かれれば、それだけであっさり死ねる自信があった。囁かれなくても、すでに心停止一歩手前だった。

「まだ熱が」

熱がなんでしょう私に熱があることが殺したいほど気に障《さわ》りますかすみません、という気分になり、ふっと意識が遠のきそうになった。この時点でリスカは自制心をほとんど手放していた。

「もう少し眠ったほうが」

それは永遠の眠りにつけという意味でおっしゃっているんでしょうか、と半ば本気で思った。

「水は」

「うあぁうう」

もういけない。言語能力にまで異変を感じる。

水責め、溺死《できし》、水死体、と非業死《ひごうし》三段論法《さんだんろんぽう》が脳裏に浮かんだ。

「喉が渇いているのでは」

獰猛《どうもう》な獣が獲物に狙いを定めたかのように、ゆっくりと銀の瞳が眇《すが》められた。美しい色だと感嘆する前に、発せられるこの暴圧的な気配に負けて魂が消滅しそうだった。強大な魔力の原石に触れてしまったようにすら感じた。

……魔力？

はたりとリスカは現実を把握した。

まじまじと銀の双眸《そうぼう》を見つめ返す。即座に逸らしてしまったが。

覚えのある冷徹な気配。高貴で上等。これはもしや。

「あなた、魔剣を？」

持っているのか。半信半疑というより全面的に信じたくない思いで呟いた。語尾は当然、恐怖で震えている。

一瞬の間を置いて、銀色の瞳が肯定を示すように瞬《またた》いた。露出している目の周囲を見ると、少し浅黒い滑らかな肌を持っているようだった。どうやら若い男らしい。

リスカは混乱しつつも、必死に考えた。目の前の男から、森のなかに置いてきた魔剣と同様の気配が感じられる。ということは、彼が魔剣の所有者になったのだろうか。

胸中にじわじわと広がる底知れぬ恐怖と戦いつつも、今一度、男の全身をそっと観察してみた。

剣を腰にぶらさげてはいなかったし、白い長布《ながぬの》の内側に隠してるようにも見えない。

怪訝に思って、再度数秒見つめ合った。正確には視線を指一本分、目の位置より下にずらしたが。

しばし煩悶したあと、リスカは死を覚悟し質問を投げかけることにした。

「あの、つかぬことをお訊きしますが」

「あなたに感謝を」

男は、リスカの決死の覚悟などあっさり無視した。

「か、感謝？」

感謝よりもまず視線を外してください、と胸中で懇願《こんがん》しつつもリスカは条件反射で訊き返した。

男の視線はリスカの顔で止まったまま揺らがない。居心地の悪さより、心臓に悪かった。

「初めてでした」

「はい？」

男の言葉は端的かつ吹っ飛びすぎているため、まったく意味不明だが、問いつめる気を持つことだけでさえ勇気を必要とした。

「美しかったのです」

「は、は……？」

さっぱりわからない。

「注ぎこまれる命は、雨のように潤《うるお》いをもたらした」

なんの詩ですか、と一瞬惚《ほう》けたが、氷河期に突入している目とぶつかり、またも思考が瓦解《がかい》した。

鉄塊《てっかい》よりも重い沈黙が流れて、呼吸が苦しくなる。実際、息を止めていたのだが。

リスカは、自分が人生最大に悲愴感をにじませた顔をしているだろうと思った。

白ずくめの男は、灰と変わりそうなリスカをじっくり見つめて、小首を傾げた。

「始末はしました」

「……始末？」

なにを始末したのか、その言葉がどう自分に関係するのか、予測不可能だった。懲りずに問い返してしまったが、口にした直後に訊かねばよかったと、臓腑がねじれるほど後悔する。

猛烈な威圧感を漂わせる男が口にしたのだから、部屋のお片づけ、整理整頓、などという実に可愛らしく清潔な意味ではなく、どう取り繕っても惨殺《ざんさつ》、虐殺《ぎゃくさつ》、殺戮《さつりく》やらのきわめて凄惨な言葉に通じていると受けとめるほうが自然だ。

心から杞憂《きゆう》であってほしいと願わずにはいられない。

そうだ、なんだかよくわからないし、わかりたくもないが、現実に室内は掃除されている、きっとそのことを指しているのだろうと、とにかく無理やり一縷《いちる》の望みに縋《すが》ってみた。

「すべて殺したということです」

が、男はあっさりと希望を打ち砕いてくれた。

「こここ殺しましたか」

心臓を一撃で打ち砕かれた感じがした。身体中にびっしりと氷をつめこまれた感覚だった。

男はなんの感慨もなさそうな顔をして、ごく当たり前にうなずいた。仰天するほうが異常だと言いたげだった。

最後の望みを奪われたリスカは崩壊寸前だった。

平常心は失われ、魔術師の精神統一の戒めも、とうに解けている。暗示というのは自分よりも圧倒的に強大なものを前にすれば、たやすく無効になってしまうようだ。

いったい、なにを、誰を、どの程度殺害したというのだろう。

もしや町中の人間を次々と手にかけたというのか。すべて、とわざわざ言うからには一人や二人のはずがない。やはり罪なき人間を大量虐殺したのか。リスカは絶望感を超えて虚無《きょむ》感すら覚えた。

「邪魔でしたので」

邪魔。もう身も心も石化しそうな勢いだった。

「いいでしょう?」

よくない。まったくよくない。心からそう思ったが、一瞬、全身を切り刻まれて息絶える無惨な自分の姿が脳裏をよぎったため、反論などかけらもする気にはなれなかった。

いや、待て。そういえば昨晩、リスカはすでに雑木林で屍の山を目撃しているではないか。

あれはあなた様の仕業ですか、と言いかけたが、やめておいた。かわりにふと疑問が湧く。

あの非情な所行《しょぎょう》の主が彼だとして、瀕死の魔剣をなぜ放置していたのだろう。

刃毀《はこぼ》れの具合が酷い魔剣を見て、もう使い物にはなるまいと判断し、打ち捨てたのだろうか。

リスカが剣の状態を検分しているあいだ、彼はいったいどこにいたのか、それも謎だ。

ずっと見張っていたとか?

おののくリスカを眺めていた男が、軽く眉をひそめた。

ついに私も臨終《りんじゅう》を迎えるときが。リスカは身震いした。

魔物に取り囲まれたときでさえ、今ほどには恐れを感じなかった。

男がじっとリスカを見据《みす》える。なにかを訴えたいというのはかろうじて察せられたが、その内容を突きとめたいとはこれっぽちも思わなかった。知らないまま死ねたほうが絶対に幸福だと思った。

「嫌ですか」

嫌？　嫌!?

どうしようもないほど話が噛み合わない。男の言葉は説明不足の見本として標本にしたいくらいだった。しかも、リスカの返事を待っている様子だった。

これほどの難題を突きつけられた試しはない。

もし「嫌です」と答えたら、瞬殺されそうだ。

「好きです」と答えた場合、リスカが殺戮を肯定する極悪人に成り下がる。

男はどうも、リスカが話の内容について理解しているとの勝手な前提のうえ、返答を待っているようだった。主語のない台詞《せりふ》を繰り出されて理解できるものかと説教したいが、それは永遠の夢で終わるだろう。

「迷惑ですか」

そりゃあ、いきなり殺しましたなんて報告されれば、精神的に迷惑だ。

肌を抉《えぐ》るような眼差しも、ひたすら迷惑だ。

「気に入らないですか」

気に入らない？　ますますわからない。

リスカは困惑した。ほんのわずか冷静になって、男を注視する。

今にも斬《き》りかかってきそうな氷の刃物を連想させる男の眼差しは、見る角度を変えれば、躊躇《ちゅうちょ》や切なさといった感情をにじませているととれなくもない。

我が身の今後の安全を考慮して、むしろ真剣にそう思いたい。

「ううん」

答えようがなくて、唸《うな》ってしまう。

「では剣の姿になります」

うん？

あっと気づく。いまさら気づいたのだ。

察するのが遅すぎると言うべきだった。

恐怖心を限界まで膨らませ、別の意味で舞い上がってしまったのが悪い。

「魔剣ね……」

リスカは軽く額を押さえた。魔剣魔剣、と疲労感のなか、反芻《はんすう》する。

簡単な事実が目の前に存在するではないか。

魔剣を所持しているのではない。男が魔剣そのものなのだ。

ということは――。

「あなた、魔物……魔物様なんですか」

男自身が魔剣だったというならば、その正体は当然、魔物となる。

肉体という生命の基盤となるものを剣に変えるなんて、生命の理《ことわり》を根底から書き換える作業に等しい。魔術師が好む性転換や変身の術とは、扱う式の配列からして見事に異なる。

生命現象を持つ存在を、無機に属する物体へ変化させるという驚異——構築する術式の複雑さや難解さ、伴う危険を想像するだけでうんざりするほどだ。

少し和らいでいた恐怖が、一気に膨らんだ。

王の名を冠する魔物か、将軍級の魔物か。

いずれにしても、リスカの微々たる力で封じられるような相手ではない。

「いいえ」

平淡な口調で否定される。

「違うんですか？　でも、魔剣って」

男はゆっくりと目を細めた。睨んでいるのか、微笑《ほほえ》んだのか。どちらであっても恐怖を誘う。

「私、剣術師ですよ」

男は一拍置いたあと、そう告げた。リスカはきょとんとした。

剣術師？

「ええと、つまり」

男は頭に巻きつけていた布を取り払い、ついでに全身を覆っていた外衣や手袋も外した。

リスカは男の全貌《ぜんぼう》……ではなく、全身を見てぎょっとした。

目も睫毛《まつげ》も銀なら、肩下まで伸びた長い髪も銀。かぎりなく白に近い銀だ。

そして、顔半分を覆う蔦のような、あるいは古代文字のような模様の入れ墨も見事な銀だった。

入れ墨は顔半分だけではなく、おそらくは利き腕であろう左手の甲にまで描かれている。比較的浅黒い肌をしているため、余計に銀の入れ墨が目立つ。首もとまで続いているところを見ると、たぶん肩から背中にかけても同様だろう。つまり、身体の半分近くがその模様に覆われている。

昨晩の魔剣とまったく同じ入れ墨だ。あれほどまでに精巧な模様、見間違えるはずもない。

どうでもいいが、光沢のある鈍色《にびいろ》の長衣に施された刺繍《ししゅう》までも銀だ。まさに銀づくしの男だった。

「刻印、ありますので」

「はあ」

リスカは不躾な視線を男に向けつつ、曖昧に答えた。

なんというか……とりあえずは、大した美形ではある。

ただし、のけぞるようなこの威圧感と、眼差しの驚異的な冷たさを無視すれば、だが。

見蕩《みと》れるよりも先に恐怖心が激しく募るのだから、男にとってはずいぶん損なことだと、リスカは少しずれたいらぬ同情を覚えた。

素直な気持ちで美丈夫であると認められない。美醜など、このさいどうでもよろしくなる。

暗殺者という言葉がこれほど似合う人間が、他に存在するだろうか。憧憬《しょうけい》よりも畏怖《いふ》。驚嘆《きょうたん》ではなく驚愕《きょうがく》。ふいに接近されようものなら、神に祈りを捧げつつ全速力で逃亡する。

――まあ、リスカの感想は置いといて。

剣術師。この人も砂の使徒というわけか。

肌に浮かぶ刻印は、砂の使徒だけが持つ特徴だ。

「あなたにも」

リスカにも刻印がある、と言いたいのだろう。

無意識に、自分と男の手に浮かんでいる刻印を見比べた。

剣術師とは、剣にのみ魔力を注げる魔術師の呼称である。一般の剣士と比較した場合、軽く数倍の強さを誇るため戦闘時には重宝されるが、魔力の性質上、攻撃系統限定となるのが最大の難点であり弱点だ。治癒系などは全滅だった。

ゆえに、剣士間の評価は高くとも、魔術師からは最も嫌悪され、露骨な差別を受ける。

砂の使徒のなかでも、剣術師はとくに宿す魔力に偏《かたよ》りがあるとされるので、劣等感を抱く者が多いと聞くが、目の前の彼からは卑屈な様子が一切見られない。

それもそのはず。

剣術師とはいえ、自分自身が魔剣へ変身できるなど、普通は考えられない!

砂の使徒は魔術師全体の一割にも満たない変わり種であるが、そのなかでもさらに例外と見なされるような、希有《けう》な才を持つ者が存在する。『禁歴の書』と呼ばれる魔術体系全本にも掲載されるほどに。現時点では一握りどころか、片手で足りるほどの人数しか確認されていない。

その、未知なる砂の使徒の一人として、確か剣術師も含まれていた。

大抵の魔術師は、彼の名を知っているというくらい有名な――。

「……あなた……セフォード。セフォード＝バルトロウですか」

なんのてらいもなく、男は「はい」と答えた。もはや顔を上げる気力もなかった。

有名人だ。まぎれもなく伝説の砂の使徒だ。生きた伝説が、リスカの前にいるなんて。

道理でこの人間離れした強烈な威圧感。普通の魔術師が持ち得る魔力を華々しく上回る、超越した存在。その力量は、国ひとつを数刻のあいだで壊滅させられるほどの能力を持つ、強大な〈悪魔〉と匹敵する。剣技のみでだ。

獣型が大多数を占める魔物のなかで、完全な人型を維持できる悪魔は、階級が高い。〈妖獣《ようじゅう》〉よりも〈魔獣《まじゅう》〉、〈魔獣〉よりも〈悪魔〉、〈悪魔〉よりも〈聖魔〉というように、魔物の世界では力関係が歴然としている。ただ、聖魔は人の世界に顔など出さないし、関心も持たない。

長い歴史においても、最も危険とされるのは、娯楽や暇潰しの一環として人世に干渉し圧倒的な波乱をもたらす、位高き悪魔なのだ。

その悪魔をも凌《しの》ぐ、剣術師のセフォード＝バルトロウ。

彼に関する記述を、リスカは記憶の底から掘り起こした。

剣術師は他の使徒よりもきわめて酷薄《こくはく》な性質を持つ。

攻撃専門の術師であることを鑑《かんが》みれば、当然だ。

剣術師の凶暴さ、残忍さは、セフォードにも当てはまる。

いや、その筆頭だと断言してかまわないだろう。

慈悲の念薄く、他を顧みぬ。孤高にして強靭《きょうじん》、苛烈《かれつ》。破壊を好む戦場の王。

賛辞なのだか批判なのだかわからぬ大仰な記述が、リスカの脳裏に明瞭に甦った。あるふざけた本には、〈死神閣下《しにがみかっか》〉などと記されていた。ぽんぽんと、片手間に敵の首を刎《は》ねるからと。

リスカは蒼白《そうはく》になった顔を上げた。

正直、自分は死んだなと思った。

「……わかりました。もう好きにしてください」

殺すのなら、長引かせずに一息に、という心境だった。

セフォードは、くすりと笑った。……伝説が笑っている。

「では、このままの姿で」

相変わらず、噛み合わない会話だった。リスカの台詞を、違う意味に捉《とら》えたようだった。

そういえば、剣の姿になったほうがいいか、といった意味合いの質問をされた気がする。

ついでに、端的に告げられた他の言葉も思い出してしまった。

いったいなにが「初めて」で、どれを「美しい」と思い、どんな意味で「雨のように潤された」のか、冥士《めいど》の土産に聞きたいくらいだった。リスカはやけくそで尋ねてみた。

セフォードは、考えに沈むような顔をした。視線は逸らしてくれなかったが。

半分死んだ心地でぼうっとしていると、前置きなくセフォードに手を取られた。

そして、セフォードは口を開け、花の模様が浮かぶリスカの人差し指を、あろうことか、ぱくりと噛んだのだ。

リスカは何度目かの精神崩壊寸前に陥り、心中で断末魔の叫びを上げた。指を噛みちぎる気!?

「あ、あ、あ、ああ」

……が、痛くない。

指を軽くくわえられているらしいと気づいたのは、混乱具合が少しおさまったあとだ。

ふふっ、とセフォードが微笑した。

ようやく指を口から出してくれたが、未だ手は握られたままだ。

「はい、初めてでした。見返りを求めず、治癒の術を施されたことが。あなた自身、ひどく疲労していたにもかかわらず。私を治療したあと、あなたは私のために、よき主を見つけよと祈るばかりで、一切の欲を見せずに去った」

いえ、それは単純にあなたをただの魔剣と勘違いしていたためです、とはやすやすと口にできない雰囲気だった。

「私は魔剣としての形態を保ったまま、長い眠りについていた。私を利用しようとする者、服従させようとする者がすべて疎《うと》ましかった。眠りから図らずも覚めたのは、蓄積していた魔力がその歳月のあいだに失われたためです。魔力を補給しようとした矢先、下劣な人間に遭遇した。排除したのはよいが、残されていた魔力を使い切ってしまった」

雑木林の屍《しかばね》は、やはりセフォードの仕業だったようだ。

しかし、〈殺害〉ではなく〈排除〉ですか……とリスカは遠い目をした。

「あなたが、あなたの術が、美しかった」

思わず飛び上がりそうになった。「美しい」などとは、物心ついて以来、言われたことがない。

「咲き誇る花の匂い。魔力の芳香《ほうこう》。たった一枚の白い花びらを、あれほど神聖と感じたことはない。月明かりの下、乱れ咲いているように映る。百花撩乱《ひゃっかりょうらん》。狂おしく力が咲く」

次第に顔が熱くなる。褒められているのだろうか。

散々持ち上げたあとに、奈落へ突き落とす魂胆《こんたん》だろうか。

「渇望《かつぼう》していた魔力が注がれる。大地を『雨が潤す』ように」

なんだか最大級の賛辞を浴びている気分だった。慣れぬ事態にうろうろと視線が泳ぐ。

「魔力が、甘い蜜のようで」

素直に喜べないのは、褒め言葉の大仰《おおぎょう》さに釣り合わないほど声音が平淡すぎるため……とはあまりに無礼か。こう言っては身も蓋もないが、棒読みすぎて冷気が漂っても不思議はなく、脅迫的台詞のほうがよほどぴたりと合致しそうな口調なのだ。

いや、情感豊かに感謝してほしいわけではないけれど。

「やはり、あなたから花の香りがします。甘い」

「わ、私は花術師なので」

「そうですか。……そうですね」

顔をひきつらせながらうなずきつつ、この握ったままの手はどうすればいいのか、真剣に悩む。

「すみませんでした」

と、唐突に言われてもなにに対しての謝罪かわからない。まず説明をしてほしい。

「治癒の術を受けたあと、去るあなたをすぐに引きとめようとはしたのです。だが、魔力が馴染むのを待たねば」

完全に力が失われていた状態だったのが、急に満たされたのだ。しばらくは動けなくても不自然ではない。

「魔剣の姿では、声も出せず」

「あ、いえ、そんな気にせずとも」

よかった、この調子ならどうも殺される心配は無用らしい。

なんの目的でリスカに会いに来たのかは依然として不明だったが、今は些細《ささい》な問題に思えた。

意外と義理堅い、真面目な人なのだなあ、という新鮮な驚きのほうが強い。

「あなたが追われていることは気づきましたので」

「はあ」

「追いました」

「はい?」

「そしてここに」

「は」

「でももう安心ですね」

「は、はあ」

「しかし、仲間がまだ他に潜んでいないともかぎりません」

「は……」

「復讐に来るかもしれませんし」

「復讐」

「探しましょうか」

「探す……？」

「やはりその仲間も始末しましょう」

「……」

再び見つめ合った。凝視する、という表現のほうが正しいかもしれない。

仲間、も？

も、の意味は……？

リスカは凄まじく奇妙な表情を作った。

考えがまとまる前に、冷や汗が額にぶわっと浮かぶ。

「あの」

「なんですか」

「仲間も、というのはいったい」

ああ、とセフォードはなんでもないことのように答えた。

「すべて始末したと、私、先ほど言いましたが。まだ隠れている者がいる可能性も」

すうっと血の気が引いた。地獄の門が開かれた気さえした。

確かに、それは確かに、セフォードは先刻すべて始末したと言っていた。

だが、始末の対象は、あの雑木林の一画を血で染めた屍の山のことで、運悪く彼と遭遇した者たちのことで、利用されるのが疎ましかったからと――排除した。

排除！

排除の対象と、始末の対象。

表現の仕方が……異なるその真意は。

リスカはぱくぱくと口を動かし、戦慄した。

まさか、もしや。

「わ、わ、私を追い回していた夜盗まで、その、始末した、と？」

「はい。目障りだったでしょう」

「ででで、なかには魔術師もいて」

「あんなもの」

ふっと凍える眼差しで笑った。赤子の手をひねるに等しい。言外にそう伝えている。

ああそうだ、セフォード＝バルトロウは魔術師が操る術すら叩き斬《き》るのだ。術を破るのではなく、斬るのである。ついでに魔術師本人まで斬ってしまうだろう。圧倒的な力量の差で、面倒な手間を一切省き、押し潰す。

リスカは握られたままの手を見下ろした。

この手で。いかにも剣士らしい、大きく指の長い手で。

雑木林で目撃した屍の山とは別に、さらなる屍の山を築いたのか。

そして、まだどこかに潜伏しているかもしれない盗賊の仲間も、始末してかまわないという。

始末。命を。

「……」

リスカは目を瞑《つむ》った。

現実逃避しよう、と固く誓った。

直後、意志の力で、気絶した。

＊　　＊

こうして、今ある全財産どころか生涯賃金を譲り渡しても足りないほどの用心棒を、リスカはなぜか雇うことになった。いつの間にか雇わされる形になったのだが。

そのような大それた空恐ろしい現実など、一度も望んだことはなかったと、とりあえず強く弁明しておく。

日常が波瀾万丈《はらんばんじょう》の幕を開け、次々と刺激的以前の災難やら揉め事に巻きこまれる羽目になるのはもう必定。

まあ……意外に、悪くはない日々かもしれない。そう信じたい。

第二章

【1】

現実とは、夢幻《むげん》より奇異なもの。

にわかには信じがたい話だが、リア皇国の王都ラスタスラで腹上死《ふくじょうし》が流行しているという。

人が身に宿す欲望とは、世界情勢に大きく左右されるものなのかもしれない。

あるいは逆に、欲望の灯火《とうか》には、世界全体を飲みこむほどの激しい威力《いりょく》が隠されているのかもしれない。

「まったくねえ……」

穏やかな、ある日の午後。リスカは店の入り口付近に置いている椅子に腰掛け、商品棚を眺めた。

視線は花びら入りの瓶を端から順序よく追っているが、意識は別のところをさまよっている。

都がもたらす荒廃《こうはい》と腐敗《ふはい》は加速度的に深刻なものとなり、人々の精神までも確実に蝕《むしば》んでいる。

いち早く胸中に憂いを抱え厭世《えんせい》的な感情に支配されてしまうのは、噂話の収集を生きがいとする、

暇と金を持て余した裕福な貴族たちだ。彼らは、悪徳は美味、無上の果実に勝るとばかりに怠惰《たいだ》や罪悪をよしとして――いささか自虐《じぎゃく》的な心情をも孕《はら》みつつ――せっせと背徳行為に邁進《まいしん》し、知人友人その他にも、「さあ悪の宴《うたげ》を始めましょう」と奨励《しょうれい》しているらしい。

悪徳の入り口は最も簡単な欲望……肉欲という、艶《なまめ》かしい性的衝動だ。

最近、媚薬がばか売れしているのも、こういった原因によるものだろう。

驚くべきことに悪徳奨励現象は王都内にとどまらず、リスカが暮らすこの辺境地オスロルにまで広がっている。

平穏無事に冬を迎えたいと願うリスカにとっては、商品を順調にさばけるこの事態は歓迎すべきものであろうが、なぜだか素直に喜べない。いやいや、別に僻《ひが》んでいるわけではない。絶対ない。羨《うらや》ましくもない。断じて。

「ううん」

つい顔をしかめ、小さく唸ってしまう。

今しがたも媚薬の粉ならぬ媚薬の花びらを、客に売ったばかりだ。

このあいだの夜盗襲撃騒動で店内を荒らされ、あわや閉店、はては路頭に迷うかという危機的状況に追いこまれたリスカだが、〈死神閣下〉の異名を持つ剣術師様に救われ（それが幸か不幸かは考えたくないが）、さらには花探しまで協力してもらい、なんとか数種類の商品を揃えることができている。

ううう、なんと申しますか、リスカは花を通してしか魔力を制御できない〈砂の使徒〉……花術師なわけで。

普通の魔術師のようにそこらの物、たとえば首飾りや指輪、あるいは護符《ごふ》を代用として、魔力を自由自在に駆使することはどうあっても不可能だ。

力ある魔術師は一人で細々と商売など始めたりせず、権威と財力を誇る貴族の庇護《ひご》を受けたり、法王のお膝元で華々しく活躍したりと、生活が困窮することはまずもってない。

なんの話だったたか。

そうだった、死神閣下、ではなく剣術師様。

リスカは現在、必死に努力して、ある一方を見ないようにしている。

店の奥まった場所にいつの間にか置かれた、真紅の華美な長椅子のことだ。

ああだめだめ意識しちゃ、と思うほど人間は意識せずにいられない。

自己主張しているとしか思えない、長椅子の豪華絢爛《ごうかけんらん》さが悪いのか。

それとも、長椅子にだらんと横たわる諸悪の根源、じゃなくて凶悪ならぬ接近要注意！　の美麗《びれい》な死神……いやいや違う……覇気がありすぎるどころか、もう神威《しんい》並みの雰囲気を平然と漂わせる剣術師様のせいか。

リスカはつい「死神閣下様」と呼んでみたい衝動に駆られた。うまい異名を考える人がいるものだ、などと感心してしまう。

思わず気を抜いて、ちらりとそちらを見てしまった。

「なにか」

ひ！　とリスカは内心で悲鳴を上げた。

切っ先の鋭利な刃物めいた視線と、かち合ってしまった。

「いえ、滅相《めっそう》もない！」

自分でなにを言っているのか意味不明である。

慣れない。この人の容姿がどれほど麗《うるわ》しく美形であろうと、氷河期まっただなかの眼差しにはまだ慣れない。

それなのに目を向けずにはいられないという、この矛盾。なぜなら、かの剣術師様……セフォーの肩に、純白の羽をもつ愛らしい小鳥がちまりと乗っているためだ。

似合わない。間違っても、ほのぼのだとか和み系な構図に見えない。

小鳥の可憐さとあなたの凄絶さとが、天と地ほどに隔たりがあるように思えてならないのです、とリスカは内心で滔々《とうとう》と本音を語った。

セフォーの肩を陣地と決めこんでいる、この怖れ知らずなかわいい小鳥を保護したのは、昨日のこと。野良犬にでも襲われたのだろう、サクラの木の下で羽を震わせ縮こまっていたところを、ちょうど庭の手入れのために外へ出たリスカが見つけ、拾ったのだった。

治癒後、なぜなのか、本当になぜなのか、悪魔的に深大なる恐怖を呼ぶセフォーにすっかり懐《なつ》き、現在に至っている。

意外にもセフォーは、無邪気にじゃれつく小鳥を窘《たしな》めることなく好きにさせている。というより、どうでもいい様子だ。

ぴぴぴ、と呑気な小鳥の歌声が響いて、いらぬ方向へ広がりを見せるリスカの思考を妨げた。

そんなに鳴いちゃだめ。セフォーに瞬殺される恐れありだから、とリスカは内心でとことん無礼な心配をした。

——セフォーが嫌いなわけではない。

リスカの境遇に同情してか、いや、魔剣のときに力を注いだことへの恩返しなのだろう、こうして無償で住みこみ護衛になってくれたり、店の修理を手伝ってくれている。

一週間ほどをともに過ごすうち、存外に心ある人だというのもわかってきた。野生の獣にひどく懐かれた感覚と似てなくもないが。

反面、悪魔と匹敵するほどの冷酷な素顔があることも知っている。

長椅子から身を起こしたセフォーが、端的言葉でそう言った。

「そろそろ」

「ああ、そうですね。そろそろ休憩しましょうか」

ちょうどこれから〈凪《なぎ》の時刻〉に差しかかる。

凪の時刻とは商売用語で、客足が絶える時間帯を意味している。いわゆるお茶の時間だ。

小鳥の件もだが、これまた本当に意外や意外、セフォーはどう見ても他人に仕えるより惨殺するほうが似合う容貌なのに、献身的な奥様並みと評価してもいいほど、

……ではなく従わせるほうが似合う容貌なのに、献身的な奥様並みと評価してもいいほど、甲斐甲斐《かいがい》しく働いてくれる。

仰天する話だが、セフォーが作った食事は美味しい！　のだ。

なんの肉を使って調理しているのか、怖くてとても訊けない。知る恐怖と、知らぬ恐怖。普段のリスカならば真実追求を選ぶが、この場合どちらがより恐ろしいかといえば、断然知るほうであるため、喜んで目を瞑《つむ》ろうと思う。

「では」

セフォーは、小鳥を肩に乗せたまま扉へと向かった。

ちなみにこの「では」の意味は、「では、お茶の用意をしましょう」と受けとめてよい。

「ありがとう、セフォー」

「いえ」

素っ気ない返答だが、無視されるよりましだと思おう。

うん、満面の笑みを返されても不気味だし不吉だし。

などと色々失礼千万な考えを弄《もてあそ》んでいるあいだに、セフォーがさっとお茶を用意してくれた。すっかり主夫業が板についていて、非常に申し訳ない気分になる。

「美味しいです」

お世辞ではなく本気で賞賛すると、セフォーはわずかに目を細めた。……ちょっと怖い。

ぴぴ、ぴぴぴーという小鳥の陽気な歌声を聞き流しつつ、しばし琥珀《こはく》色の花茶を堪能していたとき、入り口に人の気配がした。

振り向くと、そこには絶世の美女、と言っても差し支えない佳人《かじん》が立っていた。

リスカは放心し、しばらく見蕩れた。

長い金髪を優雅にまとめて細いうなじをすっきりと見せ、凛《りん》と佇《たたず》む姿は絶品である。唇はもう、ふっくらと蕩《とろ》けるほどの官能的な赤さだ。まろい白珠《しらたま》を連想させる肌に、魅惑的な紫の瞳。目映《まばゆ》いドレスに包まれた妖艶な肢体。完璧だ。女性として完璧な美をかたどっている。

どうしよう、これほどの美人を客に迎えたことがない、とリスカは激しくうろたえた。

自分も一応女性なのだから、こうまで動揺する必要はまったくないのだが。

いやいやしかし、リスカは現在、男性体に変身していて。ああもう。

同性さえも惑わす美貌が目の前にある。

実にセフォーと似合いそうな……と余計なことを思いつき、うう、と息をつめた。

セフォーの反応は？　やはり美人を前にすれば、冷酷無情な死神閣下様であろうとも、態度を豹《ひょう》変《へん》させるものなのだろうか。意地悪な僻《ひが》みではない。違う。絶対。誓って。

「……」

ううむ、だけどもそこはさすが死神閣下、髪一筋ほども顔色に変化なし。驚異だ。

「あなたが、店主様かしら」

小首を傾げて、くだんの美女は言った。そんなあどけない仕草も素晴らしくさまになっていますね、とリスカは絶賛し、危うくでれでれしかけた。繰り返すが、リスカの本当の性別は女である。

「あ、はい。私が主です」

「素敵な媚薬があると噂を耳にしたのだけれど」

うはあ、とリスカは内心で呻いた。

あなたも悪徳嗜好《しこう》の持ち主ですか。背徳行為を奨励し実践しているのですか？

これほど奇麗な人が。

「そ、それは、どうも」

この美人が媚薬を使用するのか、しかし、あなたのようにどこもかしこも艶麗な女性なら必要ないのでは、といらぬ勘ぐりをしてしまい、リスカは赤面した。だめだ、商売、商売。

「ひとつ、いただけるかしら」

赤い唇を少し吊り上げて微笑み、リスカをじっと見つめる。濡れたような瞳とはこのことを言うのだろう。

「強い効力のあるものが本当はほしいのです」

ひい、とリスカはまたまた内心で奇声を上げた。

いいのですか本当にそれで後悔しないんですか、とリスカは誰にともなく問いかけた。無用の問いである。

「そうですか、では、ええと」

しどろもどろのリスカを見て、美女がふっと笑みを深めた。今が盛りと咲き誇る花のごとく。

美女は、輝くような笑みを顔にはりつけたまま、固まるリスカのほうへゆっくりと接近してくる。

「その手のものも、ございます？」

「や、は、はあ」

当たり前だが、美女は間近で見ても美女だった。もっと美女だった。

身の奥が疼《うず》くような甘い香りが、しっとりとリスカにまとわりつく。

「あの、す、すみませんが」

やんわりと包みこむように、手を握られた。

馬鹿な考えだが、悩ましく誘惑されている気になってしまう。

と不埒《ふらち》なことをつい思って羞恥《しゅうち》に悶《もだ》えた直後、リスカは絶句した。まさか。

「ふふ。可愛い店主様」

うはあああ、とリスカは内心で激しく動揺した。

今のリスカは他者の目からは完璧に男性体に映るわけで、だが中身はごく普通の女でそんな特殊な嗜好もなく、毎日をささやかに清く正しく過ごしているし、つまりこれほどの美人を間近で見つめる機会などそうそうなかったために、思わぬ動悸が、というかこの美貌、少しわけてくれたらもっと違う生き方ができたかも、いや、違う！

匂い立つ色気と美しさ、ついでに抱いた微妙に切実な羨《うらや》ましさに、くらっとめまいを起こしかけたときだった。

「うわ！」

急に美女の顔が遠のいた。誰かがリスカの襟首《えりくび》を掴んで後方へ引っ張ったのだ。

背後から、山を叩き割るほどの強大な力の気配を感じた。

「セフォー……」

嫌な汗をかきつつ恐る恐る名を呼んだ瞬間、リスカは頭頂部にぽてりと軽い重みを感じた。

ぴぴ、と頭に直接響く軽やかな鳴き声。小鳥だ。

セフォーの肩からリスカの頭へ、陣地を鞍替《くらが》えしたらしい。

もぞもぞと小さな細い足で頭部を移動され、少しくすぐったい……などとのんびり状況分析している場合ではなかった。

肩に手を置かれている。セフォーに。そして、リスカの手は未だ妙齢の女性に握られたままだ。

背後にいるセフォーはいったいどんな表情を浮かべているのか、美女の顔が明らかに強張っていく。

うむ、やはりセフォーの際限なく冴え渡る視線は、リスカ以外の者にも効果絶大であるらしい。

目の前の美女に大きな共感と同情、憐憫《れんびん》などの念がわく。

ところがこの女性、数十秒の睨み合いののち、言葉よりも雄弁な凄まじい気配を漂わせるセフォーの存在を完全無視した。美女が見せた度胸の良さと無謀さに、仰天せずにはいられない。

「あなた、お名前は？」

「はあ、リカルスカイ＝ジュードと申しますが」

「そう、素敵なお名前。懇意《こんい》にしてくださるかしら」

「は、それは、ええ」

愛想よくうなずいた直後、懇意の意味を激烈な勢いで考え、さりげなく照れた。

あ、なぜだか背後の温度が一気に低下した気がする、と不吉な空気を感知してしまったが、後の祭りというものだ。

「ええと、媚薬ですね」

とにかくまずは仕事をしよう、とリスカはこの切迫した状況から逃避すべく、商売意欲に燃えてみた。他に突破口はない。

ぎくしゃくと女性の手を外したあと、小鳥を頭に乗せたまま脱兎《だっと》のごとく商品棚へ走り寄り、無駄に慌てつつも目当ての瓶を探す。

「こちらは本来、副作用のない軽度のものですが、さらに強い効果をお望みならば……」

リスカは瓶から二枚、赤い花びらを取り出して、女性のほうへ掲《かか》げた。

「一枚ではなく、二枚同時に、口に含んでください」

媚薬の花びらは、枚数を増やせば効果も増す。

「では三枚ならば？」

「えっ」

退路を断たれた気分になり、冷や汗が背筋を伝う。

「そ、そうですね、さらに強い効果が発揮されるでしょうが、おすすめできません」

「なぜかしら」

強力すぎるためです、とはたして告げてよいものか。体力持ちませんよ、と言いかけて、あまりにも品がなく露骨すぎる表現だとすぐさま気づき、リスカは顔を紅潮させた。

女性は、リスカの反応の意味を察し、唇を指で撫でながら含み笑いをした。

頭上でぴぴぴぴと鳴く小鳥に、「がんばれ負けるな」と励まされている気分だ。

「リカルスカイ様」

鈴を転がすような甘い声に、リスカは動揺を封じるため忙しなく目を瞬《まばた》かせた。

「くださいな」

「は」

「その花びら、今保管されている分、すべてを」

「すべて!?」

瓶のなかの花びらを真剣に数えそうになった。

大雑把に見ても、数十枚はある。これだけの数を一度に使用すれば、催淫効果どころか意識が弾けて淫魔《いんま》と化してしまいかねない。へたをすれば意識が崩壊し、正常には戻れなくなる危険もあった。

「いけません」

無意識に語調が厳しくなった。

「私は一介の商売人にすぎませんが、それでも自分なりに掟を定めています」

「ご安心を。一度に服用致しません。ただ手元に置いておきたいだけ」

「二枚、お売りします。その結果、お気に召してくださるようならば、後日また二枚お売りします」

リスカにだとて譲れない一線があるのだ。

使用法は購入者の自由だが、限度を超えた激しい快楽は、もはや怒りのようなものだとリスカは考える。身を滅ぼす怒りの共犯者になどなりたくない。

「お優しいのかしら、あなた様は」

揶揄されているようだ。しかし、妥協できぬものは仕方がない。

「よろしいですわ。ならば、予約という形でわたくしのものにできますか」

「……それは」

「リカルスカイ様。わたくし、フィティオーナと申します。ティーナとお呼びくださいませ」

ティーナは、夜会に現れた女王のように気高く顎を上げ、近づいてくる。

けれども――彼女の瞳は暗い輝きを放っていた。ただ漠然と愉楽《ゆらく》に浸《ひた》りたいだけだとは思えない、ひたむきな暗さ。檻のなかにうずくまっている奴隷の目を思わせるような、痛ましい暗さだ。

どうしてそんな目をするのだろう。

「いけませんか。代金は今、お支払い致しますが」

ティーナは顔を背ける口実のように、手にしていた上品な小型の婦人用鞄を開け、そこから、な、な、なんともいやはや、金貨二十枚を取り出したのだ！

リスカは目を剥《む》いた。金貨二十枚。ある意味、最大級の魔力に匹敵する。

金貨一枚は、銀貨十枚の価値がある。

銀貨一枚は、銅貨二十枚の価値。

銅貨一枚で、丁貨《ていか》十枚の価値。

丁貨一枚は、玖貨《くか》五枚の価値と考えていい。

ちなみにリスカが定めた媚薬の花一枚当たりの価格は、丁貨二枚。決して安くはないが、効果の

ほどを体験すれば妥当なところだと納得してもらえるはずだ。

金貨二十枚といえば、一年以上は働かずとも暮らせる金額である。

良心が吹き飛びそう、とリスカは自分のわびしい生活水準を顧みて凄まじく苦悶《くもん》した。

「一度にすべてをお売りくださいとはもうお願い致しません。そのかわりとして取り置きしたいのです。これは手付金とお考えくださいませ」

手付金！　ああいけない良心が、正義が、常識が、金貨の魔力に負けて脆《もろ》く儚《はかな》く崩壊してしまう。

「――いけません」

いえ、いけなくないんです本音では、とリスカは心のなかで泣いた。さようなら、豊かな暮らし。

「取り置きは許されませんの？」

「これは、金貨二十枚は、多すぎるのです」

心からほしいと思っています、とは強欲すぎてとても言えない。

未練と執着と金銭欲を断ち切るため、リスカは最大限に気合いを入れてティーナを見据えた。全力で立ち向かわねば、きらきらと輝く金貨の誘惑に呆気なく敗北し、膝をついてしまいそうだった。

「そう――そうですか」

ティーナはふっと自嘲した。彼女の笑みはすぐに、暗闇を突き抜けたように華やかなものへと変わった。

「素敵。あなたは素敵な方」

「は」

「この世には、金貨に勝る意志があるのですね」

「あ、はあ」

ティーナは熱っぽい視線で、やや気圧され気味のリスカの手をぎゅっと握った。

「わたくし――」

情熱の輝きに彩られた美貌が、リスカの意識を束の間、奪う。

セフォーの視線も小鳥の歌声も、一切遮断して――。

「わたくし、あなたが気に入りました。リカルスカイ様」


【2】


さて――。

リスカは、あの手この手で色っぽい誘いをかけてくるティーナをどうにか言いくるめ、金貨も持ち帰らせることに成功した。

「あの、セフォー」

ああリスカ、しっかり、語尾が震えている、と自分を叱咤激励《しったげきれい》する。

「なんというか個性的……いえ、強烈な印象の女性でしたね」

現在の精神状態ではとてもまともに接客できないため、早々と店じまいだ。

二階に移動したあと、居間代わりの部屋で再びセフォーが用意してくれた花茶を飲むこととなった。ちなみに一階が店、二階が私的空間という構造だ。風呂場や調理場などは一階に設けられている。店の奥の奥には、狭いながらも倉庫代わりの小部屋と、仮眠室があったりする。

「ですが、すごい美人でしたね。あれほど奇麗な人も珍しい」

食卓の上で一人遊びをしていた小鳥が、やけに人間くさい動きで羽を動かし、ぴぴぴと同意するように鳴いた。セフォーは表情を変えることなく、静かに花茶を飲んでいる。

そのゆるぎない無反応ぶりに、閣下、私の話を聞いていますか、と尋ねたくなった。それにしても興味深い小鳥だ。

「……あのう」

声をかけたはいいが、言葉が続かず、気まずい思いを抱いたときだった。

「美人?」

リスカは杯《さかずき》を両手で包んだままぴきりと固まった。

「あれが?」

うぐぐぐぐ、とリスカは死にそうな声で呻《うめ》いた。

今なら、ふっと息をかけられるだけで、自分は脆《もろ》く崩れ落ちるだろうと確信する。

「あれ」呼ばわりですか。めったに見かけない絶世の美女を、閣下は「あれ」とお呼びになるのですか。セフォーが持つ美人の基準を知るのが恐ろしい。

「いえ、いや、うあ」

セフォー様、もしや私の言動が目障《めざわ》りと感じられたのですか、と青ざめずにはいられなかった。

「なぜ」

あと一声、いや、高望みは決してしないので、せめてあと一文字だけでも追加してほしい。心のなかで暴風雨にさらされて喘《あえ》いでいるリスカを尻目に、セフォーは優雅な仕草で花茶を飲み、空になった杯を丁寧に卓へ戻した。

「なぜあなたは」

……すみませんセフォー。一声と望みましたが「あなたは」という言葉を付け足されても、意味がさっぱりわかりません。

リスカは食卓に突っ伏しそうになるのを必死で堪《こら》えつつ、うぅむと首の後ろをかいて、考えをまとめる時間を少しでも稼ごうとした。

セフォーとの会話は常になにかを試されているようで、緊張感がつきまとう。手抜きは許されないのだ。いや、手抜きした瞬間、胴体真っ二つ、とか。

セフォーは食卓に両肘をついたあと、かすかに苛立ちを含んだ表情を浮かべ、リスカを睨んだ。真正面から銀色に凍る眼差しを受けとめたリスカの心情は、もはや言わずもがなだ。

「その姿を」

相変わらず無駄な言葉を一切省いたぶつ切りの台詞だったが、ようやく意図を把握できた。

要するに死神閣下は、「護衛をしてやっているのに、なぜ今も男へと性別を変えている。そのようななりをしているから同性に誘われ、面倒な事態を招いてしまうのだぞ」と叱責《しっせき》しているのだ。

一人遊び続行中の小鳥が、セフォーの不機嫌さを悟り、縮こまるリスカにぴぴと同情的な声をかけて……と思うのは都合がよすぎるだろうか。

「ご、ごめんなさい」

すべて私が悪いのです、と大げさに反省して床に身を投げ、泣き伏したい気持ちだった。

その前に、崖《がけ》から身を投げよと、セフォーに傲然《ごうぜん》と命じられるかもしれない。ざくりと斬り捨てられる可能性もありそうだ。

セフォーが小さく溜息をついた。

「また」

なにが、また、なのでしょう。

ああ、あの美人さんがまた店に来るかもしれない、という意味ですね。

「また来るでしょう」

「どうするつもりなのです」

リスカは先刻の、彼女の容姿やら言動やらをいろいろと思い出して、つい赤面した。

夕食の誘い、茶会の誘い、読書会の誘い、歌劇鑑賞の誘い。果ては間接的な夜伽《よとぎ》の誘い。誘惑の数々に、艶事関連が苦手なリスカは対応しきれず、茫然自失状態だ。

貴族はなんとも積極的で、自分の欲求に忠実らしい。

だが、客には男として通しているリスカの性別は、女なのだ。

セフォーは、これ以上ない冷酷な瞳をリスカに向けた。視線だけで、リスカの部屋を凍らせるだろう。心なしか、元気であったはずの小鳥の鳴き声も、か細く聞こえる。

「あれは面倒です」

閣下の仰る、あれ、とはやはり、くだんの美女のことであろう。しかし。

「面倒とは……？」

「いいですね？」

「は」

「駆除《くじょ》しますよ」

「駆除……？」

数秒の沈黙が訪れた。時間を止める氷の沈黙である。炎も逃げ出す冷たさだ。

「……」

駆除!!

「始末」でもなく「排除」でもなく、「駆除」ですか!!

なにかもう、害虫を相手にしているかのような容赦ない表現だ。

「待って。待ってください。死神閣……ではなくて！　セフォー」

冷や汗がどっと吹き出した。危ない。害虫表現に気を取られ、「死神閣下様」と口走るところだった。

「駆除、駆除だけはどうか」

他の人間が言えば、戯《たわむ》れにしか聞こえないこの馬鹿げた台詞。セフォーが発したことにより、死を司《つかさど》る神の無情な宣告にも等しくなる。

頭の片隅に美女の惨殺死体が浮かぶ。目鼻口耳、ばっさりと削《そ》ぎ取られている。単なる想像に終わらず、実際に悲劇の幕が開く確率がすこぶる高い。しかも、セフォーは立ち上がったではないか。

「セフォー！」

ちらりとこちらを見たが、無言で出て行こうとする。

本気だ。閣下は本気で、やる。

倫理も禁忌《きんき》も罪悪感も関係なく、面倒だから駆除する、というその簡潔な意思通りに躊躇《ためら》いなく動けるところが、セフォーの凄さだ。望みを叶えてしまえるだけの力量も十分ある。ありすぎる。

「待って」

美女駆除計画遂行のために廊下に出たセフォーを、リスカはもつれる足で追った。

どうしようどうしたらああどうすれば、などと激しく混乱した頭でぐるぐる考える。

「い、行かないで」

自暴自棄《じぼうじき》だった。

というより、頭のなかは役に立たない壊れた言葉で埋め尽くされており、意識も半分飛んでいた。

「行かないで。離れないで」

人間、極限状態に陥ると、自分自身の言動を正しく制御できないものらしい。

「わ、わわ私の側に、いてください！」

叫んだ瞬間、別の意味で魂が離脱しかけた。なにを言ってしまったのか。

嘘です今のなし、聞かなかったことにしてください誠心誠意謝ります、と前言撤回し恩赦《おんしゃ》を得られるまで平伏《ひれふ》したくなった。美女よりも先に自分の惨《むご》い亡骸《なきがら》が作られてしまいそうな予感がして、とても冷静ではいられない。

閣下が、セフォーが、くるりと方向転換し、珍しくかつかつと靴音を高く響かせて、絶句しているリスカに接近した。

その音がまるで、冥界《めいかい》を治める死王の靴音に聞こえるのはどうしたことか。

「リスカ。リスカさん」

名を呼ぶセフォーの声音が寒気立つほど冷酷で、返事をする勇気も気力も体力も熱意も根こそぎ奪われた。くにゃりと膝が崩れ、その場に倒れこんでしまう。

「……」

いや、倒れなかった。

床に激突するより早く、こちらへ戻ってきたセフォーが腕を伸ばして抱きとめてくれたのだ。

「あわわわわわ」

目を瞑ると、そっと頬に触れる手があった。まさか顔を引き裂く気ですか!?

恐怖のあまり泣き伏しそうになったが、頬を撫でる指先は驚くほど繊細だった。

たやすく死を生む人の指先とは、思えないくらいに。

「リスカさん」

あれ、怒っていない？　リスカは片目を薄く開けた。

「あなたは」

低い声が囁きに変わったとき、こっそりあとをついてきていたらしい小鳥が突然騒がしく鳴き、怯えきっているリスカをかばうように肩にとまった。

セフォーがすうっと息を吸い込み、叱責しているような鳴き声を響かせる小鳥をきつく睨んだ。

ううむ、小鳥の心臓でさえ違う意味で鷲掴みにする、剣術師様の脅威的視線。

義侠心溢れる勇敢な小鳥も、これには屈し……哀れ凝固《ぎょうこ》して、リスカの肩からころりと転がり落ちた。リスカは慌てて両手を差し出し、小鳥を拾い上げた。

セフォーが小鳥のほうに手を伸ばす。無慈悲にも払い落とすつもりなのか。

「邪魔なのですよ」

死んだふりなのか本当に気絶中なのか、ぴくりとも動かなくなった小鳥を一瞥《いちべつ》し、セフォーは平然と言った。真顔で。

「せ、セフォー」

再度の試練が訪れる。命を懸けた度胸試しのようだ、というのは不謹慎か。

「でもっ、でも」

「いいのですよ」

と、セフォーは冷たく遮《さえぎ》り、小鳥を握り潰そうとした。

ああもう、冗談ではなく本当に、命を賭して死神閣下の動作を封じないと。

小鳥の未来を守るために、リスカは強敵を前にした孤高の剣士のごとく悲壮な覚悟を固めた。

「セフォー。セフォード」

　小鳥を乗せた左手は後ろに回し、危険な気配を漂わせている閣下に右手だけでしがみつく。要するに抱きつくと見せかけて、小鳥に手出しをさせないよう背中に隠したのだが。

　セフォーの手が届く範囲に小鳥を置くと、間違いなく握り潰されるだろう。

「可愛いです、小鳥は。か弱く、稚《いとけな》く、悪意のない生き物です。鳥の歌声は神が祝福せしもの。殺してはいけない。……セフォー、一瞬でも愛しいと感じたものを手にかければ、その度に自分のなかのなにかが失われる。あなたは強い。強いあなたは、たやすく弱き者を殺めてはいけません」

　すみませんえらそうなことを、とリスカは内心で深く詫びた。

「わ、私は、その、小鳥を愛でるセフォーを見るのが好きなんです！」

　言えば言うほど深みにはまると気づき、最後の意地すら地の底まで墜落《ついらく》したとき、突如強い力で抱きしめられた。予想外の出来事に、小鳥を危うく取り落としそうになったが、自分の背骨もすこぶる心配だった。へし折る気だろうか、と九割は本気で思い、諦観《ていかん》した。

「好きですか」

「は……」

「好きですか」

「はあ」

　セフォー、私、息ができません、と真剣に哀願《あいがん》したくなった。

「好き」

「は」

「そう、好きです」

「ひふ」

「愛しいと」

「え、ええ」

「きっと」

「……？」

廊下でいったいなにをしているのだか。リスカは息苦しさと不可解な状況のせいで、最高潮に混乱していた。小鳥は無事だが、自分は窒息しかけている。

頬にさらりと淡い色の髪が触れる。銀であり白。美しく柔らかな。清らかな色だ。「ああ聖なるかな、人の子よ」などとリスカは、冥福《めいふく》を祈る言葉を心中で唱えつつ虚《うつ》ろに笑った。

温もりが全身を満たして、半分、恐怖心も残っていて。なにより抱きしめる腕の力が強く、呼吸停止の一歩手前だった。

「愛しいものは、殺めません」

リスカは薄れ始める意識のなかで、胸を撫で下ろした。小鳥の命も、たぶん美女の命もこれにて確保。体当たりな引き止めは、どうやら成功を収めたらしい。

けれども。

「リスカ」

「セフォー、私……」

くらくらする。

「リスカさん」

「ちょっと……気絶、します……」

リスカは呼吸困難で、気絶した。

【3】

翌日。

リスカはそのまま朝まで眠ってしまったらしい。

麗《うるわ》しい容姿を持った女性の積極的な誘惑攻撃による疲労が原因か、はたまた剣術師様の奇想天外な言動のためか。

まあ、十分な睡眠が取れたので、よしとしよう。

窓から差し込む心地よい陽の光に目を細め、うーん、と寝台の上で呑気《のんき》に身体を伸ばしたときだった。

「起きましたか」

起きぬけに聞くにはどうかと思うような、心臓に悪い冷淡な声が響いた。

身体を伸ばす途中の間抜けな体勢で、リスカは固まった。

怒濤《どとう》のごとき勢いで記憶が甦り、一気に血の気も引いてきた。

廊下でさっくりと気絶したはずなのに、いつの間にか寝台で寝ているというのは奇妙な話だ。

当然ながら自分では移動できないので、誰かが運んでくれたことになる。

しかも室内に光が注がれているのなら、その誰かが気をきかせてわざわざ鎧窓《よろいまど》を開けてくれたということにもなるだろう。

「目は覚めましたか」

再び聞こえた、淡々とした低い声。

仮面として壁に飾りたいほどの見事な無表情を顔にはりつけたセフォーが、扉の横に寄りかかって、リスカをじっと見つめていた。これほど表情の変化に乏しい人も珍しい。

氷の眼差しで「さっさと答えなさい」と脅迫、いや催促されていると気づき、リスカは慌ててうなずいた。

「はい、あの、起きました」

やはりというかなんというか私を寝室へ運んでくれたのはあなたですか、と訊きたい気持ちがあるにはあるのだが、なぜだか確認する勇気がない。臆病だ。

「あっ、小鳥は今どこに」

「います」

「ええと、羽をむしって血祭りとか……いえ！　その、無事ですか」

「問題ない」という意味なのだろう。セフォーが一度、ゆっくりと瞬いた。迷いのない堂々たる寡《か》黙《もく》ぶりに、ねえセフォー、もっと口を活用してみませんか、案外便利かもしれませんよ意思疎通の手段として、とつい真剣に提案してみたくなったリスカだった。できなかったが。

「隣へ」

「は」

「食事が」

「はあ」

「鳥も」

簡素、簡潔すぎる言葉の意味を、リスカは目覚めたばかりの鈍い頭で必死に考えてみた。

たぶん「起きたのなら、はやく隣の部屋へ来なさいね。食事の用意をしました。あの小鳥もすでにそちらで待っていますよ」といったあたりだろう。

「あ、ありがとうございます、ええ、その、着替えてからでも……いいですか」

セフォーは軽く首肯《しゅこう》して、愛想や親しみやすさ皆無の無表情を最後までわずかも変えることなく、部屋を出ていく。

親切なのかそうでないのか、実に性格の掴みにくい人だ。

本気で悩みながら寝台を降り、急いで仕度にかかる。

着替えに袖を通し、ぼさぼさもさもさな憎らしい髪を手ぐしでとかすあいだも、脳裏に浮かぶのはセフォーのことだ。もっと率直に言えば、気絶する前にかわした会話の内容だった。

思い出すだけで心拍数が上昇し、さらには身体中の血が沸騰《ふっとう》するかのような感覚に襲われ、髪をとかす手も震えてくる。危うくごっそり引き抜きかけた。

感情の高ぶりのせいか、視線もふらふらと定まらず、壁の鎧戸から寝台へ、寝台から小机へ、小机から本棚へと忙しなく揺れ動く。

要するに、意識ははっきり覚醒しているものの、現実にはなにも目に入っていない状態だ。

リスカは平静ではいられなくなり、檻のなかの獣よろしく狭い私室をうろうろと歩き回った。

小鳥の助命を願うためとはいえ、『禁歴の書』にも記載されるような有名な剣術師に、なんという無謀な真似をしたのか。

今現在はリスカの護衛、というよりまるで従者《じゅうしゃ》か執事《しつじ》……いやどちらかといえば主夫か……ややや、つまるところ生活全般、掛け値なく世話になっているわけだから、その点については本当に感謝しているし、有能で頼りになる人だと思ってもいるけれど、実態は「排除」「始末」、とどめに「駆除」を得意とする掃除の達人なのである。掃除の意味が普通と異なり、すこぶる恐怖だが。

「うう」

昨日、セフォーが発した端的な言葉の数々を思い返して、鼓動が不自然に跳ね上がった。

愛しいものは殺さないと約束した気がするのだが、もしかすると夢だろうか。「好きか」と何度も訊かれた気もする。

頭に血が上ったせいで、ふらっとめまいに襲われ、床にうずくまった。

リスカは、無邪気に「それどういう意味?」などと疑問に思えるほど、純真無垢《じゅんしんむく》な子どもではない。

だが平静な態度で流してしまえるほど、艶めいた経験が豊富なわけでもない。

当然、「ねえどういうことかしら?」などと知らぬ顔であどけなく訊けるような、駆け引き上手の小悪魔になれるはずもない。なりたいだなんて思ってもいない。心から。本気で。偽りなし。

待て、色恋沙汰《ざた》の話と決まったわけではなかったか。

小鳥がかわいいから殺すのはやめておく、という単純な意味かもしれない。

セフォーの言葉はとにかく足りなすぎるうえに突飛《とっぴ》なので、意味が正確には把握できない。表情なんて冷淡冷酷冷血の頂点を制覇しているし、愛嬌と社交性は死滅中だし、発する言葉もばらばら切断死体状態だ。

自分でなにを言っているのかよくわからなくなってきた。このまま一人暴走を続ければ、かかずともいい恥をかくのは目に見えているので、もう深く考えるのはよすことにする。

動揺がおさまるまで深呼吸を繰り返すと、リスカはよろりと立ち上がり、朝食を用意しているという隣室へ向かった。

朝から全力疾走をしたような気分だった。

＊　＊

「仕入れに」

立派な料理人になれるくらい絶妙な味付けをされた食事の途中、セフォーがそう言った。

ちなみに昨日、生死の危機を体験したはずの小鳥は、必殺極悪掃除屋のセフォーに怯えてもう寄りつかないかと思いきや、なかなか剛胆《ごうたん》な気性の主であるらしく、元気に歌声を響かせたあと、食卓の端に乗って幸せそうに木の実をつついている。

どうもリスカの気絶中に、セフォーと和解したらしい。秘訣を教えてもらいたい。

「市へ」

「ぴ」

私の家、いつのまにか獣《けもの》の家族が増えてますよね、と一人と一羽をちらちら盗み見して、虚ろな微笑をこさえてしまうリスカだった。セフォーを猛獣扱いしている事実に自分で気づいていない。

「それは私が後で行きますから」

セフォーの「仕入れに」と「市へ」という言葉の意味は、「市へ出向いて、商品の花びらを客に渡すさいに必要な保護紙と、ついでに食材なども含めた生活用品を買ってきましょうか」だと思われる。

「いえ」

「でも、そこまでしていただくわけには」

あなたが行くと、その冷気を浴びた店主が恐怖のあまり、白目を剥いて気絶するんじゃや、とリスカはかなり失礼な心配をした。

セフォーは食事をする手を止めて、じっとこちらを睨みつけ……ではなく、凝視《ぎょうし》する。

「行きます」

「は」

「待ってなさい」

非情の眼差しで宣告、いや諭《さと》されたリスカは、反論と後ろめたさをすぐさま滅し、がくがくと従順にうなずいた。

小鳥が一心不乱に木の実をかじる小さな音だけが、部屋に響いている。のどかなようで、ひやりとした緊張感がある。

「あの、セフォー」

「気を」

はい、一人でいるあいだ、気をつけなさいという意味ですね。

「やはり、私が町へ行ったほうがいいのでは」

セフォーがかすかに目を細めた。内心でリスカは「ひぁぐ」と奇怪な悲鳴を上げた。氷剣《ひょうけん》で頬を撫でられた気分だった。顔の皮膚が剥けそうだ。

すみませんでした余計なことを言って、と全力で謝ろうとしたとき、セフォーが食卓に肘を乗せ、頬杖をついた。

「よろしいですか」

「は…い?」

「結界を」

リスカはつい、姿勢を正した。

自分の外出中は、身の安全のために結界を作り、大人しく待っていなさい、と言いたいのだろう。

しかし、結界は今現在、構築できない。

夜盗に店を荒らされたさいに、結界用の花びらを入れていた瓶が割れてしまったせいだ。

その後、店じまいの危機に頭を抱えるリスカを見たセフォーが森へと出向き、商品として使える花を探してくれたのだが、残念ながら結界に適合するものについては見当たらなかった。

抜きん出た力を宿すセフォーの存在が、すでに強固な結界の役割を果たしてくれていたために、この問題を深刻には捉えていなかったのだ。

夜の暗さと果てしなさに憂慮《ゆうりょ》の溜息を漏らす日々など、リスカはいつの間にか忘れていた。眠れぬ時間も孤独もすべて、鮮やかな日常に覆われ、忘却の彼方。

一緒に過ごした時間はまだ短いというのに、視線ひとつとっても刺激以上の刺激だから、落ち着いて息継ぎする余裕もなく、気がつけば感情にこれほど大きな革命が起きてしまっている。

返事は？　とセフォーが催促する。

「リスカさん」

「あ、はい」

リスカはうわの空でうなずいた。

花びらはない。結界は作れない。だが、その事実をセフォーに伝えることができない。

なぜ？

事実を告げても、セフォーは怒らないだろう。

むしろ相変わらずの超然とした態度をとりつつも、親身になってくれるのではと思う。

なのに、なぜ言えないのか。リスカは自分の胸のうちを探る。深く深く深く。

きっと理由はある。自分のなかにやっぱりある。

結界用の花がないと正直に言えば、この剣術師様は外出をとりやめ、リスカの手が空く時間を待って町まで同行してくれるのだろう。

高値だが護符となる法具を扱っている店もあるから、出費さえ惜しまねば、たとえセフォーが不在のときでも身を守れる。結界を作れない今のリスカにとっては、必需品になるはずだ。

セフォーは、魔剣状態のときにリスカが魔力を注いだことへの恩返しとして、願う以上に世話を焼いてくれている。まるで親が子を守るように。基本は大層他人嫌いだが、一度受け入れた相手にはとことん懐くという気性の持ち主なんだろうと思う。

だからその後の行動も、簡単に想像できた。

セフォーはきっと、リスカの知らないあいだに、知らない場所まで、結界用の花を探しに行くのだろう。

それを思うと、申し訳なさよりも先に、淡く切ないような感情が生まれる。

魔術の道に進んで以来、孤独と警戒が当然だった。学びの塔での徹底した冷遇に意気を失い、逃げ出したこともあった。

だが生きるためだけの乾いた寂しい日々に、突如、目が回るほどの刺激と、無償に近い親切な手が差し伸べられた。これは握り返して許される手なのか？

なによりも、朝起きたときに声をかけてくれる者がいること、食事をともにする者がいること、ふと顔を上げたときに目が合うくらいの距離に誰かがいること――それらは深い安息であると同時に、思いがけないほどの不安をもたらすと知った。

陰雨《いんう》の絶えないみじめな孤独のなかに、戻るのが恐ろしいから、不出来なところを見せたくない。見せられない。

魔術師なのに、結界ひとつまともに築けない能なしだと、失望されるのはつらい。

いついなくなるか、わからない人であっても。

「リスカさん」

「はい。――はい、セフォー」

リスカは少し顔を伏せて、微笑む。

「わかりました。きっとそうします」

嘘をつく。できない約束をしている。

小鳥がふとリスカを仰ぐ。リスカは小鳥にも、微笑を向ける。

「大丈夫です、セフォー」

小さな嘘だ。気に病むほどのものではない。

しかし嘘の程度が問題ではないと、本当はわかっている。最初は砂粒ほどだったはずの罪のない嘘が、予想外に膨らみ、よどむだけよどんで、取り返しのつかない事態を招くこともある。

なぜなら舌は、悪魔が祝福せしもの。虚言を乗せ、外へと押し出すものだ。

垂れ流される虚偽《きょぎ》の言霊《ことだま》。舌から嘘がこぼれた瞬間、悪魔が笑う。

気分が翳《かげ》るほど、胸が痛んできた。戸惑うくらいの痛みだった。

「平気ですか」

「問題ありません、今は祭りの時期だから人出も多くて、それで夜盗に狙われたりしましたが。私、これまでもなんとか一人でやってきてるので大丈夫ですよ」

平静を装って答えたが、覇気のない声音なのが自分でもわかる。

セフォーの硬質な視線がうつむくリスカをとらえていると気づいても、顔を上げることができない。今の感情を読まれたくないからだ。

魔術師は、その気になれば読心術をも操れる。だが、禁忌の術だ。他者の心に満ちる密やかな声を断りなく奪うのは、どんな理由があろうと人でなしの所業だった。

リスカとて、異系と指さされながらも術師の一人だ。もし、セフォーが無断でこちらの精神に手を伸ばせば、当然気づく。心を読む術は、独特の浮遊感を対象者に与えるためだ。

実は今までに、ふとした拍子に透視《とうし》されているのでは、と身構えてしまうことがあった。

読心と透視は、似て非なるもの。読心術は他人の心が発する装飾なき声を盗む。

透視は心の形――声よりもっと曖昧な、雰囲気に近い画を視《み》る。

読心術は意志を必要とするが、透視は意識的でなくとも視えてしまう場合がある。

――誰にも持ち得ぬ希有な力に恵まれたセフォーでも、他人の心を読みたいと疼く思いを抱えることがあるのだろうか？

わからない。やはり、よくわからない。

リスカは一旦、思考を断ち切った。

「セフォーも気をつけて」

視線を合わせることなくセフォーに声をかけ、そっと席を立った。

＊　＊

さすがに小鳥を町まで連れて行く気はないようで、リスカとともに自宅待機となった。

「おまえはセフォーが恐ろしくないのだね」

セフォーが出かけたあと、リスカは店の入り口に置いた椅子に座り、ぼんやりと膝の上に乗せた小鳥を見遣る。

入り口の側に置いた古い揺り椅子は、リスカの指定席だ。思索《しさく》に耽《ふけ》るにはちょうどいい。目の端に映る豪華な長椅子には、セフォーが不在の今、どこかよそよそしいものを感じてしまい、座る気になれないのだ。

小鳥は膝の上を歩き回り、不思議そうに首を傾げてリスカを見上げた。

「人とは、わからないものだ」

リスカはひとりごちる。

「そして、難しいものだ」

これだけは言える。セフォーの気配は未だ恐ろしい。畏怖の念が絶えずつきまとい、リスカを必ず躊躇わせる。

傲慢なほどに凄まじい威の波動。卓抜している魔力。あらゆるものが、光のように強い。

ずっと眺めているのは辛いのだ。側にいれば、自覚のあるなしにかかわらず、どうしても気後れする。まっすぐにその視線を見返せない。

けれども、寂しい。姿が見えなくなると、途端に寂しくなる。

おかしなものだ、とリスカは苦笑する。矛盾した感情が自分のなかに生まれている。

リスカは小鳥を潰さないよう注意しながら、慎重に腰を浮かせて勘定台の上の瓶へ手を伸ばした。

性別を転換させる花びらを、一枚取り出す。

額に当てると、一瞬、身体を搾られるような強い不快感が走る。

自分の肉体が男女の理法《りほう》を乱して作り変えられる、その不快感。

リスカは吐息を漏らした。

まるで惰性のように、毎日毎日、性別を逆転させている。個性を消すように。

「私は」

瓶を戻し、小鳥の羽を指先で撫でる。

喜びを示すように小鳥が羽を持ち上げ、指先に嘴《くちばし》をこすりつけてきた。

「私は、人という生き物を知らないのだ」

落ち着いた環境のなかで人と深く接し、苦楽を分かち合う機会など得られなかった。

人とどのようにしてつき合うのか、どの程度の距離を保つべきなのか。なにひとつ知らない。

塔に入る前までは、未来への道は常に明るく照らされ、望むほうへ真っすぐに伸びていると思っていた。

その浅はかな、根拠のない確信は、魔力に歪みがあると証明された瞬間、打ち崩された。

同時に、かつての自分がいかに高慢で、狭小《きょうしょう》な考えしか持っていなかったのかを理解した。

他者をないがしろにし、当然のように自分ばかりを大事にしていたのだ。

報いは受けた。それが、刃の勢いで心を切り裂いた、差別と冷遇だった。

流浪の果てにオスロルに辿り着き、慎《つつ》ましくも平穏な日々を過ごすようになった今もまだ、他者とのかかわり方がわからず、途方に暮れてしまう。

「では、どうすれば」

生じる迷いに唇をきつく結んだとき、からりと扉が開かれる乾いた音がした。

リスカは、はっとして振り向き、椅子から立ち上がった。小鳥が驚いた様子で宙に飛び、右肩の上へと移動した。とっさに、セフォーが戻ってきたのかと思った。

「――?」

リスカは訝《いぶか》しげな表情を浮かべ、幾度も瞬いた。

開かれた扉から姿を見せた三人の人物は、どうも冷やかし客ではなさそうだ。

身なりからして、警備のために町を巡回する兵士ではなく、都より派遣されてきた貴族騎士だろう。なぜ、わざわざ町外れにあるリスカの店を訪れるのか、理由がわからない。

最初に入ってきた、陽光のように明るい金の髪を持つ男は、二十代半ばあたりだろうか。

藍《あい》色をした天鵞絨《びろうど》の外套《がいとう》に、多色の刺繍《ししゅう》を施した優雅な内衣。磨かれた長靴。腰にさげているのは、お飾りとしての役割しか果たさない瑞刀《ずいとう》だった。

瑞刀とは、刃渡りが肘から指先までの長さもない短剣のことだ。折れやすい細身の刃であるため、よほどの手練《てだ》れでなければろくに操ることもできず、人ひとり殺せまい。

彼の背後に控える二人も、似たり寄ったりの華美な風貌だった。

辺鄙《へんぴ》な地に配属されたことへの不満か、貴族騎士の大半が粗野で横暴な振る舞いを見せるので、町民に敬遠されることが多い。

花街の女や若い娘たちには、人気があるようだが。

「おまえがリカルスカイ＝ジュードか」

「はい、私ですが、それが」

「なるほど」

居丈高《いたけだか》な態度に、なにがなるほどなのかと、リスカは内心、むっとする。

背後の二人は、検分するように視線を店内に巡らせている。商品を値踏みしているのではなく、なにかを探しているような冷徹な眼差しだった。リスカの名前も知っていたし、どう見ても客として訪問したのではないだろう。すこぶる嫌な予感がしてきた。

「おまえは魔術師であろう？」

リスカはなにも答えなかった。魔術師だけれど魔術師ではないので、肯定も否定もできない。

「魔術師ともあろうものが、ずいぶん落ちぶれた暮らしをしている」

わ、悪かったですね！　リスカは一瞬、警戒を忘れて顔を引きつらせた。

初対面の相手に大変無礼ですよ、人間は生きていくうえで水と大気と社交辞令が絶対的に欠かせないというのを知らないんですか、と力強く説教したくなった。

心のなかだけならリスカはいくらでも勇敢になれる。虚《むな》しい。

「——砂の使徒だな、おまえ」

背後にいた二人のうち、左側の小柄な騎士がふと呟き、微妙に落ち込みつつあったリスカの神経を逆撫《さかな》でした。

「どういう意味だ？」

右側の大柄な騎士が、不思議そうに訊き返す。

一般人にはあまり馴染みのない魔術師の実態。閉鎖的なリア皇国内でも、とくに秘密主義とされるのが、魔力にひざまずく異能の者たちだ。

華やかな夕焼け色の髪を持つこの小柄な騎士には、おそらくお喋りな魔術師の知り合いがいるのだろう。

「落伍者という意味だと聞いた。魔術を操りきれないのだと」

小柄な騎士は物知り顔で言うと、椅子の背もたれに乗せていたリスカの手の刻印を一瞥し、うっすらと冷笑をたたえた。リスカは苦い思いを堪え、刻印の浮かぶ自分の手を背中に隠した。

誰もかれも、愛想やら思いやりとやらを、大事にするつもりはないのだろうか。

リスカは荒《すさ》み始めた心のなかで、この騎士たちに、いつかひっそり呪詛《じゅそ》を放ってやろうと決意した。実現は難しそうだが。

ぴぴぴ、と利口な小鳥が肩の上で羽をばたつかせ、侵入者に対して忙《せわ》しなく鳴く。

リスカを守ろうとしてくれているらしい。ちょっとほろりときた。動物はいい。癒される。

などと、しんみり浸っている場合ではなかった。

「どのようなご用件で、おいでになったのですか」

リスカは、向き合う形となった金髪の騎士に視線を定めた。

異系という枷に絶えず制限される砂の使徒であろうと、目に力を持つのは当然。罵《ののし》られた仕返しでは断じてないが、じっくりじわじわと、精神に圧力をかける作戦をひそかに開始する。

全体的に規格外なセフォーには、あらゆる意味で到底太刀打ちできず無力だが、外見ばかりが整った横柄な騎士に、いいように翻弄《ほんろう》されてたまるものか。

別に、男のくせにうっとりするほど見事な金髪を持っているなんて許せない、などと置かれた状況を無視して、嫉妬に燃えているわけではない。違う。本当に。絶対。うう。

「フェイ。あまりそいつの目を見るな。暗示にかかるぞ」

小柄な騎士が面白くなさそうに言った。リスカは内心、舌打ちをしたい気分だった。厄介だ。

フェイと呼ばれた金髪の騎士が目を見開き、振り返った。

「落ちこぼれなのだろう?」

「だが、腐っても魔術師さ」

この小柄な騎士には、やはり魔術師の知り合いがいる。リスカは確信した。

花を用いねば魔力を行使できないリスカだが、こうして向き合っているあいだであれば、ある程度意のままに相手の言動を操ることが可能だ。まったく通用しない相手もなかにはいるが、隙だらけの無防備な騎士には、十分な効き目が期待できるだろう。

もちろん、距離を置けばすぐに効力は失われる。

「術師の力量によって当然、効力の差はあるだろう。それでもこの距離で仕掛けられれば、抵抗はできない」

淡々とした声音だが、小柄な騎士は慎重な表情を見せて一歩引いた。そして絶対にリスカと目を合わせようとはしない。

「砂の使徒でもその場しのぎの暗示ならば、可能なはず。そうだろう？」

リスカは顔色を変えるような真似こそしなかったが、焦燥感が胸に広がるのを自覚した。

災難の兆候が見える。セフォー。こういうときに、側にいない。

違う。リスカの軽率さが招いた事態だ。いつもこうだ、狙いすましたように失敗する。

魔術師であることを否定しているのは、実は自分自身なのではないか。

答えのない無益な感傷ばかりに気をとられ、肝心なものを見ていない。結界を張ると嘘をついたときに感じた胸の痛みは、まさにこの事態を予知していたためだろうに！

身の内から響く警告の声に、耳を傾けなかった自分が悪い。

リスカは気づかれないよう、息を深く吐いた。自分の愚かさを自嘲《じちょう》するのはあとだ。

「暗示だと。やってくれるではないか」

まだ仕掛ける前だったというのに、金髪の騎士フェイは強い憤りを見せ、リスカを睨みつけた。

「我らに向かって楯突くつもりか。魔術師にもなれぬ外道《げどう》が」

外道。痛烈な罵声を、リスカは案外静かな面持ちで受けとめた。

蔑《さげす》みの言葉など、言われ慣れている。

悔しいと、辛いと嘆き、顔を背けてしまえば、負けなのだ。一度逃げてしまうと、次に相手の顔を見返すのが困難になる。塔にいた頃に、いやというほど思い知った。

「ぴっ、ぴっ」

リスカの肩から椅子の肘掛けに移動した小鳥が、勇ましく応援してくれた。たぶん。

「ご用件は」

あ、この声音、少しセフォーめいているかも、とリスカは内心で呟き、銀色に彩られた剣術師の姿を脳裏に描いた。不思議だが、わずかに力が身体に戻った。

「下種《げす》が対等な口をきくのか」

リスカは、わき上がった怒りをなんとか飲みこんだ。

人の店にずかずか乗り込んでおいて、喋るなと言うつもりか。何様なのだ……騎士様なのだが。

リスカよりずっと身分が上だ。えらそうで当然か。ううう。

「浅ましい。二度とそのような口はきけぬと思え」

一切口をきかなくてもいいので、そちらも話しかけずにさっさと帰ってほしい、としみじみ思った。

暇潰しに難癖をつけにきたのではないなら、いったいなんの目的で訪れたのだろう。いい加減嫌気が差し始めたとき、ふいに思い至って、血の気が引いた。

難癖どころではない壮絶な問題が、確かにあるではないか。

リスカは呻きそうになってしまった。

もしかして、森のなかにおそらくは放置したままの、魔物もたじろぐほどに無惨な屍の山を発見したとか。

あるいは、リスカの店を襲撃した夜盗の屍を、どこかで発見したとか。

せ、せっ、セフォー、残虐行為を反省するとまではいかなくとも、死者に敬意を示して冥福を祈り、手厚く埋葬……などは、やはりしていないでしょうね。うん、ありえませんね。きっともう眼中にすらないですよね。

というより、閣下の突き抜けっぷりが凄すぎて、リスカも死者を悼《いた》んだりと、真剣に考える暇がなかった。惨殺した相手への償《つぐな》いとか倫理の在り方とか善悪の基準についてだとか、とにかく諸々、本来ならすぐさま教会へ駆けこんで懺悔せねばならないことがあるはずなのにだ。

セフォーを前にすると、そんな苦悩を真面目に抱くほうが、異常な気がしてくる。馴らされている！

これはまずい、自分は突破口が見えないほどの絶望的な状況に追い込まれているようですが、とここにはいないセフォーに泣きついた。

「思い当たることがあるだろうが」

思わず、ええ本当にありすぎますね、ありすぎて息絶えてしまうやもしれません、と同意しそうになって焦った。認めてどうするのだ。

「どうだったのだ、散々いい思いはしたのだろう？」

フェイは腕を組み、暗い光を宿した眼差しをこちらへ向けて卑《いや》しく笑った。

いい思い？

リスカは、はて？　と首をかしげた。

惨殺死体の山を目にすることを、普通、いい思い、というだろうか。

まさかこの騎士、そ、そちらの趣味が……とリスカは現実を一瞬忘れ、フェイの全身を凝視《ぎょうし》した。

死体愛好者の心情など、わからない。

「おまえのような下種が触れるには、惜しい人だ。堪能《たんのう》したのだろう？」

堪能？

ますます理解不能だ。屍に触りたいという欲求なんて、まったく持っていないのに。

……惜しい人？　堪能？

リスカは、ようやく会話の不自然さに気づいた。

フェイは、わざとらしくにやにやと笑っている。

後ろの二人も、どこか獣のように目を光らせている。

「あの、なんの話をされているのでしょう」

「とぼけるつもりか。フィティオーナ夫人の身体を忘れたとでも？」

フィティオーナ。

——ティーナか！

待て、その前に、フィティオーナの身体とはどういうことなのだ。

もしや。

リスカはそれこそ下種なたぐいの推測をして、あまりの誤解に意識が遠のきそうになった。容赦なく不吉な予感がした。

ティーナはふられた腹いせに虚言を並べ、騎士を寄越したのか？

「来てもらおうか」

気味の悪い笑みをはりつけたまま、フェイは、愕然としているリスカの腕を乱暴に掴んだ。

その瞬間、苛立ちを覚えるほどの強い嫌悪感に襲われた。もともと、リスカはあまり人に触れられるのが好きではない。

「なにか誤解されていませんか」

とっさに腕を振り払った。

言いがかりも甚《はなは》だしい。性別を変えた咎《とが》が、こんな形でやってくるなんて。

「誤解。誤解だと」

げらげら笑うその姿が、醜いとリスカは思った。

セフォーの、仮面のような冷たさが漂う顔が見たい。表情が豊かでなくても、柔らかさが一切感じられなくても、かまわない。

「味わったのだろう。あの身体を。手を、唇を、胸を」

残念だが、先ほどの淫猥《いんわい》な推測は外れていないらしい。

「どうか私に触れなきよう」

フェイが、一歩前に出た。

背後に控えていた二人の騎士も、退路を塞ぐようリスカのほうへと詰め寄る。

「あ」

リスカは目を見開いた。小さな白い影が、突然、目の端を横切った。

窮地に追い込まれているリスカを救出しようと決意したのか、小鳥が「ぴぴぴ」と勇敢な鳴き声を響かせながらフェイに先制攻撃を仕掛けたのだ。

……髪をつくつくと嘴で引っ張るという、実に無邪気な攻撃だったが。

小鳥にとっては最大級の攻撃なのだろう。

まあそれは、髪を強く引っ張られるのは痛い……だろうけれど。

毛虫や小鼠の類いに対してであれば、有効な攻撃なのだろうが、いかんせん相手が悪かった。

フェイは腹立ちまぎれに腕を上げ、頭上を飛ぶ小鳥を薙《な》ぎ払った。

「なんてことを！」

リスカは叫んだ。

ぴいと悲痛な鳴き声を上げて、小鳥が羽を不自由にばたつかせ、弱々しく落下する。

リスカは慌てて両手を差し伸べ、拾い上げようとした。その腕を、フェイが強い力で再び掴んだ。

「離しなさい！」

声を荒げて振り向いた瞬間だった。リスカの耳に、ぞっと鳥肌の立つような、かわいい小鳥が発したものとは思えぬ潰れた鳴き声が突き刺さった。

騎士たちが、一風変わった燭台などを飾っている棚を、冷ややかに眺めている。その下に。床の上に。

奇妙な具合に折れ曲がった、白い羽が見えた。

「あっ！」

まさか、目の前の小柄な騎士が、こんなに小さく稚い生き物を蹴り飛ばしたのか。それとも、大柄な騎士のほうだろうか。いや、どちらの仕業であっても、酷い行為であることに変わりない。

「なんて酷い真似を！」

白い羽がびくびくと細かく痙攣《けいれん》している。治癒の術を使えばまだ間に合う。

「来いと言っているだろう」

憤るリスカの行く手を、フェイが自らの身体で阻んだ。

誰の目にも、小鳥の命など映っていない。

目にとめる必要もない、価値を論じる意味すらない命だと、軽んじている。

けれども、リスカは違う。

手や頬にすり寄る仕草。軽やかな羽の音。肩に乗るささやかな重み。それらを愛らしいと感じるとき、リスカは確かに命の鼓動に包まれた。

意図せぬ喜びを授けてくれる存在こそが、本当はなによりも得難いはずだった。

「おどきなさい！」

「黙れ」

この騎士たちに多少の怪我をさせたとしても、罪悪感は覚えないだろう。

だが。リスカは懐に手を入れて、愕然とした。

なかった。常備しているはずの花びらがない。

さっと蒼白になる。

そうだ、起床後、着替えてから慌てて部屋を飛び出してしまい、そのまま忘れて――。

どこまで、どこまで、自分は愚かなのか。

なす術がない。リスカは、花がないと魔術を一切使えない。

肝心なときに使えない魔術になど、なんの意味があるだろう？

「連れていけ」

フェイが、後ろの二人に命令した。

リスカの両腕が、手加減のない強い力で無造作に封じられる。

目には、細かな痙攣を続ける小さな白い影が映っているのに、手を差し伸べられない。

時間が経てば、きっと助からないだろう。この場にいるのがセフォーだったなら、騎士たちに拘束されることもなく、簡単に小鳥を救えただろうに。

同じ砂の使徒なのに、どうしてここまで違うのか。

リスカはふっと息を飲み、身体に力をこめた。

身を捻って素早く屈み、虚を突かれた表情を浮かべる騎士に足払いをかける。

それから、体勢を崩して慌てる騎士たちを思い切り突き飛ばし、転倒させた。

一時自由を得たリスカは、飛びつくような勢いで商品棚へと駆け寄った。治癒の花びら。はぎ取るようにして瓶の蓋を開ける。

「おまえ!!」

激高したフェイが、瓶を抱えるリスカを剣の柄で殴り倒した。

鈍い音とともに、後頭部に激痛が走る。息をつく間もなく脇腹を蹴り上げられた。痛みというより、熱いものに触れたときのような、鋭い痺れが腹部に広がった。

床に倒れ込む寸前、リスカは投げつけるようにして、瓶をさかさに放った。

瓶のなかの白い花びらが、小鳥の身体を覆うようにと祈りながら。

セフォー。ごめんなさい。あなたは知っていた。

ティーナのことを面倒だと言ったあなたはきっと、未来へと続く無数の道で予想されていたこの事態を憂いていた。

あのとき、彼女によって災いがもたらされるという未来の選択肢のひとつを、あなたは拭い去り、回避しようとしてくれていたのだ。

「穢れた人殺しめ」

嫌悪の声が、耳に届いた。

人殺し――？

意味を考える前に、リスカの意識は途絶えた。

第三章

【1】

リスカは肌寒さを感じて、目を覚ました。

未だ混濁している意識のなかで、ふと疑問に思う。ずいぶん寒い場所にいる？

セフォーは――そう、セフォーだったら、リスカがうたた寝すると、毛布をそっとかけてくれたり、抱き上げて寝室へ運んでくれるのに。

ああそうだ、セフォーは外出しているのだ。花びらを包む保護紙と、料理に使う食材を買いに町へ出かけたから。ここにはいない。

とても寒い。

リスカは、寝起きであることが原因とは思えないほどの億劫《おっくう》さを感じて、ぼんやりと視線をさまよわせた。

目を開けているはずなのに、視界は閉ざされたままだ。薄闇ではなく、真の闇がリスカを押し潰

そうとしているかのようだった。

それに、こんなに身体の感覚が鈍く重いというのに、なぜか腹部と頭部の痛みだけは、はっきりと感じる。どういうことだろう？

リスカは痛みを堪えつつ、身を起こした。

芯まで冷えている固い石の床に、寝かされていたようだった。

ここは、自分の知らない場所だ。

ようやく意識が明瞭なものとなる。警戒を伝える心の声。なにが起きている？

吐き気を誘う強烈な異臭に気づき、緊張で身体が強張った。いや、異臭などという生易しいものではない。これは死臭だ。深く淀んだ闇のなかに、紛うことなき死の匂いが充満している。

リスカは震える息を吐き出した。息が白く凍りつくほどに、この場所はひどく寒い。

手探りで床に触れる。ずいぶん湿った場所だ。床石の表面にはどうやら無数の亀裂が走っているらしく、その隙間に泥なのか苔なのか判然としない濡れた塊がびっしりとつまっていた。

指先に触れた不快な感触を拭いながら、まるで地下牢のようだと、愕然とする。

——地下牢。比喩《ひゆ》ではなく、事実なのではないか？

リスカは息を呑み、意識を外へ集中させた。かすかにだが、獣の叫びに似た悲痛な呻き声が遠くから聞こえる。人の気配だ。けれども、生き物の熱を感じない。

額に冷や汗が浮かび、喉の奥が震えた。尋常ではない場所だと理解しても、この闇に目が慣れるまでは、不用意には動けなかった。

リスカはしばらくのあいだ、冷気が漂う闇色の虚空を見つめた。

闇は次第に、朧《おぼろ》げながらも真実を明らかにしてくれる。

牢獄。やはり、リスカは牢獄のなかに寝かされていたようだった。

左右と前方に錆びついた太い鉄格子が並ぶ檻。背後のみが荒削りな石壁だった。寝台などという気の利いたものは存在せず、不浄の場所すらも設けられていない、狭く不吉な空間だ。

リスカは試しに正面の鉄格子を掴み、軽く揺すってみたが、微塵も揺らぐ気配はなかった。手のひらに、鉄格子の表面から剥がれ落ちた錆が付着した。

——違う、これは。

錆ではない。血だ。鉄格子に、乾いた血が付着していたのだ。

リスカは、ひゅっと喉を鳴らした。息苦しさに襲われるほどの濃厚な死臭。遠くから響く獣の子のようなどこか甘い呻き声。神経を徐々に狂わせる不快な声。

——落ち着け。心を乱すな！

リスカは取り乱している自分を叱咤し、きつく唇を噛み締めた。

闇に浮かぶ自分の手を見据える。色濃い闇に負けて、手の輪郭さえ曖昧だった。

まずは、なぜこのような場所で気を失っていたのか、状況と理由を正しく把握するべきだ。

事の発端を明かす鍵が、どこかに存在するはずだった。

ふいに、先ほど感じた人の気配が、予想よりも近い場所にあるのに気づいた。

近いどころではない。真横ではないか。

「――!?」

リスカは悲鳴を上げることができなかった。

突然、がしゃんという耳障りな金属音が左側から響く。

その音が、闇の奥へと反響し、呆然とするリスカの耳に突き刺さった。

「な――!!」

まるで、狂った獣が檻に衝突したかのような音だ。

獣。違う、獣では――。

「あ、ああ、ああうぅあ」

喘ぐような甘い甘い呻き声。錯乱した者の壊れた声。鉄格子の隙間に顔を押しつけ、硬直するリスカを覗き込む二つの目。あぁあう、とどこか嬉しげに叫び、恍然《こうぜん》と笑う。

それは、もはや人ではなかった。

リスカは目を逸らせなかった。光の差さぬ牢のなかだというのに、いったいなんの魔力なのか、異形と化したその姿がはっきりと浮かび上がった。

闇さえ沈黙させる異様な歪みがその者を象《かたど》り、ゆっくりと動いていたのだ。

溶けている。人間が、生きながら溶けている。

檻に絡みつくその者の手は、すでに黒く焦げて壊死《えし》していた。指先がない。骨まで腐敗し、削られている。手首の骨が一部露出した腕で、鉄格子を楽しげに抱えこんでいるのだ。

顔は手当てのしようがないほど醜く変形していた。濁った右目はじゅくりと膿んで落ちかかっている。かろうじて、腫れて盛り上がった頬肉が支えている状態だ。頬の周囲の肉は不自然に膨張しているのに、首から下の襤褸《ぼろ》布をまとった肉体は、水分を失って枯れた老木のようだった。肉という肉が抉り取られているかのように、痩せ衰えている。

唇も鼻も崩れ、滲み出た体液に塗れていた。髪は大半が抜け落ちている。

リスカは無意識に後ずさった。冥府《めいふ》から蘇った死者と対面しているようで、意識の表面が激しく波立つ。人間は、これほど無惨に変わり果てた姿となっても、生きていられるものなのか。ひからびた魚のような身体となっても。

——なんなのだ、ここは。

後ずさるリスカの背に、右側に並ぶ鉄格子が当たった。

圧迫感を与えるほど、天井が低く狭い牢獄に、逃げ場はない。

——セフォー。

純粋な強さを宿す剣術師の顔が、どうしてもうまく思い出せない。ひどく遠い。

正規の魔術師ならば、声を魔力に乗せて届けられる。遠く離れた者に、内なる声を送れる。

けれども、花術師のリスカはそういった初歩の術さえ、血塗れであがいても操れない。

恐ろしい、ここは恐ろしいです、セフォー。どうしよう。怖れが、少しずつ心から漏れ始める。

ふいに背後の檻の外から誰かの腕が伸び、無防備な肩に絡みついた。

「——っ!!」

リスカは全身を粟立《あわだ》たせ、伸びてきた腕を無我夢中で振り払った。

転がるようにして飛び退き、荒い呼吸で振り向く。

右側の檻にも、壊死した肉体を動かす人間の凄惨な姿があった。

頑丈な鉄格子で仕切られた檻が、両隣に幾つも並んでいる。まさしくここは牢獄なのだ。

それも――重罪人を隔離するための、極秘に作られた地下牢だ。

この正視に耐えぬ酷い姿の者たちは、よほどの悪行を働いて捕縛された罪人に違いない。一生日の光を見ることなく、時間も季節も心もみな地上に置き去りにして、腐りゆく自分の四肢をただ抱えながら、孤独な闇のなかで死ぬ運命。

そんな無情の場所に、なぜリスカが幽閉されているのか。

左右からにじり寄る、狂気の塊と化した罪人たち。リスカは、彼らの手が届かない檻の中央まで這い戻って、しばし身を震わせた。

自分の両腕で肩を抱きしめる。手がぬるりとべとついた。つい先ほど、罪人に掴まれた肩に、なにかがべとりと付着していた。罪人自身の、溶けた肉の塊だった。

途端に強烈な嫌悪感を覚え、嘔吐しそうになるのを必死に堪えた。

地上にある地獄のようだ。生きながら味わう地獄。正気すら溶かす重い闇。

「――あ」

リスカは全身を強張らせた。時折、痙攣するように肩が震える。

石の床を打つ確かな足音が、必死に恐怖と戦うリスカの耳に届いた。

揺れ動く橙色の大気が目に映った。松明《たいまつ》を持った何者かが、こちらへ接近してくる。

リスカは知らず知らずのうちに、険しい表情を浮かべていたようだった。

松明の光にリスカの姿がさらされると同時に、相手の姿も見て取れた。

フェイ。リスカを捕らえに店へ姿を現した、傍若無人な青年騎士だ。

リスカはようやく、気を失うまでの時間を思い出した。

傷ついて弱々しく落下する小鳥の白い羽が、明瞭に蘇る。

振り上げられた華奢《きゃしゃ》な瑞刀の柄。穢れた人殺し、と冷たく吐き捨てたのはこの騎士だ。

「起きたか」

忙しなく過去を辿って唇を強く結ぶリスカに、嘲笑を含んだ低い声がかけられた。

「人殺しには、住みやすい場所だろう？」

「おっしゃる意味がわかりません。私がいったい誰を殺めたというんです」

胸に広がる憎悪を抑えて冷静な声を出した自分を、褒めてやりたくなった。

この横暴な騎士には、狂乱する惨めな姿など死んでも見せたくなかった。

「強がりも大概にするがいい」

「なぜ私が捕われなければならないのです」

「その不遜な態度をいつまで貫けるか、見物《みもの》だな」

噛み合わない不毛な会話に、リスカは声を荒げて罵倒したくなるほど苛ついた。

セフォーとの会話もまったく噛み合わないが、この男の場合は大きく不快感が伴う。

「教えていただきたい。いかなる理由で、私は捕らえられているのか」

もう身分や立場などに遠慮をしている場合ではなかった。

リスカの知らぬところで、決して歓迎できない災いを秘めたなにかが起きている。

「白々とよくも言える！　さすがは情に薄い非道な魔術師よな。益のためならば己が生む堕落の術で何人命を落とそうと、我関せずと言うわけか？」

堕落の術？

「……覚えておられぬのですか？　私は正規の魔術師ではなく、砂の使徒だとあなたの仲間が口にしたはず。堕落の術など、いったい誰に施したと——」

「性根もそこまで下劣だと、いっそ見事なものだ」

そのような評価などに興味はないのだから、早く説明しなさい、と本気で怒鳴りたくなった。

「俺に仲間などおらぬさ。あの者どもは部下だ。仲間と言わない」

性根もそこまで高慢だといっそ愉快です、とリスカは腹立たしさのあまり内心で毒づいた。だいたい、誰があなたの心情を明かせと頼んだのだ。というか、変なところにこだわらないでほしい。

リスカは苦痛にさえ感じるほどの焦燥感を味わいながら、騎士が手に掲げている松明の明かりをじっと見つめた。闇を払う炎の熱は、安堵よりも不吉さを多くもたらした。卑俗な赤い炎だった。

騎士はどこか悪意をたたえた視線をリスカに投げつけ、靴先で鉄格子を軽く蹴り上げた。

「王都のみでは飽き足らず、この町までも悪徳で染めるつもりか」

「——なんですって？」

王都だけでは飽き足らず――？

リスカは混乱しつつも、フェイの台詞を胸中で幾度も反芻した。

どういう意味かはわからないが、自分は確かに、なんらかの災難に巻きこまれているようだった。

こうしてリスカが理不尽にも囚われの身に落ち、フェイの尋問を受けることとなった原因は、おそらく花びらを買い求めにきたティーナにあるだろう。

彼女が関与し、陰で糸を引いていると考えて間違いない。

ただ事態はどうも、リスカが倫理に背いて、彼女に、その、卑怯卑劣な行為を強要したため拘束された、などという単純なものではない気がした。第一、リスカは女であるのだが。

リスカは、気づかれないよう自分の身体を意識する。

まだ性別転換の術は解けていない。とすると、気絶してから半日も過ぎていないのだ。

リスカが操る性別転換の術は、花びら一枚の使用ならば、半日程度で効力を失う。

「愉快であっただろうな？　人がおまえの思惑通りに堕ちていくさまを眺めるのは」

「お待ちいただきたい。あなたはなにか誤解をされているようです」

フェイがなにを糾弾しているのかについては、おおよそ把握できつつあった。

「なにが誤解なものか！　おまえの媚薬とやらで、何人の者が命を落としたと思う！」

「お待ちを。私が売る媚薬には、命を揺るがすほどの強い効力はないのです」

大変だ。リスカは、青ざめた。

まったく誤解もいいところだが、融通のきかないこの騎士に、明らかな醜聞に違いない、貴族たちの腹上死の原因を作った犯人という不名誉な嫌疑を、かけられているらしいのだ。

「見え透いた弁明をするか。フィティオーナ夫人が、すべて白状したのだぞ。おまえが王都で死に至る媚薬を売りさばき、捕らえられる前にこのオスロルへ逃亡して——再び悪徳を広めようとしていると」

「——愚かな！」

ありえない。リスカの媚薬は本来、恋人同士の密やかな愉悦の時間のために作ったものなのだ。最近、妙に売れ行き好調なため多少気にはなっていたが、それにしたって、同じ客に三枚以上の媚薬の花びらを渡すような真似などしなかった。

常連の客もいたが、リスカはしつこいほどに、再度の服用には必ず期間を置くようにと、使用に関する注意を促している。一枚あたりの媚薬の効果は、およそ二時間程度のものだ。

少数の服用ならば副作用などあるはずもなく、また我を忘れるくらいの強烈な快楽に支配されるわけでもない。ほんの少し快楽の度合いが高まる、といったささやかな程度だ。

さらに言えば、お忍び旅行の客は別として、オスロルに在住する貴族になど媚薬の花を売ったことがない。悲しいかな、身元のはっきりした、位ある者は、町外れにぽつりと存在するリスカの店を、わざわざ訪れたりしないのだ。

商売の対象は、あくまで小金を持った平民たちだった。

腹上死の犠牲は、王都はともかく今のところ、この町の平民には出ていない。

惜しげもなく命を散らすのはすべて、裕福な暮らしに慣れすぎて、絶望的な倦怠感にとりつかれてしまった貴族だ。

平民たちは、きちんと節度を守っている。世情に流されて生きるしかないと嘆きつつも、彼らは自分の暮らしを決してないがしろにはせず、ほんの一時だけ日々の忙《せわ》しなさを忘れるために貴族を真似て軽い媚薬を使い、甘い夜を愉しむにすぎない。平民は貴族ほどの学も品もないが、案外理性的で現実的なものだ。夢は束の間見るからこそ、香しく貴重なのだと知っている。

リスカの店は、ほとんどがこういった堅実な生活を営む平民を顧客としている。

……なかには隣の奥さんと危険な情事を楽しむ、と豪語する強者もいたが。ま、まあ目を瞑ろう。冗談かもしれないし。

話がずれたが、とにかく、貴族はリスカの店になど来ない。

唯一の例外がティーナだ。ゆえにリスカは、彼女が護衛も連れずに一人で店に現れたとき、その美貌も含めてだが……ひどく驚いたのだった。

「ばかげてます、そんな話！」

「ばかげてるだと!?」

怒気を放つフェイを見て、リスカはとっさに口走った軽はずみな自分を呪った。

貴族は大抵我が強く、侮辱に敏感な者が多い。危惧した通り、フェイは荒い手つきで鉄格子の鍵を開け、ずかずかと狭い檻のなかに押し入ってきた。

息を飲んで見上げるリスカの顎を、乱暴に掴む。

口は災いのもとだ。顎を掴むフェイの手の強さに顔をしかめながら、激しく自分を罵った。

「卑劣な魔術師に侮辱を受ける謂《いわ》れはない！」

フェイは鋭く吐き捨てると同時に腕を振り上げ、手の甲でリスカを叩き払った。

手の甲でとはいえ、相手は一応鍛練を積んでいるだろう騎士だ。リスカは見た目こそ男の姿だが、しょせんは非力な女にすぎない。

頬を襲った力に耐えきれず、身体が呆気なく吹き飛んだ。

背中に鉄格子が当たり、一瞬、痛みで息ができなくなる。暴力的な気配を感知した罪人たちの、うあーうあー、という悲しげな鳴き声が、虚ろな牢全体に木霊《こだま》した。

「うるさい！」

厳しい声音に罪人たちが怯えて、ざわざわと身体を引きずる音が聞こえる。巨大な虫が地の上を蠢《うごめ》いているようだった。

正気を失っている罪人たちを相手にしても仕方がないと思ったのか、怒りの矛先は再びリスカに向かう。

「あっ」

石床の上に横たわり、背の痛みをやりすごそうとするリスカの右腕を、フェイは濡れた布を搾るように、片手で乱暴に捻り上げる。

松明の明かりが、間近で揺れた。不吉な赤い残像が鮮明に網膜に焼きつくほどの距離だった。

「痛っ！」

突然襲った手のひらへの凄まじい衝撃に、悲鳴が漏れた。

なにが起きたのか、思考が追いつかない。

嘔吐しそうになるほどの激痛。逃れたくても、しっかりと手首を押さえられていて動けない。

――痛い！

肉の焼ける嫌な匂いがした。

「あっ、ああっ」

大量の汗が一度に吹き出し、全身を濡らした。首を振り、自由なほうの手でフェイを叩いたが、無駄だった。

信じられなかった。悪夢でも見ているようだった。

自分の手のひらに、松明が押しつけられている。

悲鳴が聞こえる。自分のものか、罪人たちのものか、定かではない。

意識が一瞬遠のき、身体がわずかに痙攣した。

手のひらに炎が燃え移り、リスカは戦慄した。

身動きすら忘れて呆然とするリスカを一瞥したフェイは、冷酷な表情を浮かべてさっと立ち上がった。そして、硬い靴の底でリスカの手を焼く炎を踏み消した。

再び襲い来る新たな痛みに、喘ぎ声が漏れる。

――なぜ!?

わからない。わからない。フェイは、私怨をぶつけているようにすら思える。

痛い、助けて、と激痛に負けて膝を折りそうになる弱い自分に泣きたくなった。

恥も外聞もなく懇願しそうになる自分を押し止めたのは、決して勇気や誇りなどといった高尚なものではなかった。それは、最も耳にしたくない人物の声だった。

「ごきげんよう、リカルスカイ様」

＊　＊

ティーナ!!

闇のなかでも際立つ美貌。首飾りや耳飾りが、美しく松明の光を弾く。

「わたくしを覚えてくださっているようですね、光栄です」

ティーナは明るく笑った。禍々《まがまが》しい牢獄の有様に、いささかも怯える気配はない。

「――なぜ」

よもや自分のものとは思えぬ、険しい低い声が漏れた。

「なぜ、と申しますか？　それはあなた様が一番よくおわかりのはず」

わかるはずがない。覚えのない告発によって不当な嫌疑をかけられ、見知らぬ痛みを与えられる自分のどこに、真実が隠蔽《いんぺい》されているという。

「困った方」

ティーナは、悩ましく吐息を漏らした。

どれほど艶美な仕草であっても、リスカはもう見蕩《みと》れることはなかった。

怒り、驚愕、憎悪、困惑などといった負の感情が、自分のなかで蛇の尾のように渦巻いている。

「リカルスカイ様と、二人でお話をさせていただけませんか？」

ティーナはこの場に似つかわしくない溌剌《はつらつ》とした笑みを浮かべて、背後に視線を向けた。

そのとき、初めて、彼女の背後に一人の男性が佇んでいることを知った。

松明の明かりが十分に届かず、容貌は見て取れない。ただ、躊躇う気配のみが伝わった。

フェイは尋問を途中で遮られたためか不満げな表情を見せたが、ティーナの笑顔に気圧されたようで、渋々と松明を牢の壁にある突起に引っ掛け、場を譲った。

「――お待ちを」

リスカは無意識のうちに、踵を返したフェイを呼び止めた。

無視されるかもしれないと思ったが、予想に反してフェイは律儀に振り向いた。

「小鳥は」

「……なに？」

虚を突かれた様子でフェイが立ち尽くす。

「あの、白い小鳥は」

フェイは一瞬、呆気にとられた顔をした。

なにを訊かれたのか、すぐには理解できなかったようだ。

「鳥？」

「私の店にいた小鳥は」

「おまえ」

戸惑いと軽い驚きを窺わせる声音だった。

「無事なのですか」

「――おまえ、なんだ？」

次第にフェイの顔が険しくなる。

「なにを言っている。おまえ、おまえは！　馬鹿か、鳥など、知るか！」

リスカは右手を強く握り締め、フェイを睨みつけた。

「くだらない、たかが鳥一羽の安否など――殺したさ、俺が踏み殺した！」

フェイは、癇癪《かんしゃく》を起こした子供のように顔を歪め、吐き捨てた。

リスカは唇を噛んだ。だめだったのか。稚い小鳥すら救えず、自分の身さえ守れない。なんと非力なことか。

いけない、卑屈になればなるほど、自分の存在意義を見失う。

肉体に与えられる痛みというのは、強烈に精神を揺さぶり、思考に影を落とす。

いや、おそらく自分は、砂漠のような日々に突如現れたセフォーによって、心のなにかを大きく変えられたのだろう。他人とかかわることで感情の起伏が激しくなり、自分を通して世界を見つめるのではなく、世界を通して少しずつ自分の存在を確かめるようになっていたのだ。

この変化は、魔術師としてあるまじきことだろうか？

「――よろしいかしら？」

聞き惚れるような玲瓏《れいろう》とした声が響く。

フェイは、はっと我に返った様子で、ティーナへ顔を向ける。

ティーナに声をかけられるまで、フェイはリスカの返事を待っていたようだった。

リスカは悪人ではない。だが、万人を愛せるほどの博愛主義者でもない。憎い者は憎い。暴力を振るって恐怖を植えつけようとする存在に、好意など抱けない。心情を慮る理由もない。

小鳥の最期を知った今、早くどこかへ行ってほしかった。

フェイだけではない。ティーナも他の者もすべて消えてしまえばいい。

リスカは震える息を吐き、荒波のように乱れる気持ちをどうにか立て直した。

心を守る枷は、リスカをそう簡単には、狂気の淵へと落としてくれない。痛みから逃れる術はなく、自分自身の限界とも対峙させられる。

痛みをやりすごそうと苦心するあいだに、フェイ、そしてティーナの背後にいた青年が立ち去った。他にも複数の足音が聞こえた。

リスカからは死角となる闇のなかに、別の騎士が待機していたらしかった。

リスカは全身を襲う悪寒を堪えて立ち上がり、背筋を伸ばした。

本当は我を忘れて転げ回りたいほど、炎の熱で焼かれた手のひらが痛い。

「いったいどういうことなのか、説明していただけますか」

「立派ですね、リカルスカイ様」

「私がどうであろうと関係ない。こんな真似をした理由が聞きたい」

「理由」

吐き気を伴うめまいに、視界が幾重にも重なった。

「理由以外には、なにも求めてくださいませんか」

「私があなたに求めるものは、この状況を説明する言葉以外にありません」

「厳しい方」

「どうでもよろしい。なぜ、私が覚えのない罪で裁かれねばならないのか、説明をしてください」

「理由など。振られた女がなすことに、正しき論などございますか」

ティーナは心底楽しそうに、唇を綻ばせた。誘いを断られたことなどで、微塵も心を痛めていない証拠だった。では、その真意はなんだろう。

リスカは、視線をしっかりとティーナの双眸《そうぼう》に重ねようとした。万全ではない今の体調で、魔力が不要とはいえ、正確に暗示をかけられるか、ひどく心もとなかった。

「いけませんわね、リカルスカイ様。魔術師の眼は、緋眼《ひがん》とも呼ばれます。闇を払う炎のように真実を見抜き、意のままに相手を操るのでしょう」

ティーナは手品の種を発見した幼い少女のように、誇らしげな目をした。

小柄な騎士と同じく、ティーナも魔術師の事情には詳しいらしい。万事休すだ。

「私などの気をひけない程度で、あなたのなにが汚されるんでしょう。ティーナ、あなたのように若く、美しく、聡明な人ならば、すべてを捨ててでも愛を勝ち取りたいと望む者がいますでしょうに」

それこそ、長蛇の列をなすほどティーナを求める男が現れるだろう。美とは、時に剣よりも鋭い武器となる。人を従わせるのは、なにも力だけではない。美であり、知であり、財である。

リスカの台詞の、どこが気に障ったのか——突然、ティーナが表情の一切をなくした。変化はほんの一瞬のことで、すぐに妖艶な微笑で隠されてしまう。

「わたくし、気に入らぬ方の愛などいりません」

「だが、あなたは、私を愛しているわけではない」

というかその前に実は自分、女性なんですよ、とは正直に告白できない雰囲気だった。女性でもかまわない、と言われそうな気がして、恐ろしくもあったのだが。

「ふふふ。リカルスカイ様。あなた様に最後の手を差し伸べます」

「それよりも、説明を」

ティーナは微笑したまま檻のなかへ足を踏み入れ、優雅に手を差し伸べた。リスカは束の間手の痛みを忘れ、唖然《あぜん》とティーナを見つめた。なにを考えているのか、さっぱりわからない。

「わたくしの手を取りなさい。リカルスカイ＝ジュード」

声音は一変して、驕慢な女王のようだった。

「助かりたいでしょう。無実であるのに投獄されるなど、お嫌でしょう。わたくしに助けを求めなさい。ひざまずくなら、あなたをここから出して差しあげます」

リスカが無実だと、やはりティーナは知っているのだ。

「ティーナ、あなたですか。死に至る媚薬を私が広めたなどと、虚偽の言葉を騎士に伝えたのは」

「死に至る媚薬は実際に売られていますのよ、リカルスカイ」

「だが、私にはかかわりなきこと」

「媚薬の程度の差こそあれ、あなたもお売りになっている。言い逃れできません」

それを指摘されると返す言葉もない。だが。

「私は法を破っていない」

「同じこと」

「違います」

ティーナは、感情的な表情になった。今なら緋眼で操れるだろうか？

「なぜならば、私は死を招かない」

彼女の仮面を崩せねば、現状を打破できない。冷や汗が止まらなかった。

「私は死を招かないのです。フィティオーナ」

「わたくしは――」

ティーナは視線を揺るがせて、一歩、こちらへ踏み出そうとした。

やったか。リスカがそう希望を抱いたとき――。

「私の可愛い人を誘惑せぬよう。ねえ、リル」

聞き覚えのある声が闇に響いた。

【2】

リスカは声のしたほうへ顔を向けた。

スウィートジャヴ＝ヒルド。

――護衛くらい雇えば、と以前忠告をしてくれた端整な顔立ちの魔術師が、突如姿を現した。転移の術だろうか。彼の忠告を無視して、店を襲撃された記憶が色鮮やかに蘇った。

「リル。いけない人だ。君は存外に、口達者だね」

信じられなかった。なぜ彼が、地上の地獄であるこの場所に現れるのか。

はるかな昔、二色の聖なる川が守護する水の都ラスタスラに設立された〈重力の塔〉。魔術師たちが管理する法王公認の術師養成所――身分ある者のあいだでは、皇帝軍と相対する第二法紀庁独自の特殊技能団として、暗黙の内に承認されている――において〝塔の貴石〟とまで讃えられ、一目置かれていた魔術師が、ジャヴだ。

扱う術は正確無比。上等の魔力を持つ。容姿にも才能にも恵まれ、異例の速さで上位の冠を得た人だった。

だが、塔に在籍中、師と仰いだ魔術師が法王の貴重な財宝を盗むという大罪を犯してしまい、その結果、一番弟子の彼にまで咎が降り掛かって、王都から閉め出されたという。

ジャヴが栄えある都ラスタスラからこのオスロルへ流れ着いたのは、リスカよりもずっとあとのことだった。

境遇の違いにより、塔時代に接触したことはほとんどない。多少なりとも交流を持つようになったのは、オスロルの町中で偶然顔を合わせてからのことで、それもつい最近の話だった。

「その多弁家ぶりは、友人の響術師仕込みかな」

ジャヴは天鵞絨《びろうど》のように滑らかな紺色の髪をかきあげ、ティーナの横に立った。慣れた仕草で、当然のように彼女の腰を抱く。ティーナも抵抗することなく自然に身を任せていた。

この親密な様子を見れば、二人がどんな関係にあるのか一目瞭然というものだった。

しかし、どうにも信じられない。ジャヴがこの場に現れたことも、また、ティーナとそういった仲であることも。

「リル？　ずいぶん可愛らしい愛称ですのね」

「ああ、君は、リルの秘密を知らないのだったね」

楽しげにジャヴが笑い、首を傾げるティーナに優しい目を向ける。

「ジャヴ。あなたがなぜ、このような場所に現れる」

「言わずとも知れたことだと思うが。君が私の素敵な愛人を口説こうとしたためだよ」

愛人――。

リスカは呼吸を止めて、つがいの鳥のように並ぶ二人を見比べた。

そうだ、青年騎士フェイが「フィティオーナ夫人」と口にしたではないか。ティーナは既婚者なのだ。

この国では、夫の浮気は黙認される。子孫繁栄のために、むしろ密かに奨励されているといってもよい。

だが貴族の妻の姦通は、死罪に値する。身分に左右されはするが、相手の男にも制裁が加えられる。姦淫の罪の重さがわからないほど、二人は愚かではないはずだった。

「リカルスカイ様、心配ご無用と申しましょう。夫公認です、わたくしたち」

なななんですって、と胸中で叫び、耳を疑った。

妻の不貞を許す貴族の夫がどこにいるというのだ。

「醜い夫ですけれど、利用価値だけは――」

ティーナが初めて声音を変え、感情剥き出しの歪んだ表情を浮かべた。

「ティーナ、美しい人は、そのような言葉を口にするものではない」

すでに行動がその麗しい容姿を見事に裏切っていますよ、と大声で指摘したくなった。

ああもう降参だ。詮無い理由で都を去ったとはいえ、ジャヴが正規の実力ある魔術師だという事実は変わりない。不自由な魔術だけを頼りとする惰弱な自分が、かなう相手ではないのだ。

なぜ、顔見知りが犯罪行為に手を染めているかもしれないという厄介な展開を迎えてしまうのか。

その渦中にいる自分が、不思議で仕方ない。

「ジャヴ！　あなたなんですか。死に至る媚薬を町に広めているのは」

「どう思う？　私だと思う？」

この人は！　頭は混乱するし手は痛いし、精神は半壊状態。最悪だ。

「リル……リスカ。君もなんなら一緒に愉しむかい？」

忍びやかに妖しく笑う魔術師の端整な顔を、手加減なしに殴打したくなった。セフォーならば瞬殺ものだ。

「そう、君も堕ちてくれるなら、助けてやってもいい」

誘われている悪徳の宴に招待されている、と衝撃の事態に心のなかで泣いた。

誇り高く廉潔《れんけつ》な彼はどこへいったのか。たとえ皮肉を口にしても、みずからを貶めるような人ではなかったのに。

「わたくしの手を取りなさい」

ティーナが再び華奢な手を差し伸べる。と同時に、見せつけるようにして、ジャヴが彼女の髪や形の良い耳に唇を落とした。わざとだ、わざと！

「――お断りします」

リスカは静かに告げた。

ジャヴが顔を上げ、ふっと眼を眇《すが》めた。唇が詠唱の言葉を紡いでいる。

リスカの心の膜が急に泡立ち、意識が不快なほど浮き上がった。透視ではない。読心術だ。屈辱、恥辱にもほどがある。同類に対して、なんの罪悪感も躊躇もなく、その卑劣な術を行使するのか。

「わたくしの夫を誰だかご存知？」

「知りません」

「あなた、一生牢獄から出られなくなります」

「そうですか」

ティーナに冷たく答えながらも、リスカは、読心術を操ろうとしているジャヴを思いきり睨み、胸中で、ばかばか見損なった恥知らずめ実は今までひっそり憧憬とかなんとか抱いていたのに幻滅ですよ、と激しく非難した。勝手に心を読めばいいのだ。

リスカの過去も記憶もみな、望むままに引っ掻き回せばいい。

「わたくしを誰の妻だと！」

「知らぬと言っています。たとえ法王の御手だろうと皇帝の御手だろうと、自分の主義に反するならば私は取らない」

やけくそだった。どうせ牢獄に監禁される運命ならば、多少の不敬がいまさらなんになろう？　いや、多少ではないが。

「な――」

ティーナが言葉を失ったとき。

ジャヴが高らかに笑った。倦怠感がぬるりとまとわりつく、投げやりな嘲笑だった。

「もういいでしょう、フィティオーナ夫人」

対話の時間は終了らしい。お仲間ならぬ部下を連れたフェイが、厳しい表情で戻ってきた。笑い続けているジャヴの態度が癇に触るのか、青年騎士フェイは殺気すら窺える鋭い視線を向けた。

そもそも騎士と魔術師は相容れない仲だ。

聖俗それぞれの象徴であり、権力を二分する法王と皇帝の政争の歴史は、騎士たちの関係図にもあてはまる。別の主義と思想を描いた旗を掲げて、対極の道を歩んでいるのだ。

背景に政治的事情が密接に絡むがゆえの対立なのだが、個人的にもなぜか反目してしまう場合が多い。

「フィティオーナ夫人。外に馬車を待たせている。お戻り願いたい」

フェイはひどくジャヴを意識し、ついでにリスカまでもちらちら眺めている。リスカは思わず眉を寄せた。先ほどまでの侮蔑と怒りを宿した視線とは違って、感情の揺れを示す戸惑いが見てとれた。

どういった心境の変化があったのかは知らないが、今になってそんな目を向けられても、彼の残忍な振る舞いは消えない。

「馬車は必要ない。彼女は私がお送りしよう」

ジャヴは揶揄するような声で言うと、放心した表情を見せているティーナの髪に指をもぐらせた。

「リル。君が誘いに乗らないのは残念だ。さぞ君は生き辛かろうね」

「リルと呼ばないでください、スウィートジャヴ＝ヒルド」

名を略さずに呼んだのは、リスカなりの意思を示したつもりだった。

ここで去るなら本当に決別だ、という意思表示である。ちなみに彼の名は真名ではない。恩師が彼に与えた霊号と呼ばれる、魔術師の第二の名だ。

ジャヴは瞬いた。リスカの意図などお見通しなくせに、彼はさらりと長い髪を肩から払い、優雅な微笑を浮かべる。

「リル、男の姿もいいけれど、いつまで術を保てるのかな」

ぎょっとした。

ひた隠しにしている性別の偽りを、騎士たちの前で暴露するなんてあんまりだ。

唖然とするリスカに笑いかけたあと、ジャヴはふいにティーナの手を取り、瞬時に掻き消えた。詠唱を必要とする術ではなく、法具を使用した転移を行ったらしかった。

最後の最後で、なんという手痛い仕打ちをしてくれるのだろう。

リスカは裏切られた気持ちになり、項垂《うなだ》れた。

それほど親しくつき合いを重ねていたわけではないが、一度は親切心を発揮して忠告をくれたではないか。夕食の時間をともにしたこともあった。なのに、なぜ。なぜ。

騎士たちに女と知れたら、手っ取り早く反抗心を折るための手段として、別の屈辱を与えられそうだった。松明を押しつけられたときとは異なる恐怖が胸に広がり、悪寒を覚える。

かちゃりと金属の鳴る音がした。フェイが身じろぎした拍子に、脇に差していた瑞刀が腰帯の金具と触れ合ったらしい。

「……私は」

なにを言えばいいのか、途中で言葉につまった。

「おまえの身柄はしばらく預かる。まだ容疑が晴れたわけではない」

当惑をにじませた物言いに、リスカは違和感を抱いた。なぜ態度が軟化しているのだろう。

「戻るぞ」

一瞬、複雑そうな表情でリスカの全身を眺めると、背後に待機していた数名の騎士に目で合図した。

反対に、部下らしき騎士たちのほうが、しかし、と引き止める。

「命令だ。来い」

反論を許さない、鞭打つような冷たい声でフェイは部下の声を遮った。

さすが部下は仲間じゃない、と言い切るだけある。不満を明らかにした部下の騎士たちも、おそらくは彼を心底から慕ってはいないだろう。

だが身分というのは、個人の感情など一切排するものだ。

牢獄からの解放は願えなかったが、とりあえずの危機は去ったことに安堵した。

喜ぶべきか嘆くべきか判然とせず、冷たい石床に座りこんでひたすら惚けていると、突然罪人たちがざわめき始めた。鉄格子にしがみつく罪人に視線を向ける。

「え？」

かたりと音を立てて、鉄格子の隙間になにか小さな器のようなものが差しこまれる。

不審に思い、慎重に近づくと、器のなかにはわずかな水が入っていた。

「これを私に？」

リスカは衝撃を受けた。罪人たちはもはや正気など保っていないだろう、と勝手に考えていた。

「でも、この水は」

一日に与えられる少量の水は、それこそ彼らの命綱だろうに。

うあ、うあー、と、罪人は獣めいた声で鳴いている。

リスカは床に両膝をついた。錆びついた鉄格子越しに、水をくれた罪人と目が合う。

右目は落ちかけているし、左手首の先は溶けて、鼻も耳もない。異形と化した罪人が、こちらをどこか心配そうにうかがっている。

こうして監禁されている彼らは、本当に罪人なのだろうか、と納得しがたい思いが生まれた。自分への不当な扱いを顧みると、どうにも疑わしい。

オスロルの町で今、なにが起きているのだろう。これほどの非道な幽閉を必要とする理由があるのか。そして、リスカもいずれ彼らの仲間入りをして、正気を失うはめになるのだろうか。

胸に広がる恐怖に言葉を失い、両手で顔を覆ったとき、彼が不明瞭な発音で唸った。舌を切断されているのかもしれない。誰も皆、まともに喋ることができないようだ。

けれども、その精神まで異常だと決めつけていいはずがなかった。彼の声には、確かに労《いたわ》りと、大きな悲しみがあった。リスカは自分を恥じた。

「……ありがとう」

木霊する獣の子のような罪人の鳴き声。もう不快ではない。

切ないばかりで、目の奥が潤む。

「ありがとう、ありがとう」

リスカは器を手に取った。指先が細かく震えていた。

目を閉じて、ゆっくりと口に持っていく。ひどい匂いがした。

血と汚濁と泥と悲嘆が混じる水だった。

「ありがとう」

リスカは命の水を飲み干した。

【3】

今、この手に治癒の花があれば、と切に思う。

壊死が進みすぎているから完治はのぞめないだろう。

それでも、ほんのわずかでも、彼らの傷を癒せるだろうに。

闇と同等の色濃さを持って忍び寄る狂気を打ち払うため、リスカは幼き時代に覚えた聖歌を歌うことにした。

まだリスカが重力の塔に籍を置いていた頃、砂の使徒の一人と交流があった。

彼は——いや、彼女かもしれないが——音を操る響術師。紡ぐ言霊によって、人ばかりではなく、獣や魔物、時に自然までもを揺り動かす。大地の色をした瞳を持つ響術師は、他の魔術師たちからの露骨な差別や偏見などでリスカが苦しみ押し潰されそうになると、この世はまだ捨てたものではないと笑い、桃源郷によく似た景色を見せてくれた。

言葉による強力な暗示で、現実と見紛うほどの色鮮やかな幻影を作り出し、嘆く心に一時の安らぎを与えてくれたのだ。

話はいつも度肝を抜くような、奇想天外な作り話が大半を占めていたが、時々聞かせてくれた歌声は本当に素晴らしかった。

辛い日々のなか、何度、響術師の明るい言葉に救われたかしれない。

歌とは、母胎に満ちる鼓動だという。

ゆえに人は無意識に回帰を願い、耳だけではなく身体のすべてを使って聞き取ろうとする。

この地下牢は、母胎に似ている。

リスカは膝を抱え身を丸めながら、微睡《まどろ》むように小さく歌った。牢獄に閉じこめられたのが言葉を操る響術師であったならば、セフォーのもとへも声を届けられたのではないか。

セフォーは今、どこにいるだろう?

「ずいぶん余裕のある魔術師様だ」

ふいに声をかけられて、驚きのあまり飛び上がりそうになった。

リスカは目を凝らし、声のするほうを見た。

鉄格子の向こう側から、暴力を予感させるような荒れた気配が漂ってくる。

青年騎士フェイの部下数人がそこにいた。松明ではなく、小さな蝋燭《ろうそく》を片手に持っていた。

「魔術師ではないのだろ? 術が使えるなら、とうに脱獄しているだろうよ」

「落ちこぼれの魔術師だとな」

「落ちこぼれねえ」

「先ほどの、あの魔術師の言葉はどういう意味だ。男の姿とか言っていたが」

リスカは思わず身を引いて、石壁に背をはりつけた。蝋燭の明かりが右に左にゆらゆらと揺れ、暗い愉悦が浮かぶ顔を、残像のようにぼんやりと照らし出した。

ぎいという嫌な音を立てて、牢の鉄格子が開かれた。

黒煙のように揺らめく人影が、牢内に侵入する。

「このくらいの楽しみがなければ、やってられない」

影が笑った。

次の瞬間、無造作に髪を掴まれ、牢のなかから引きずり出された。

連れていかれた先は、鉄格子が並ぶ通路の奥で、そこにはいびつな円型の空間が設けられていた。

洞窟を連想させる場所だった。

騎士の一人が、等間隔に置かれている壁かけ式の蝋に火をともした。

赤い光が空間全体に広がり、血で黒ずんだ椅子や、天上から吊り下がる大きなかぎ爪など、拷問道具の数々が否応なく目に映った。

実際、この場で凄まじい量の血が流れただろうことは、鼻をつく異臭で理解できた。

言葉を失い硬直するリスカを、騎士が突き飛ばした。それが暴行の合図となった。

死ぬかもしれない、とリスカは本気で思った。

突き飛ばされた先で再び髪を鷲掴みにされて、石塊のような硬い拳で殴られる。騎士の指に絡まった髪が頭皮ごとちぎられ、その痛みに身が強張った。

フェイに対する不満や憤りなどの鬱積《うっせき》した感情を、ここで思う存分解消するつもりなのか。それとも魔術師の存在が、我慢できないほど目障りなのか。

執拗に殴打され、蹴り上げられて、視界までも闇色に染まる。

「おい、これで気を失うのか」

「魔術師は情けないものだな」

日々の鍛錬を欠かさない屈強な騎士と静の存在である魔術師を、同じ秤で比べても意味がない。罪人たちがすすり泣く。リスカが苦痛の呻きを発するたびに、彼らが怯え、落ち着きをなくしていくのがわかる。

「黙れ、うるさいぞ！」

騎士の一人が舌打ちして、鉄格子を勢いよく蹴り飛ばした。

罪人たちは、悲鳴のようなひきつった泣き声を漏らした。牢内の空気を激しく揺さぶる嘆きの声。一方的な暴行を受けるリスカを、憐れんでくれているのかもしれなかった。

頬を強く叩かれて、奥歯がぐらつく。血の味の唾液を吐き出すと、嘔吐感が急激に募った。

ほんの少し、ティーナの手を取ればよかったかと後悔したが、そうした場合、別の地獄が待っているのだろう。今味わうか、後に味わうか、どちらを選択しても、やはり苦痛は回避できない。

「脆弱《ぜいじゃく》だが、魔術師であることには変わりないか。逃亡されても困る」

「足首を斬ればいい」

「まったく抵抗しないのはつまらない。多少は抗ってくれぬと。狩りの醍醐味《だいごみ》と同じさ」

簡単に人の足を斬れと言い捨てる、若い騎士の神経を、リスカは疑った。

握り潰されそうなほどの力で足首を掴まれ、別の騎士に両手の自由も封じられる。

靴の上から短剣をゆっくりと押し当てられ、痛みをすりこむかのように斬りつけられた。切断まではされなかったことに安堵した。

「抗う意思もないのか。だらしのない」

これだけ殴られれば、抵抗する気力など失せて当然だった。

「しかし、痩せた男だな」

「だが——目の色はなかなか変わっている。宝石のような赤い色だ。これで女ならな」

「小姓にでもするか？」

「馬鹿を言え」

仲間にからかわれてむっとした騎士が、リスカをもう一度蹴り上げ、腹部の柔らかい場所を強く踏みつけた。呼吸が一瞬止まり、爪先にまで嫌な痺れが走る。

稲妻のように体内を駆ける寒気と痛み。臓腑が燃えているようだった。

もうだめかもしれない。

悔しいくらいになにもできない。どんなに言葉を重ねて言い繕っても、無力であることはごまかせなかった。これだから、砂の使徒は軽蔑されるのだろう。

火傷を負った手を乱暴に掴まれ、再び冷や汗が吹き出した。

指を伸ばした状態で石床に固定される。折るつもりなのか。

全身が強張る。飽くことなくもたらされる強い痛みに、いつまで耐えきれるだろうか。叫びたくない。叫べば、ますます騎士たちを喜ばせ、増長させる。

助けて——誰か。

これは自分が招いた災いだから、他人に救いの手を求めることなど許されない。

それでも願わずにはいられない。

「――セフォー」

なぜか鮮明に、かの剣術師の冴えた眼差しが脳裏に蘇った。

同時に、指が折れる、ぱきっという音が耳に突き刺さり、首筋が粟立った。間を置かずに、次の指が不穏な音を奏でる。苦痛を長引かせるために、わざと一本ずつ指を折っているのだろう。

理性も意志も砕け散り、少しずつ心まで折られていく。

この痛みから逃れられるのなら、どれだけ嘲罵《ちょうば》を浴びてもいい。リスカは暴力に屈しかけ、懇願の声を上げようとした。そのときだ。

ぴぴぴと場違いな――愛らしいさえずりが響いた。

リスカは、自分がついに錯乱したかと思った。

「ぴ」

――闇色の大気が突如、流れを変え、荒れ狂った。

生温い雨が、冷たい石床に横たわるリスカに降り注ぐ。

雨と呼ぶには禍々しい、甘い匂いを放っていた。

大地に恵みを与える天の雫とは異なり、強烈な恐れをもたらすもの。

人はそれを、このように呼ぶ。

血の雨と。

不透明な深い闇すら切り裂く、鮮やかな白刃のきらめき。

鋭利な月の先端めいた光が、リスカの目に映る。

傲然《ごうぜん》とした銀の光だ。綺羅をまとう刃の軌跡。まばゆく強大な力。

慈悲を知らぬその強さが、美しい。

殺戮は一瞬のことだった。

気がつけば――悲鳴を上げる間すら与えられずに四肢を切断された騎士たちが、血溜まりのなかに転がっていた。

ぼんやりと視線を巡らすリスカの前に、白い長衣で全身を包んだ人が、空気を乱すことなく静かに立っていた。殺戮の雨を降らせた張本人とは思えないほど、泰然とした佇まいだった。

だが片手には確かに、凶行の証である血塗れの剣が握られていた。

悪魔すら凌ぐ剣技を持つ剣術師。慈悲の念薄く、他を顧みぬ。

孤高にして強靭、苛烈。破壊を好む戦場の王。

片手間にぽんぽんと首を刎ねる死神閣下。あるふざけた書物にそう記されている人だった。

「セフォー」

リスカは名を口にしたあと、白い死神に手を伸ばした。

彼の肩に、小鳥がふわりと羽を広げて舞い降りた。

【4】


「セフォー！」

名を呼んで腕を伸ばした瞬間、嵐のように抱きとめられた。

もがくように、縋《すが》るようにしがみつく。息さえできない抱擁が、なによりも幸福に思えた。

大声で泣き喚きたい衝動に駆られ、胸が震える。

しっかりとした腕や硬い胸が、リスカに大きな安堵をもたらしてくれた。今は、皮膚の下に染みこんでいく温もり以上に、欲しいものはない。

「あぁ、セフォー」

リスカは呻き、強く瞼《まぶた》を閉ざして、救いを与えてくれた剣術師の胸に顔を埋めた。汚れのない純白の衣に、リスカの顔に伝っていた血が付着して、黒く染まる。

もう少し——もう少しセフォーの出現が遅れていれば、リスカの自我は、きっと拭いようのない絶望に触れ、なにかを失っていただろうと思う。

だけど間に合った。たぶん、なにも失わずにすんでいる。

どういう方法でこの場所を特定できたのか、問う気力もなかった。

なにせ存在自体が脅威であり、驚異の人だ。深く悩むまい。

「ぴ、ぴぴ」

セフォーの肩から移動して、リスカの頭や腕をとことこと飛び回る小鳥のさえずりに、自然と笑みが漏れる。気を失う直前に放った治癒の花びらは、小鳥の命をきちんと包んだのだ。憎まれ口を叩いていた青年騎士フェイは、小鳥を殺してはいなかった。

「リスカさん」

セフォーが低く囁いた。相変わらずの平淡な声に気遣うような温かさを感じた自分も、相当に奇怪な性格をしているかもしれない。

「ぴぴぴ」

白い衣に顔を押しつけていたリスカの衣服のなかに小鳥が潜り込み、「大丈夫？　大丈夫？」と心配しているかのような仕草ですり寄ってきた。柔らかな小鳥の命の鼓動が伝わる。肌をふわりとくすぐる、優しく滑らかな毛の感触が心地よい。

もしかすると、この利口な小鳥がセフォーをここまで導いたのかもしれなかった。

「怪我を」

待ち焦がれた抑揚のない端的言葉。リスカは泣き笑いの表情を浮かべた。――怪我をしている、そう言っているのですね。

「手当てを」

手当てをせねばなりません。必要最低限どころか、肝心な言葉まで端折《はしょ》られているセフォーの極端に短い台詞を、リスカは正確に読み取る。

セフォーはわずかに身じろぎしたあと、胸にはりつくリスカをやんわりと引き剥がそうとした。

「んん」

リスカは身を縮めるようにして、必死に白い衣を掴んだ。

離れるのは、嫌なのだ。怖い。

暴力は、あんなにもたやすくリスカを脅かす。セフォーも、様々な意味で十分すぎるほど恐ろしい人ではあるが、少なくともリスカに対してその強烈な力を振るったりはしない。

自分の心は今、とても弱っている。誰かの温もりがなければ、いてもたってもいられないほど萎縮してしまっている。

あと少し、瞬きするあいだだけでいいから、許しがほしい。

せめて、この恐ろしさを耐えられるようになるまで、セフォー、どうか動かないでほしい。

「リスカさん」

セフォーは片腕をリスカの背に回したまま、顔を覗き込んだ。銀の入れ墨が走る左手で、うつむくリスカの顔を撫でてから、不自然な具合に折れた指にそっと触れる。

途端、全身が引きつるほどの痛みに襲われ、リスカは肩で喘いだ。すぐに手は離れ、労るように背をさすられる。

「すべてを」

痛みで涙が溢れ、セフォーの表情がわからない。

「壊滅させます」

透き通っていると言ってもいい、鋭利な声だった。

「あらゆるものを、あらゆる者を」

背を撫でる手は優しい。

反面、紡がれる言葉と声音は、一切の穢れを寄せつけない、抜き身の刀そのものだった。

悪魔も恐れおののきひれ伏すのでは、と思わずにはいられない冷酷な口調だ。

「目に映るすべてのものを、破壊します」

容赦のない究極の殲滅《せんめつ》宣言に、はい？　とリスカは痛みを忘れ、まじまじとセフォーを見た。

なんだか、その、自分の身に降り掛かった災難をしみじみと嘆いている場合ではない気がした。

ついでに、自己憐憫《れんびん》に浸りたいとか慰めの言葉がほしいとか、そういうささやかな次元の話をしてはいけない気もした。

のけぞるほどの凍えた圧迫感かつ重圧感が……ああ、まるで氷の雨ならぬ刃物の雨が降る予感が。

いや、すでに血の雨は降ったが。

胸中に濃密な焦りが広がった。濃密すぎて気絶しそうだった。

「余計なものが存在するから、災いが降り掛かる」

「は」

「ならば薙ぎ払えばいい」

ほほほほ本気だ。しかも実行に移せる力を持っている。

「なにもいらないのです。すべて刈り取り、消滅させてしまえばいい」

「ぐ」

「目障りですから」

「ぐぐ」

「この世に、思い知らせてあげましょう」

その前に、リスカが十分思い知った。

おかしい、先ほどの安心感はいったいどこへ。

幻の休息だったのですか、とリスカは虚ろな目をした。

お手柔らかにと口を挟んで、自分の命は保証されるだろうか。考え直してみても悪くはないかもしれませんよ、と控えめながらも提案した瞬間、真っ先にとどめを刺されないだろうか。

「あ、あ、あの、手が、痛いな、なんて……」

セフォーをどうにかして引き止めねばならない。

このままでは、国に最大の危機ならぬ凄絶な災厄と絶望が、雪崩《なだれ》のごとく押し寄せる。

その発端が自分だなんて、蒼白にならずにはいられない。冗談ではすまされないのが、セフォーの恐ろしさだ。

「手当てを」

はははは い、とりあえずここから出ましょうね、とリスカはものすごく気弱な微笑を浮かべた。

セフォーは純白の長衣をさらりと脱いで、別の意味で震えている哀れなリスカの身体に巻きつけた。ついでに顔を覆っていた布も取り外す。その布でリスカの顔に付着している血を拭ってくれた。

リスカは無傷のほうの手で、慌てて布を受け取り、自分の顔を拭く。

セフォーは長衣の下に着ていた、濃紺色の丈の長い上着の懐を探り、折り畳まれている薄い布を取り出した。リスカに見せるようにして、その布を広げる。

恐る恐る覗き込むと、そこには思いがけないもの——白い治癒の花が、数十枚あった。

「これは……」

「店に」

騎士に痛めつけられた小鳥を癒そうと、とっさに放った治癒の花。瓶に残っていたものを、持ってきてくれたのだろうか。

「これで、すべてです」

その言葉に、リスカは首を傾げた。もう少し残っていたと思うのだが。

「荒らされていたので」

そうか、後頭部を殴打されて気絶したあとに、騎士たちが店内を荒らしたのだろう。ということは、またしても商品の大部分が無駄になったのだろうか。

リスカはがくりと項垂れた。よくよく災難に見舞われる星回りだ。

「手当てを」

リスカは布の上の花びらをしばらくじっと見つめたあと、セフォーに視線を戻した。

手の痛みは鋭く、寒気すら伴う。顔も腫れていてひどく熱をもっている。しかも、指が折れている。足首は……傷は筋までには達していないが、一人だと歩行が難しいかもしれない。

結構な重傷には違いない。仮にリスカが他人に自慢できるほどの容姿端麗な美女であったら、運命の残酷さを嘆いて身投げしたくなるような散々な有様だろう。幸いなことに、というのは実に虚しいが、自分はその、うぅむ、美女ではなく。

いやいや、今は容貌など二の次だ。

「セフォー」

名を呼んだ瞬間、セフォーはどうもこちらの意図に気づいたらしかった。

呼吸が一瞬で停止しそうなほどの毒矢のごとき目で睨まれ、うひぃ、と思わず叫んでしまう。

「まずは」

まずは自分を癒せ、ですね。でもねえ、セフォー。

「――水をいただきました。命の水を」

狂気と正気の狭間を漂う、囚われの者たち。彼らが本当に罪人であるか否かなど現時点では判断しようがないが、いつ死ぬかもわからない極限状態のなかで、命綱に違いない貴重な水を他者に与えるという慈悲の行為に、目を瞑ってはならないと思う。

都合の良い言い訳で自分を優先すれば、後々立ち直れぬほどの卑屈な罪悪感に苛《さいな》まれるだろう。

そうしていつしか、足下を照らす慈しみを忘れ、胸に咲く誇りまでも枯らすはめになる。

リスカは弱い。だが、欺瞞《ぎまん》を糧とする卑劣な存在にはなりたくない。

絶望しても、希望の種は捨てたくない。情に薄い魔術師だとて、ときには理屈ではなく良心を素直に信じることがあってもいい。

それに、自分は誰一人救えず、ただ救助を待っていただけなんて、あまりにも情けない。自分の無力さを痛感し、心底嫌悪してしまう。

「私にも、まだできることがあるようなのです」

冷気を放つセフォーの壮絶な眼差しから逃れるため、微妙に横を向き、リスカはもぞもぞと言った。

「この者たち、死に損ないです」

せせセフォー、なんて身も蓋もない言葉を。

「とどめを刺すほうが、彼らのため」

「で、でも」

「余計なことです」

「セフォー！」

「まずは自分を救いなさい」

きっぱりと放たれた厳しい声に、顔が強張る。しかし。

「いいえ。私が私を救う必要はない」

「リスカさん」

うわあ、激しすぎる氷の視線。恐ろしいというより、もはや痛い。怯むなリスカ。頑張れ自分。

「あなたがすでに救ってくれました。なのにまだ、私は自分を救う必要がありますでしょうか」

リスカの言葉を吟味するように、セフォーがわずかに目を細めた。

「お願いです。私は彼らに恩返しがしたいのです」

そもそもこの花はリスカが作ったのだから、セフォーに許可を求めるのは筋違いなのだが。

心臓が凍りつきそうな長い沈黙が続いた。おののきつつも引かない姿勢を見せるリスカに根負けしたのか、セフォーは無言で花を載せた布を渡してくれた。

リスカは、まだちょっぴり立腹しているらしい剣術師の気が変わらぬうちに、鉄格子越しに水をくれた罪人の側へ近づいた。

「これは治癒の花。おそらく……その身を元通りに蘇生させるのは不可能でしょう。けれども、もう一度歩くことはできる。どうか受け取ってください」

花びらを一枚、差し出すと、罪人は驚いた様子で身じろぎした。どこか怯えているようでもあった。

「たとえ、あなたが、あなた方が決して許されぬ罪を犯しているのだとしても、これは違う。人ならば人として罪を償うべきだ。それが死罪に値するものであってもです」

自分の罪がわからなくなるほど狂ってしまえば、償う意味はない。

裁きというのは罪の重さを理解し、死ぬ以上の苦しみを感じること。犯した罪を生あるかぎり背負い続けること。法はそのためにあると、リスカは思っている。

世間の目から隠すように隔離するのは、間違っているのではないか。

狂うだけで許される罪など、存在しないだろうから。

「正直を言って、今の私には罪などどうでもいいのです。道理とは無関係に、私がそうしたいと思うだけです。だから、治癒を受けてください。そして、あなたの足で、大地を蹴って、遠くへ、どこか遠くへ逃げてください。外には太陽も月もある。闇ばかりではなく、光が。思い出して、どこか遠く、安全な場所へ」

リスカはふわりと治癒の花びらを放った。

予想通り、罪人たちの傷を完全には癒せず、しかも一人に一枚では足りなかった。

リスカは隔離されていた者すべてに花びらを渡した。使い果たしたときは、セフォーに眼差しで殺されるかと思ったが。

気分は少し、晴れ晴れとした。自分の怪我など、あとで治癒しても遅くはないのだ。

牢獄はやはり地下に設けられており、延々と階段を上らなければ地上に出られなかった。

いつからか立ち入り禁止となった、聖職者居住区域内にある教会の真裏に繋がっているとわかったときは、さすがに皮肉な気持ちがした。神の足下に、濁った闇が存在したのだ。

外界にはいつの間にか夜が訪れていて、無数の星がひそやかに瞬いていた。

目の覚めるような寒さを風が運び、同時になにかを浄化する。

森をさまよったときのように、今日の月も明るかった。

耳鳴りがするほどの静寂が、夜の厳《おごそ》かさを一層引き立てている。

解放された罪人たちは、しばらくのあいだ、ただ空を眺めていた。

空の高さに、大気の瑞々しさに、呼吸を忘れているようだった。

リスカは歩けなかったので、まあ、いやはや、まだ立腹続行中のセフォーに抱き上げられている状態だった。

いくら町民が気軽に立ち寄らぬ場所とはいえ、不自然なほど静寂に包まれているのは……累々と、屍がそこらに転がっていたためだった。

おそらくは見張りに立っていた騎士たちの屍だろう。いや、気のせいだと思うが、というよりそう思いたいのだが、教会に籍を置く神官の衣装までが、屍のなかにちらほらあったような。

誰の所行によるものかは、とても説明できない。

【5】

これだけ派手な……凄惨な脱出劇を展開したので、すべてを忘れて気楽に「さあ家に帰りましょう」とは、当然できない相談だった。

しかし、家に戻れないからといって、呑気な顔で宿に泊まれるはずもない。

殺戮の場と化した教会の様子から、危険度最大級の大量虐殺犯が現れたと判断されて、町中に厳重な警戒を呼びかける緊急の布令が、すぐさま出回るに違いなかった。

町々を渡り歩いて悪事を働く盗賊団や一目で悪党とわかる輩を、正義の名の下に成敗したのではない。セフォーが手を下した相手は、身分の確かな騎士たちだ。

騎士の半数以上は貴族出の者だ。歴とした位を持たない平民上がりの騎士もなかにはいるが、その場合は生家が富裕層に属しているか、あるいは貴人と深い繋がりを持っているか、本人によほど突出した能力があるかなど、何かしらの条件が必要とされるため、ほんの一握りだった。

大半が貴族で占められる騎士が、無礼を働いた平民を手打ちにするのであれば、高貴とされる人々にとって有利に作られた規律も存在するので、それほど強いお咎めは受けない。

反対に、平民が貴族を害した場合、いかに正当な理由があっても公平な審議は期待できず、厳しい罰を科される。

セフォーの身分はなんだろう。貴族出身の魔術師もいるし……どう見ても普通の平民ではない。そういえば、術師のあいだでこれほど有名な人でありながら、生い立ちなど過去に関する詳しい情報は一切存在しなかった。

耳にするのは、大半が、真実か否かも判別できない血腥《ちなまぐさ》い怪奇譚のような話ばかりだった。

不思議な人だ。

……と、説明がどこまでもずれていくが。

なんの話であったか。そう、宿だ。

リスカが激しく懸念しているのは、セフォーが希代の凶悪虐殺犯として騎士や兵士たちに追われることではない。はっきり言ってその心配はまったくしていない。逆である。

不用意に町へ出て、その、なんというか、セフォーが追手の騎士のみならず、善良な町民までもを無差別に殺めたりしないかという危惧のほうが圧倒的に強い。

なにせ、衝撃的な殲滅宣言を聞いてしまったあとだ。その宣言通りの非現実的展開なんて起こり得るはずがないと一笑に付す気には、到底なれない。

というわけでリスカとセフォーと小鳥は、とある礼拝堂の屋根裏に不法侵入し、ひとまずそこで一夜を明かすことにした。

追跡者たちの、遠くへ逃亡するに違いないだろうという心理の裏をかいたわけである。煤《すす》けた壁の礼拝堂は、屍が多数転がる凄惨な教会から少しだけ離れた丘の上に建てられている。

この礼拝堂、奇妙なことに時計塔としても機能しているので、町を見下ろす形となるよう教会から離れた場所に建築されたらしい。

こっそりと毛布なども拝借し、追跡者の動向を確認するために、最上部に位置する埃臭い屋根裏で、一時の休息を得る。物置部屋代わりとなっているのか、内部は閉口するほど汚れている。床の表面は薄らと白い塵芥《じんかい》で覆われていて、いたるところに木箱が山積みにされていた。だいぶ長いあいだ、誰も立ち入ることがなかったようだ。

しかも高い場所にあるため、地上よりも風が強く、寒い。

これから自分もおたずね者の暗い人生を送るのかと思うと心までも寒くなり、リスカは一気に憂鬱になった。

階下の様子を見に行っていたセフォーが、片手に葡萄酒入りの瓶を下げて戻ってきた。

どうやら、どこかの部屋を漁って盗み出してきたらしい。

リスカは、「わたし、お酒に弱いのよ」と一口飲んで頬にふわりと赤みが差すような、可憐な女性とは異なる。酒豪とまではいかないが、酒杯を二、三度空にする程度では酔わない。

束の間、身体を襲う痛みを忘れた。酒好きの業とは、恐ろしい。

「ぴぴ」

窓枠に乗っていた小鳥が、セフォーに向かって「お帰りっ」という感じで小さく鳴く。

セフォーは床の木箱を避けつつ、窓枠の下に座りこみ毛布で暖を取るリスカに近づいた。

「あああの」

距離が近い、と思った瞬間には両腕で抱きしめられていた。応急処置をした傷に触れないように
と、一応は気遣いが見られる丁寧な抱きしめ方だった。赤子を抱くような感じといえばいいか。

いやいやいや、再会したときは嬉しさと安堵のあまり自分から飛びついたのだが、冷静さを幾分
取り戻した今は、その、なにやら様々な感情が入り乱れてしまい非常に落ち着かない。

それに、セフォーは微妙にお腹立ちの様子なのだ。その理由に思い当たることがいくつもあるた
め、後ろめたさを覚えて身を縮めてしまう。

「これを」

瓶ごと葡萄酒を手渡すところがセフォーらしいというのは、失礼か。

ありがたく頂戴し、一口飲む。喉の渇きは強く感じていたが、牢内で騎士たちに腹部を何度も蹴
られたため、食べ物はもちろんのこと、正直、匙《さじ》一杯分の酒を飲み下すのでさえちょっと辛い。空
腹感よりも、負傷した箇所から広がる痛みのほうが問題だった。

しかし、無理にでも飲まずにはいられなかった。鉄塊よりも重い沈黙が恐ろしいせいだ。

「なぜ」

うう、端的言葉。なにをお訊きになっているのでしょう。

頭上から思いきり冷たい視線を感じる。耳のなかに滑り込む声がまるで闇夜の葬送曲に聞こえ、実に色濃い恐怖を誘ってくれる。

無視してみようかな。寝た振りとか。

などと不埒《ふらち》な考えを抱き、目を瞑ろうとした瞬間、くい、と顎を掴まれ、顔を上げさせられた。

「なぜですか」

思わず瓶を落としたが、セフォーが機敏な動きで受け止め、床に置いた。

とりあえず謝るか、それとも重病人を装うか？

リスカは冷や汗をかいた。「ぴーぴぴぴ…」と気弱な小鳥の鳴き声が耳に届く。訳せば、「ごめんね、助けてあげられないよ……」といったところだろうか。

「なぜです」

怒っている、これはかなりご立腹の様子だ。

リスカはいよいよ蒼白になった。顎の線を撫でる体温の低い手をちらりと見やり、首を絞められるのではないかという余計な不安を覚えて身を震わせる。

「答えなさい」

答えなさい。穏便に返答を求める意味での「答えてください」ではない。命令である。脅迫だ。

「な、な、なについて、でしょう、か」

間近にある銀色の瞳が一層冷ややかさを増した。ある意味、精神的な拷問と大差ない。

「なにに？」

「は」

「なににですって？」

よし気絶しよう自分、とリスカは決意を固めて意識と別れを告げようとしたが、どうにも氷の瞳が邪魔をする。恵み豊かな大地を一瞬にして氷結させる瞳だ。

「私は言ったはず。結界を張れと」

ひぐうぇえ、とリスカは内心で女らしさ皆無の野太い悲鳴を上げた。

治癒の花びらを罪人たちに使用したことではなく、まず結界の有無についてを責めるのですか。

「なぜです」

セフォーには、リスカの言動は不可解どころか愚か者の典型に思えるだろう。夜盗に襲撃されてまだ間もないというのに、忠告を無視してなんの防御対策もとらずにいたのだ。

あげく無実の罪で糾弾され、むざむざ投獄されているのだから、自業自得というものだった。

「答えなさい」

「あ、そ、それは」

言いたくない。セフォーには言いたくない。

内面の思いが顔に出たのだろう。こちらの姿を映す瞳の色がますますもって険しくなった。かすかにだが、憤りを示すかのように眉間に皺が寄っている。自分は今間違いなく神の逆鱗に触れたのだ。神は神でも、厳烈な裁きを下す死神である。

　どれほど望んでも結界は作れなかった。結界用の花を持っていなかったのです。リスカは心のなかで懸命に言い訳を繰り返した。

「偽りを」

「は」

「あなたは私に、偽りの約束を？」

　淡々と紡がれた言葉が、渦を巻いていた様々な感情を切り裂くようにして、一直線に胸の底に落ちた。短い言葉に含まれた意味を考えた瞬間、全身からすっと血の気が引く。

　事情がわからぬセフォーにとっては、不誠実な虚偽の誓いを交わされたことになるのだ。

　その結果、セフォーは人殺しの罪を犯し、自分の手を真新しい血で染めた。

　ああ、これは薄っぺらな感傷に浸って口をつぐんでいる場合ではないのだ。

　リスカは、自分が原因で引き起こされた事態の重大さや、背負うべき責任にようやく気がつき、愕然とした。

　リスカを見下ろすセフォーの瞳には、これまでとは違う種類の冷たさが宿っていた。拒絶に似た、割れぬ氷の膜に覆われている。

「あ」

　弁明しようとしたリスカの唇に、セフォーの指が置かれた。

「もうよろしい」

すれ違うときはどこまでもすれ違う。もどかしさを覚えても、取り返しはつかない。

セフォーは静かに瞳を閉じた。窓から差し込む厳粛な月の光を浴びて、白銀の髪が淡く輝いていた。月の欠片を砕いて、まぶしたかのように美しく見えた。

「セフォー」

「眠りなさい」

とっさに自分が見せた躊躇いを、違う意味に解釈し、失望して聞く気を失ったのだろう。

誤解の積み重ねによる予期しなかった展開。リスカは経験したことのない胸の痛みに苦しんだ。

事実の説明が面倒と思い、渋ったのではない。言えないのは、セフォーに言ってはいけないと思ったのは、落胆させたくなかったから、ただそれだけだったのだ。

セフォーがせっかく探してくれた花々。魔力を自在に操れないリスカには生きていくうえで、必要不可欠なものだ。だが、そのなかに結界用として使われる花は、残念ながらなかった。

正直に、結界に適した花がないと告げれば、不思議と甘い面を持つセフォーはまた探しに出かけたかもしれない。でも、そうすると、リスカは、いつも与えられるばかりだ。

それは決して対等ではない。セフォーにはなんの得もないからだ。

自分だけがいつも楽な思いをして、なにひとつ恩に報いることができない。

その関係を切ないと感じずにはいられなかった。

セフォーにしてみれば、これだけいろいろと助けてやり、日常生活も面倒を見てやっているのに肝心なことは秘密にする、しまいに嘘までついていた、という報われない話になる。

実際その通りで、いまさらなにを言っても、それこそ都合のいい弁明にしか聞こえないだろう。セフォーが最も嫌悪する「利用した」という状態だ。リスカは、判断を誤った。ひどく惨めな気持ちになった。

きっと軽蔑されている。義務感だけで抱きかかえられているのは、とても辛い。

小鳥が、とん、と肩に乗った。

「ぴ。ぴ」

つくつくと嘴で顎を優しくつついてくる。「痛いの？　痛いの？」と心配しているようだった。

本来守るべき小鳥にまで慰められ、目の奥が熱くなる。

どうなるのだろう。これからどうすればいいのだろう。

自分の弱さを噛み締めると、呼吸が乱れるほどに心の痛みも傷の痛みも増す。

「ぴ、ぴぴぴぴ！」

なぜか勢いよく鳴いたあと、小鳥は急に白い羽を広げ、軽やかに飛び立った。「大丈夫、なんとかしてあげるからね！」という様子だった。

リスカは、月の光のなかに消えた小鳥をいつまでも眺めた。

【6】

リスカを抱きかかえたまま、セフォーは瞼を閉ざし、もの言わぬ彫像と化したように微動だにしなかった。眠っているのか瞑想しているのか、実はなにも考えていないのか、変化に乏しい表情からは読み取れない。

規則正しい心音がリスカの身体に伝わる。体温は低く、まるで温もりにすら拒絶されているように思え、とても穏やかには眠れそうになかった。

気を紛らわせてくれそうな小鳥はどこかへ飛んでいったきりだ。もう一刻は過ぎている。

夜はまだ底なし沼を思わせるほど深く、暗い。

リスカは嘆息しそうになるのを堪え、セフォーの沓先《くつさき》にある蝋燭の火を眺めた。

なんて長い夜なのか。一瞬で闇を吹き消し生気を蘇らせてくれる太陽にも見捨てられた気分になり、みじめさが増す。

リスカから話しかける勇気はない。セフォーがこういった明確な拒絶の空気を匂わせるのは、もしかすると初めてかもしれない。

普段どれだけセフォーが気を配ってくれていたのか、今頃になって理解する。

本来セフォーは、他人の言動に注意を向け、心情を汲んで健気に配慮するといったつつましやかな性格ではないだろう。自分本位というよりは単純に、外の世界や他の人間に対して興味がないのだと思う。

人にも物にも無関心であり固執しないセフォーが、多少なりともリスカの立場を斟酌《しんしゃく》してくれていたということはつまり、幾分かは信頼してくれていた証拠だ。

今、その信頼はどのくらいまで目減りしてしまっているだろうか。

背中に当たるセフォーの腕を意識しながら、リスカは一人煩悶《はんもん》した。

＊　　＊

体力が限界に近かったらしく、白々と夜が明け始めた頃にはうとうとしていた。

だが全身を苛む痛みのせいで熟睡はできない。短い間隔で何度も目が覚め、そのたびに嘔吐した。

とうとうリスカは眠ることを諦めた。新鮮な空気を求め、窓へ近づく。澄んだ赤紫色の空が、町の果てにある稜線まで広がっていた。

セフォーには、これ以上ないくらい情けない姿を見せた。もう恐れるものはないと、逆に開き直ってしまえる。

吐瀉物《としゃ》で服を汚して戸惑っているリスカに気づいたセフォーが、階下に行き、着替えを探し出してくれた。

リスカには寸法が合わない大きな男性用の服だったが、着替えられるだけでありがたい。自分の身にかけた性別転換の術が解けていることもあって、なおさら衣が大きく感じられる。

セフォーが用意してくれた衣服は、高位の神官が着用する特殊な聖衣だった。腰帯などはなく、すっぽりと足首まで覆う型の、きわめて白に近い水色をした美しい長衣である。生地は緻密に織られており、非常に滑らかだ。胸元と袖回りに銀の糸で繊細な刺繍が施されている。

聖衣は大抵、障気除けの聖水で清められているため、着心地はよかった。

「……ありがとう」

発した声は焼けたように、少し嗄れていた。

「いえ」

「もう大丈夫です」

実際のところまだ回復にはほど遠く、頭痛が止まない。

「助けに来てくれて、ありがとう。ずいぶん調子もよくなりました」

汚れた衣服を丸め、隅に置かれている白木の卓の下へ押しこんで、ぎこちなく座り直す。あとで時間を見つけて処分しにこなければ。……今後、捕縛されずにすんだらの話だが。

「迷惑をかけてしまって、ごめんなさい」

無用の人殺しをさせてしまったものなあ、とリスカは肩を落とし、鬱屈した思いを抱いた。

正直を言えば、死者に対する罪悪感や同情で胸が塞がれたわけではない。

手酷く暴行を受けた直後でまともな感覚を取り戻せていないという理由もあるだろうが、良心がすっかり雲隠れしており、その反動でセフォーにだけ意識が向いてしまっている。

現実から逃避するために、性急な依存心に突き動かされているのかもしれなかった。

「それだけですか」

ここまで沈黙の住人であったセフォーが、ふいに突き放すような冷たい声を放った。

リスカはわずかに眉をひそめ、緩慢な動きで顔を上げた。

セフォーは今、積み上げられている木箱のひとつに軽く腰をあずけている。

セフォーが口にした「それだけ」の意味がわからない。欲の薄い人だ、なにかしらの報酬を求めているとは思えない。

「私に言うことは、それだけですか」

リスカは、端的言葉を深読みする作業を放棄していた。心も身体も、傷つけられるのはたくさんだ。望むのは棘《とげ》を持たない慰めと温もりだけで、他はなにもほしくない。

「すみません」

安易に逃げるな、という自分の胸に響く賢者の声を無視し、リスカは茫洋《ぼうよう》としたまま謝罪した。非を感じての謝罪ではない。ひたすらなげやりな気分だった。

と、そのとき――。

「ぴっ」

リスカは目を開き、とっさに立ち上がって、開きっぱなしにしていた鎧窓の外へと身を乗り出した。

「あ」

険しい山陵の上に現れた太陽を背にして、空を駆ける小さな影が目に映る。

「ぴぴぴぴ」

手を差し出すと、吸い込まれるようにして飛びついてくるあたたかい命。

小鳥だ。

「ぴっぴ、ぴぴぴ」

褒めて褒めて、と言いたげに、元気よく鳴いている小鳥の足には――一輪の白い花、クルシアがあった。

リスカはしばし絶句し、自分の手の上で踊るように羽を動かす小鳥と、花を見比べた。

小鳥の白い羽は無惨なほど乱れていた。泥に汚れているうえ、どこかに引っ掛けてしまったのか、一部が抜け落ちている。艶やかだったはずの赤い嘴も、ところどころ傷ついていた。

きっと一生懸命、どこに咲いているかもわからない花を探し回ったのだ。

花一輪を摘み取るのだって、この小さな身体では大仕事だっただろう。

よく見れば、花は少し傷んでいて、しかも茎の断面に何度も噛みついたらしいあとが残っていた。薄《うっす》らと血も付着している。摘み取るさいに、小鳥は口のなかを痛めてしまったのだろう。

一晩中探したのだろうか。

クルシアは見つけやすい道端などには咲いていない。季節的にも外れているし、周囲に草木が生い茂る自然の豊かな場所にしか、花をつけないのだ。

視界の悪い夜の世界を必死に飛び回ったのか。何度も木々にぶつかっただろう。野生の獣にも脅かされて、保護してくれる者もいなくて、ずいぶん心細い思いをしただろう。

「ぴぴ」

えらい？　と尋ねてでもいるのか、小鳥は丸い腹を突き出すようにしてリスカを見上げ、ちまりと首を傾げた。

リスカは微笑み、細く吐息を漏らした。こんなにあどけない生き物を前にすると、利己的な感情にとらわれて生ぬるい自嘲で心を陰らせていた自分が、なんとも醜く思える。

「えらいですね」

乱れた羽をそっと指先で撫でた。嬉しそうにすり寄る小鳥に、唐突に愛おしさがわき上がる。

「おまえはいい子だね。とても優しい子」

小鳥は傷ついた嘴で、賑やかに喜びの歌を奏でた。太陽の光に溶ける明るい歌声に、重く沈んでいた気持ちがふわりと軽くなった。

小さな嘴に頬を寄せると、甘えるように優しく噛まれた。不思議なものだった。小さいくせに、肩の力が抜けるほどのまろい温もりを持っている。

懐にそっと隠して持ち歩きたくなるような温かさだった。

「かわいい、おまえは本当に賢くて優しい鳥」

世界で最も小さなものから、慈悲の光が、鮮やかな力をもって降り注ぐ。


クルシアの花びらは、一輪に五枚。リスカは二枚の花びらに魔力を注いだ。

自身に治癒の術を施す場合、体力こそ幾分かは回復するが、魔力は戻らない。

これは道理というもので、魔力を魔力で補うことは不可能だ。

つまるところ魔力というのは決して無尽蔵ではなく、消費した分、休息もとらねばならない。肉体と心、その充足と均衡が魔術を完成させる。

治癒の花びらを二枚完成させた時点で、腹の奥を巡る魔力が道を失い、正しく使えなくなった。

空になるほど消費したわけではない。いうまでもなく、精神的なものに引きずられているのだ。

こういうとき、無理に続けると最悪の場合は二度と術を操れなくなる。そのくらい、魔力は繊細で不安定なものだった。

どちらにせよ、残りの花びらは小鳥の噛みあとがついているので使えなかったが。

「ぴ」

「一枚は、おまえにね」

小鳥の毛にこびりついている泥を丁寧に拭い、一枚を綿毛のような頭に載せてやる。

淡い光を放ち、ふわりと溶ける花びら。小鳥の羽が、すぐさま柔らかさを取り戻した。

「ぴぴぴ」

小鳥はぱたぱたと確認するようにして羽を動かし、軽快な仕草でリスカの肩に飛び乗った。

一度小鳥を撫で、最後の花びらは自分の額に載せる。

——ああ。

思わず息を漏らす。肌に浸透する安らぎの光。暗がりから日だまりのなかへ飛び込んだような感覚と言えばいいのか。その慈しみを秘めた光が肉体のなかを激流のように駆け巡り、血を叩く。

瞬きすると同時に、身体の傷は、完璧ではないものの大部分が癒えていた。

一枚だけだとやはり完治はのぞめないが、それでも指は骨折の痛みから解放されたし、足の状態もよくなったので歩行も問題なさそうだ。なにより、不快な吐き気が消えたことが嬉しい。

奇妙なもので、健康体を取り戻すと、視野は一足飛びに外へ広がった。

リスカはまとわりつく陽気な小鳥を指であやしつつ、思考の波に意識を投じた。

ジャヴとティーナ。倦怠感を滲ませたジャヴの優雅な姿がまず脳裏をよぎり、続いてすぐに、あでやかな微笑を浮かべたティーナの顔が浮かんだ。

ティーナの言動はまるでちぐはぐであり、不可解だった。リスカを罠にはめておきながら、なぜわざわざ姿を現して救い出そうとしたのか。

不貞を許す夫と愛人。貴族たちのあいだで捌《さば》かれる危険な媚薬と、地下牢。

どれもが背徳の色を持ち、深読みせずにはいられないほど謎めいているが、そもそも貴族社会に疎《うと》い庶民のリスカが巻きこまれたこと自体、奇妙な話だった。

リスカは、いったい誰の標的として選ばれたのだろう。リスカにふられたティーナの仕返しというには、いくらなんでも度が過ぎているし、牢獄での対面時の様子を思い返してみても、やはりしっくりこない。

ティーナの策ではなく、ジャヴなのだろうか。後腐れなく利用できる人間を探し、その結果、リスカを身代わりに仕立てようとしたのか。彼が死に至るという媚薬を作った魔術師本人だから？リスカの存在は後ろ盾などがない分、都合がよかったのか？

王都を追放されたからとはいえ、塔の貴石とまで讃えられたジャヴが、そんな姑息《こそく》な真似をするだろうか。

では、ティーナの役回りはなんだろう。リスカを罠の中心に導くため？

それはおかしい。別に姿を見せずともよいではないか。

二人が本当にリスカに罪を着せるつもりならば、不用意に姿をさらすべきではなかった。意味深に見せつけられれば、人は当然、追いたくなる。いや、追わせたかったのか。なぜ？

――声なき悲鳴を、聞いてほしくて？

「確かめねば」

知らずに言葉が溢れた。

二人がリスカにした卑劣な行いは、許せない。実際、死も覚悟した。だからこそ、リスカには真相を知る権利がある。くだらない理由ならば、一発くらい殴ってやる。……軽く。できたら。

「なにを」

いきなり響いた非難の声に、思考が乱された。

振り向くと、明らかに不機嫌な表情で眉をひそめているセフォーが、リスカを注視していた。

「確かめるとは、なにをです」

「ティーナのところへ」

射貫くようなセフォーの視線は、「救いがたい愚かさだ」と明瞭に語っていた。

「なにをするのです」

「理由を聞こうと思って」

「理由？」

セフォーはいつになく苛立たしげだった。うつむくようにして目を伏せる。

セフォーの胸中が透けて見えるように理解できた。助けがいのない愚か者だ、と内心で罵倒しているのだろう。むざむざ敵陣に乗りこもうとしているのだから。

「あなたという人は」

「すみません」

「口先のみの謝罪になど意味はない」

弁解を許さぬ厳しい口調だった。セフォーの苛烈な性格を思えば、このまま斬り殺されても不思議はなかった。

「私がいつでも、あなたを救うと思うのか。だからこんな目にあってもなお、軽率な行動を取るのか」

硬質さを増した空気に、リスカはぐっと奥歯を噛み締める。

「私がいつも、あなたを追うと？」

「……いいえ」

セフォーはすぐ側まで近寄ってくると、拒絶の雰囲気を漂わせてリスカを冷然と見下ろした。

「そうです。私は追わない。いつまでも追いはしない」

現実にきっぱりとそう断言されると、さすがに悲しくなった。

しかし、リスカは愚かにもここで引かない意固地な性格だ。

「それでも、私は確かめにいかないと」

「意味はない、まったく意味がない」

普段と同じ抑揚のない声音だが、疑う余地のない苛立ちが隠されている。

「あなたがわからない。なぜです。あなたはいったい、なにを必要としているのです」

必要と――？

「あなたは見ているようで、なにも見ていないのだ」

セフォーは静かにそう言うと、憎悪さえにじむ険しい眼差しでリスカを見つめた。

その瞳の威力に気圧されて、息ができなくなった。

これほどまでに強い彼の怒りに触れたことがなかった。

「行くがいい。どこへなりとも好きなように」

セフォーは言い捨てて、背を向けた。

リスカは口を開きかけたが、結局セフォーの姿が消えるまで言葉を紡げなかった。

第四章

【1】

すっかり忘れていたが、オスロルは今、どこもかしこも祭りの開催準備で忙しなく、浮かれた空気に満ちている。

季節の恵みを感謝する冬華祭は、七日間続く。明日が初日で、前夜祭には祝いのための花火が威勢よく次々と打ち上げられ、人々の目を楽しませてくれる。

空に咲き誇り、一瞬で弾ける光の花。美しいことだろう。

セフォーと見たかった。あの人も花火を見て笑い、歓声を上げたりするのだろうか。

リスカは人生最大に落ち込んでいた。これまでも、災難に遭遇するたび、こんなに辛いことがあるだろうかと我が身の不幸を嘆き、前を向く気力をみずから捨てた。そして、時間の経過に癒されたあとはまた夜明けの向こうを一人めざし、歩いてきたはずだった。

いつかいなくなる人だとは理解していた。店をたずねる旅人と同じで、少し羽休めをしたら、ど

こかまたリスカの知らない遠くの世界へ飛び立つ。

わかっていたのに、現れ方があまりに奇想天外で常識を超えていたため、心に壁を作って感情を制御する暇と度胸と余裕がなかったのだ。多大な恐怖という意味での警戒はあったが。うむ。

一緒にいても戸惑いばかりだったが、いつもは仮面のごとく変化の乏しい表情に、奇跡的な確率で浮かぶ微笑を見るのは嬉しかった。見事な寡黙っぷりにも、何度振り回されたことか。それでもリスカの問いに答えようと、視線を確実に向けてくれた。そのささやかなかかわりを、恐れながらも、喜んだ。

リスカは臆しすぎたのだろう。

セフォーと目を合わせて、心から素直な気持ちを伝えたことはなかった。

だが本当に、セフォーの力を欲得で利用しようと思ったことはないのだ。

それは、真実だと誓える。

「甘えるな」

リスカは自分の頬を軽く叩いた。どうであろうと、一人きりの、この現実はリスカが選択した結果だ。

いや、一人ではないか。肩の上でうとうとしている小さな生き物が一緒にいる。

小鳥が落ちないよう片手でそっと押さえると、リスカは自分が選んだ道を進むため、礼拝堂を去った。

＊　　＊

さて、どこを探すべきか。

ジャヴの屋敷がある場所ならば一応頭の地図に記されているが、まさか警戒もせずに素知らぬ顔をして留まっているとは思えない。

ティーナのほうを先に攻めるとしても、こちらは住居自体がどこにあるのかわからなかった。

仮に屋敷の場所を特定できても、本人と直接対決する前に、取り次ぎの者に門前払いをされるだろうことはたやすく想像できる。

なにより、牢破りを行い、罪人たちも解放し、あげく騎士たちを無惨に殺め尽くしたのだから、のこのこ顔を出せば当然また捕縛され、今度こそ厳重な警備のもとで監禁される恐れがある。

ところで、フェイはどうなったのだろう。

彼も教会に転がる屍の一人となったのだろうか。確認すればよかった。

リスカは途中で見かけた神官宅の庭先に干されている布を、内心で丁重に詫びながら一枚失敬し、さりげなく顔を隠して町の中心部へと向かった。

祭壇の組まれた大広場へ行くには、放射状に広がる入り組んだ商業区域や町民の住居区方面から向かうときと比較すると、建造物の少ない教会側の道を進むほうが断然距離が短い。

道の左に聖職者居住区、右に彼らの庭園や赤川の水を汲む水車、厩舎《きゅうしゃ》などが並んでいる。ほぼ一本道で整備されているため、迷うことはなかった。

さらに、誰かの気配を感じたときは、さっと道を離れて、赤い葉に彩られた木立の奥に隠れることができる。

審判の神の記号を刻んだ幅広の敷石が並ぶ〈聖アンデテドの路〉を歩き、区画の区切りとなる半円状の大門をくぐって、リスカはまたしばらく無人の通りを突き進んだ。

次第に天蓋がわりだった木々の枝が開け、静謐な神路も終わりを告げる。

道の終点には、俗界との境を示す堅固な石門が築かれており、石塀が左右に長く伸びていた。そこからは道も複数に分岐し、様変わりしたように雑多な雰囲気になる。

リスカはざわめきに引き寄せられるようにして、大広場へと足を向けた。

祭りの雰囲気をまとい騒がしく賑わう町に、昨夜の血腥い気配は微塵も感じられなかった。兵士たちが血眼で捜索しているのではないかという読みが外れ、リスカは安堵する反面、怪訝に思った。

喧噪に身を委ねつつ、どう行動を起こすか思案する。

天幕の裾が快い秋風にゆるく波打つ露店に目をやった。

朝だというのにずいぶん人出があるものだ。

自分の店は町外れにあるので、この賑わいを今まで体感したことがない。人々の笑いさざめく声や、浮かれた空気に身を浸すのは悪くない気分だった。

深刻さに彩られた心に、活気を少し分けてもらうことができる。

リスカはしばし考え、馴染みの雑貨店へ顔を出すことにした。

この大広場を軸として叉状に分かれた五本の〈騎士フォルテルファスの五錫《ごしゃく》〉という通りから裏道へ出て、さらに脇へとそれた奥にある店だ。

店主は四十代の、ガーラルという名を持つ丸刈り頭の男である。

傭兵あがりと聞いたが、確かにと納得できるほど立派な体躯《たいく》をしていた。隆々と盛り上がった上腕の筋肉は、年齢的な衰えをいささかも見せていない。

口の悪さは一級品で、一見の客や態度の横柄な者には故意に粗悪品を掴ませる、たちのよろしくない商人だ。

ひやりとするような悲痛な音を立てる木造りの古い扉を開け、内部をのぞくと、奥で作業をしていたらしいガーラルが難しい顔のまま振り向いた。

店内には、まあ、様々な商品が雑然と並んでいる。装飾具から旅の必需品となる護身具まで、千種万様だ。干し肉などの携帯食もあれば、婦人用の華やかな布まで無造作に飾られている。まったく節操がない。

傾き加減の棚や天井から吊るされている籠にも、めまいがするほど物が押しこまれていた。高級品からがらくたまで、これまたなんの関連性もなく詰め込まれている。

「よう」

ガーラルは汚れた手を拭いつつ、皮肉な笑みとともに挨拶をした。

「こんにちは」

リスカは会釈《えしゃく》しながらも、熱心に商品を見て回った。目にとまったのは、籠に入れられていた銀色の耳飾りだった。繊細な細工で少し大振りだが、男性が身につけてもおかしくはないものだ。

「なんだ。小僧も色気に目覚めたか」

「かもしれませんよ」

軽く答えたあとで、はたと気づいた。そういえば、今はもう女の姿に戻っているのだが……男であることをまったく疑われていないというのも虚しい。女の魅力に溢れていると言えないことは、自分でも痛いほど理解しているので、余計にもの悲しさが募る。

「なにを探している？」

実は媚薬を、と明かした場合、詮索好きなガーラルに、誰に使うのかと根掘り葉掘り質問されそうだ。

「いやいやいや、そこはそれ」

などとわけのわからない返事でごまかし、引きつった笑みを返す。

「相変わらず挙動不審だな」

う、うるさい。

「不審といえば」

不審繋がりか？　なにかの謎掛けかとリスカは首を傾げた。

「昨夜、教会が何者かに襲われたそうだぞ」

ひぎゃうぅええ、と魂を絞り出す勢いで思いきり絶叫しそうになった。

さすがは情報屋を兼ねているだけあり、見事な収集能力である。

「それがまあ、血の祭りでも始まったかという凄まじさで」

そそそうですかそうですよね、まさにあれは血の宴。

リスカは胸をおさえつつ視線をさまよわせた。動悸が。

「転がっていた死体は優に二十を超えると」

二十！　失神したくなった。せ、セフォー。

「面妖なことに大半が騎士だ。だが、なかにはなんと神官まで。つまり教会にいた者も犠牲になっていた」

リスカは頭痛と息苦しさのあまり、その場にへたりこみそうになった。世間に対して心から謝罪したくなってきた。

ああ神よお許しください。セフォーも悪気があって聖職者を殺めたわけではないのです。きっとなにかのついでとか気まぐれとかたまたま目についたからとか。

違った、もとを正せばリスカのせい。言えば言うほど泥沼にはまりそうだ。

「ま、騎士の横暴もこれで少しは収まり大人しくなるだろう。いい加減、やつらの態度は腹に据えかねていたし、いいさ。あの教会を根城にしていた神官も、裏じゃ神に背いた悪業に心血注いでいたからな」

「あ、そう、そうなんですか。それはよかった」

なにがいいのか、自分で答えたあとに深く悩んだ。よくない、全然よくない。

うう、普段は愛想のかけらもないくせに、今日はえらく饒舌《じょうぜつ》ではないか。

「ぴ」

話し声がうるさいのか、肩の上で微睡んでいた小鳥が起きてしまった。

よしよしと嘴を撫でて宥《なだ》め、心を和ませてみたとき。

「で、おまえはなぜ、聖衣を着ている」

がしゃんがらがらがたがたと派手な音を立てて、リスカは転んだ。

小鳥が驚いたように羽をばたつかせ、吊るされていた籠に飛び移る。

「ぴぴぴっぴ」

い、痛、かなり痛い。リスカは涙目になって、ぶつけた膝をさすった。

「なななぜでしょうね」

「いつにもまして挙動不審だな」

ガーラルはおもしろそうに身を乗り出し、猛烈に慌てふためくリスカをしげしげと観察している。

「おまえはどう見ても人殺しができるほど剛胆な気性じゃないからなあ」

わかっているなら余計な詮索はしないでほしい。

「強烈だったらしいな？　こう、見事に首がすぱんと断ち切られていて。胴体も骨ごと真っ二つ。しかもな、騎士の野郎、剣を抜いた形跡もなしだと。やったやつは尋常じゃない腕前だな」

深く同意した。ええ、そうでしょうともね。伝説の剣術師だし。異名は〈死神閣下〉だし。天下無敵どころか、天上無敵かもしれませんよ。

「で、誰なんだ。犯人は」

うぐっ、とリスカは呻いた。同意を示してどうする。

「そういえば、どこぞの町外れの怪しい店に、奇妙な男が出入りしているとか」

奇妙ではなく「危険な」とか「恐怖の」などという表現のほうが正しいですよ、と心のなかでガーラルの言葉を訂正した。待て、怪しい店とはなんだ。

「おまえ……女気がないとは思っていたが、そっちの専門だったか」

思わず、はい？　と訊き返す。

「術師とは因果なものだな。倒錯野郎ばかりだ」

情報屋ならば魔術師の事情については少しばかり理解しているだろうに、リスカのことを不出来な異端術師として蔑視しない。こういうところがなにげに好感が持……ではなく。

倒錯野郎とはつまり。

自分、男色家と思われている！　むごい誤解に言葉を失った。何度目かのめまいを起こし、よろめく。ぴぴ、と心配そうに小鳥が鳴いた。

「どういうやつなんだ。お兄さんに聞かせろ」

だっ、誰がお兄さんだ、図々しい！

リスカが涙目で睨むと、にやにやにやにやにやとガーラルはうすら笑いをしていた。悪だ。

リスカはふと、疑問に思った。

「あの、教会に地下牢があるのは、ご存知でしたか？」

ガーラルはすぐに、真面目な顔を見せた。

「やはりか」

「やはりとは」

「噂になっていたのさ。以前から地下の監獄があるとな。目的までは詳しく知らぬが」

ではあの場所は、公には知られていない秘密の場所だと。

「なんだおまえ、どうしてそんなことに首を突っ込んでいるんだ」

突っ込まされたんです否応なしに。ええい、もう勢いに乗ってしまえ。

「あのっ、媚薬、媚薬、媚薬を探しているのです！」

まじまじと見られた。じいっと凝視された。驚きというよりも、未知の生物を見るような訝しげな表情だ。そこまで。ひどい。

「死に至る媚薬が売られていると」

「おまえ、まさか、そういういやらしい歪んだ趣味まであったのか。惚れた男の影響か？」

馬鹿者っ、とつい激高しそうになった。

「それを訊くということは、おまえが売っていたわけではないな」

「当たり前です！」

「だろうな。色気とは無縁だろうからな。商売以外では色街に顔を出さんやつだしな」

放っておいてほしい。リスカが娼婦を買ってどうするのだ。

「おい。男は一人じゃないぞ。色街にだとて、具合のいい男娼がいるだろうに。あまり思いつめず憂さを晴らしたらどうだ」

「なんの話ですか、なんの」

「男との情死を願うとはなあ、おまえがなあ」

「違いますっ」

ぴぴぴぴ……、と小鳥が小さく鳴いた。「哀れリスカ……」と同情しているように聞こえたのは錯覚だろうか。

「あれは媚薬じゃない、毒薬さ」

ガーラルは難しい顔で答えた。

「都から流れてくる量にしては不自然なほど多い。この町で作られているといっていいだろう」

ガーラルの言葉に、リスカは戸惑った。

「しかし、腹上死は都から広がったはずではありませんか」

「矛盾はないさ。ラスタスラで媚薬と称した劇薬を精製していた野郎が、このオスロルを次の標的にしたまでのこと。これほど寂れた辺鄙な町のくせに、異様に貴族が多い。他の町にはない特徴だ。逆の意味で狙い目なんだろうよ」

ジャヴ犯人率がますます強くなった気がするが、そうとも、まだ決め手にはなるまい、と無理やり自分を納得させた。

「劇薬が、ここで秘密裏に捌かれ始めたのが初夏あたりだ」

ジャヴがこの町に現れた頃と一致するではないか。

まままさか、都を追放されたことで自暴自棄になったのか。

「だが、出回っている媚薬のすべてが劇薬というわけでもない。無害なものもなかにはもちろんある。そのために、厳しく規制し取り締まることさえままならん。それに、死人は確実に増えているが、平民の犠牲者は出ていないというのがまた謎だ。情事中に昇天するのは身分の高いやつと決まっているのさ。だからこそ、体面重視のお偉いさんは頭を抱える。媚薬の取り締まりに動けば、貴族の醜聞を一挙に世に広めてしまう。面妖なものだ」

「誰がその媚薬を作っているのでしょう」

「どうもな、魔術師が関わっているという」

ああジャヴよ、状況はとってもあなたに不利な様子。

「だが、そいつを擁護している貴族がいるとな」

ティーナの顔がくっきり頭に浮かぶ。もはや決定打のような気がしてきた。

それにしてもやけにガーラルは詳しい。おそらくすでに渦中の貴族の名前を知っているのだ。

だからといって、自分に災いが降り掛からないかぎりは、その貴重な事実をわざわざ町の警護に励む兵士に報告などしない。情報屋の性だろう。

「誰ですか、その貴族は」

ガーラルは丸刈り頭を乱暴に掻いたあと、意味深な表情でリスカを見た。

「知りたいか」

「はい」

「銅貨一枚」

「なっ！　あんまりです。欲張りすぎです！」

「情報より高いものはこの世にないのさ」

「情報とは状況により価値が変動するものです」

「俺の情報にけちをつけるのか」

ううっ、銅貨一枚は痛すぎる。第一、今、持ち合わせがない。

「……っ」

「つ？」

「ツケで」

「だめだな。情報屋にツケをせがむ馬鹿がどこにいる」

リスカの頼みを冷然と足蹴《あしげ》にし、ガーラルは鼻で笑った。

「そ、そこをなんとか」

冷ややかな目で一瞥された。

「おまえの男は、なんという名だ？」

ぐ、と喉の奥で呻く。追いつめられている。

別に、そう別に、セフォーは誰に名を知られても平然としているだろう。逃げ隠れする必要もない、というか、たとえ犯罪者として手配されようが、不安なんてかけらも抱かないだろう。

だからここでリスカが告げ口したって、なんの不利にもなりはしないはずだ。

だが。しかし。

「自分の知り合いを売るほど私は馬鹿になれません」

ああ、あと少しだったのに、とリスカは心のなかで涙した。

「馬鹿だろう」

即座に切り返されて、むっとする。

「なぜですか」

「知り合いだと認めているうえ、いかにも秘密がありますと言わんばかり。おまけに話の流れからして、おまえは媚薬の問題に巻きこまれ、男は教会の大虐殺に関わっているとしか思えない」

馬鹿です、思う存分馬鹿と罵ってください。

「少しは駆け引きを覚えたほうがいいぞ。たとえ男を口説くときでもな」

「一言余計です」

ガーラルは、仕方がない、という目でリスカを見た。哀れな奴、という目にも見えた。

「おまえ、もしやその男にふられたか」

項垂れるリスカの頭上の空気が急に重くなった。

「おい、まさかふられた腹いせに劇薬を使って無理心中とか言うなよ」

リスカは無言で踵を返した。

「待て待て。冗談だ。駆け引きとは、会話のなかで相手の弱みをどれだけ握れるかにかかっているものだ。おまえのように感情の動きが丸わかりだと、阿呆臭くて騙す気にも金品巻き上げる気にもならねえ」

ほれ戻ってこい、と手招きされた。微妙に落ち込みつつリスカは素直に戻った。からかわれるのは腹立たしいが、ガーラルが隠し持つ情報に未練がたっぷり残っている。

上目遣いで睨むリスカを見つめ、ガーラルは苦笑した。そして、天井の梁《はり》から吊り下げている籠のひとつに手を入れ、薄い半透明の紙に包んだ薬を取り出した。

「これが、その劇薬さ」

包みを開き、作業机の上に広げる。

一見するところ、黄色の着色料を混ぜただけの、無害な香辛料と思えなくもなかった。

だが、リスカは魔力の残滓に気づいた。残念ながら、他人の魔力を判別する能力まではない。よほど親しい者ならば見分けがつくが。

もともと魔力の感知は得意ではない。それでも、この微量の媚薬から確実に魔力の波動を感じる。それが伝える事実。階級の高い魔術師が関わっているということ。魔力は強大であればあるほど感知しやすいのだ。

もちろん隠匿の術を知り痕跡を消す特殊な能力を持つ者も存在するが、稀である。

ジャヴ。現実は、とことんあなたが犯人という説に傾いていくが。

リスカは硬い表情で劇薬を見つめた。

「おまえは別の国に生まれるべきだった。馬鹿正直なやつにはこの国は生きにくい」

ガーラルがふと、真面目な声でそう言った。

「褒めているのですか、けなしているのですか」

「同情と慈悲は違うぞ。憐憫と好奇心は結びつきやすい。おまえは、それをはき違えていないな？」

リスカは顔を上げ、ガーラルを見た。凪《な》いだ海のような双眸がそこにあった。

「律のしもべである術師に、人の道理を説くのですか」

「術師にしちゃあ頼りない」

そうでしょうとも。自分でもよくわかってますとも。

「魔術師なんて、俺に言わせればどいつもこいつも人格破壊者だ。自分大事で他人の心の機微など知ろうともせぬ、傲慢な連中さ」

「そ、そこまで言わなくとも」

「術に頼りすぎて、自分の五感を使わない。まるで世間を知らぬがきと大差ない」

「ぴぴぴぴぴ」

小鳥の鳴き声が「試練だリスカ」と叱咤激励しているように聞こえた。

「浅はかな好奇心なら、このまま帰れ。おまえのためだ」

「違います」

「ならば、なんだ」

「私は」

リスカは息を吐き出す。

「私が、私に失望しないためです。まったく自分のためなのです」

簡単には引き下がれない。セフォーの気持ちを裏切ってまで真実に迫ることを選んだのだ。好奇心よりも人としての矜持《きょうじ》の問題だ。

「人生を悟るには、おまえはまだ甘すぎるぞ」

ああ言えばこう言う。なんてひねくれた性格の情報屋だろう。

「だめですか。貴族の名は、教えていただけませんか」

もしかしたら気が変わって教えてくれるのではないかと、一縷《いちる》の望みをかけ、口の悪い情報屋に真剣な目を向ける。

小馬鹿にしたようにガーラルはひょいと片眉を上げ、唇の端を歪めた。

訊いた自分が馬鹿だった。攻め方を変えよう。

「この薬はどこに行けば手に入りますか」

「さてな」

「この薬を作っている魔術師の名はわかっているのですか」

「魔術師というのは、真名を名乗らぬものだろう？」

「そういう意味ではなく！　霊号を訊いているのです」

「さて。霊号とはなんぞな」

こ、この狸爺め。

ぴぴぴ、と小鳥が寂しく鳴いた。「完敗だよリスカ」と諭されている気になった。

術師でありながら、一般の者に話術で翻弄されているという現実に哀愁を感じたが、どうもこういった手合いには弱い。

「情報以外の物なら、ツケはききますか」

「ほう？」

「た、たとえば、この、耳飾りとか」

「ほほう？」

「ツケが駄目なら、取り置きとか」

にやっ、とこの上なく意味深な笑い方をされ、嫌な予感がした。

「なんだ、男に渡すのか？」

「……」

自分の眉間には今、彫ったように深い皺が刻まれているだろう。

「おうおう、可愛いもんだ。頬染めて」

「だだ誰が頬を染めているのですっ」

ぴぃ……とどこか悲しげな小鳥の鳴き声が響いた。「遊ばれてる……」という独白に聞こえたのは錯覚だろう。

青ざめたり赤くなったりと、激しく狼狽《ろうばい》するリスカの肩に、小鳥が飛び乗った。あまりに情けないリスカの姿を、見ていられなくなったのかもしれない。

小鳥は、実に憎々しい薄笑いを顔にはりつけて横柄に腕組みしているガーラルに向かい、切々と鳴いた。「もう許してあげてよ、リスカ死んじゃうよ」と庇われている気がした。

「いい品だろう、それ」

小鳥の悲愴感溢れる願いが届いたのか、ガーラルは底意地の悪い笑みをようやく引っ込め、荒れた太い指で銀細工の耳飾りを持ち上げた。微妙に燻《いぶ》されていて色味が落ち着いているのがよい。

縦に長い楕円形の、細い輪の連なりだが、その表面に美麗な細工が施されているのだから、余程の職人が手がけたに違いない。耳穴に差しこむ箇所には銀水晶の欠片がちりばめられていて、一級品と呼ぶに相応しい上品な華やかさが窺えた。

「まけてやる。銀貨七枚」

「どこがまけているんですか」

耳飾りひとつで銀貨七枚。冗談ではない、とんでもなく高値ではないか。町民の一ヶ月分の生活費を全部つぎこんでも、まだ足りない。

「装飾品の価値を知らないやつだな。女に嫌われるぞ。ああ、男がいいのだったか」

リスカにセフォーほどの優れた剣技と思い切りのよさがあれば、おそらく三回は彼を斬り伏せているだろう。

「いいか、まともに売りゃあこいつは金貨一枚以上の価値がある。なぜならこいつはミゼン＝ミラクが手がけたものだ」

「誰ですそれ」

心底軽蔑しているといった冷たい眼差しを向けられた。

「阿呆。百年に一人と謳《うた》われる天才細工職人だ。高嶺の花に等しい貴重な飾り物だぞ」

高嶺の花だろうが天才職人だろうが、たかが装飾品ひとつに金貨一枚は強欲すぎる。そのような詐欺にも等しい装飾品をどこの物好きが買うのか。いや、貴族は余裕で買うだろうが。

「ミゼン＝ミラクは偏屈な男らしくてな。宝石と聞けば目の色を変えてなんでもかき集めようとする貴族には売らないのさ。しかも謎に満ちている。誰にも確かな居所が掴めぬそうだ。ひどい放浪癖があって一つ箇所に長く留まらないというが、真相はどうだかな」

譲歩して、ちょっと見直してやってもよい。貴族に媚びないところは。高いが。

「そういった大層な耳飾りを、あなたは他の商品と同じ籠に放りこんでいたわけですか？」

話自体に不審なところはないが、肝心の耳飾りの粗雑な扱いを見ると、ものすごく胡散《うさん》臭いと思わずにはいられなかった。

紛い物ではないのか、という疑惑の目を向けた瞬間、ガーラルに指先で額を弾かれた。痛い。

「俺が偽物など売るか」

売っているくせに。

「こいつは正真正銘本物だ。籠に混ぜたのは、価値のわからぬ者に売る気がないためだ。目のあるやつならすぐに気づくが、ぼんくらならば手にも取らないだろう。世間には、ミゼンの耳飾りだと言えば、金貨一枚でも飛びつく者がいる。そんな輩には売らんのさ。金で購《あがな》える名などに意味はないことを知らぬ愚か者だ」

「へえ」

「なんだその胡乱《うろん》な目は。俺はミゼンの作品に敬意を払っている。ないがしろにはせん」

まあ、どちらにせよ、リスカの手には入らないものだ。

高値すぎるうえ、価値と評価を砂粒ほども知らなかったのだ。技術と情熱を注ぎこんで作品を仕上げた職人も、ただ漠然と気になったという程度で選んだリスカには持ってほしくないだろう。

自分の身を飾るために買おうと思ったわけではないけれど。べべべ別に、銀色にこだわりがあるわけでは、などと胸中で自分に激しく言い訳して、赤面した。馬鹿である。

「どちらを選ぶ？　情報か、耳飾りか」

試すように訊かれた。いや、実際試されているのか。こちらの心に秤を置く言葉。感情と理性のあいだで揺れる自分の声に迷う。

「……情報を」

「やはりおまえは阿呆だ」

ぐ、と怒りを堪えた。拳を握りつつ、リスカは、耳飾りを弄ぶガーラルを睨む。

「情報、いただけるのですか」

「払えるものがあるのならな」

結局売る気がないのではないか！

少しくらい、愛想を見せようという気にはならないのか。こちらは何度かここで品を購入したことがある、れっきとした客なのだ。今は違うが。

「ああ、別の方法で払ってくれてもよいがな」

「なんです」

しまりのない微笑を浮かべるガーラルを見れば、次の台詞はなんとなく予想できた。

「今宵、俺と試してみるか？」

「試す？」

「なんだ、恥ずかしがって。術師ならばそりゃ楽しい寝技を一応は知っているだろうよ。実経験はなくとも知識は豊富だな？　遊んでやってもかまわないぞ」

「馬鹿なことを言わないでくださいっ」

「男が好きなんだろうが」

器用に片目を瞑られて、リスカは卒倒しかけた。この好色親父め！

「いや、俺もさすがに術師を相手にした経験はないな。楽しみだ。どうする、情報を受け取るか？」

究極の選択だった。蒼白になり硬直し、冷や汗と脂汗を流した。沈黙に押し潰されそうになるほどの長い時間、ガーラルと見つめ合った。どうするリスカ。というか、そこまで悩むほどのことなのか。自分でもわからないほど混乱している。

ううう っ、と自分の愚かさ加減に涙が出てきた。

腕を組んで興味深げにこちらを見守っていたガーラルの顔が、次第に呆れたものへと変わった。

「おまえな、どうしようもないやつだな。軽口と取引の見極めすらできぬのか。誰がどう考えても今のは冗談だろう。子どもでもわかる」

本物の殺意がわいた。是非、ここにセフォーを呼びたい。抹殺ならぬ駆除を依頼したい。

「惚れた男がいるのに、身売りを真剣に悩む馬鹿なのかおまえは」

「変な表現はやめてください」

始末に負えないという顔をされて、リスカは地底のさらに下までずっぷり落ち込んだ。それ以上にひどく疲労困憊していた。精神の消耗がなぜこれほど激しいのか。謎である。

「帰ります！」

リスカはくるりと背を向け、出口へ向かった。ぴぴ、と心配そうに肩の上で小鳥が鳴いた。

扉を開け、外へ出て、勢いよく閉めかけたときだ。

「――ゼクター＝ワイクォーツ伯爵」

リスカは驚いて、振り向いた。

「わっ、わわ！」

こちらへ放られたものを、仰天しつつ受け止める。対の耳飾り。

「ただではやらないぞ。金ができたら、おまえの男を連れて支払いに来い」

リスカはぽかんと店の奥を見つめた。

口の悪い店主はすでに、作業に戻っていた。


【2】


ゼクター＝ワイクォーツ。

名前さえわかれば、調査するのは簡単である。

いや、調査などと大げさに表現するまでもなかった。なんのことはない。ワイクォーツ伯爵はティーナの夫だったのだ。

ワイクォーツ伯爵が秘密裏に匿っている魔術師とは、物騒な媚薬が貴族間で出回り始めた時期などから推測すれば、どう考えてもジャヴであろう。

となると、伯爵は妻の愛人を官吏たちの追及の手から護《まも》っているのか？

でもなあ、とリスカは首を捻る。本当にジャヴが犯人だろうか。

彼がその身に浴びていた賞賛や羨望の眼差しなど、名誉に飾られた輝かしい過去を思えば、貴族の愛人の座に収まるといった屈辱的な立場で満足できるだろうか。

人は変わるものなのだなあ、と自分自身の薄暗い過去までもを遠くに意識しながら、ジャヴの身辺に起きた沈痛ともいえる変化をわずかに虚しく思い、やるせない吐息を漏らした。

いや、感傷に浸り、もったいぶった意見を述べられるほど、ジャヴが抱える事情を詳しく知らない。気安く言葉をかわすようになったのはオスロルで顔を合わせてからだ。

ティーナのことは、もっとわからない。

優雅と倦怠を底に隠して野心を掲げる貴族の生活など、日々あくせく働く庶民のリスカには想像できるものではなかった。

財や権力を衣服のごとくまとう彼らは、自身の強固な盾となる才気に溢れた有望な魔術師を囲いたがるものだが、砂の使徒にすぎぬリスカなど、論じるまでもなく、はなから相手にされるはずがない。接点の持ちようがなかった。

とはいえ、一応術師であるために、俗世の身分にあまり縛られることがなく、平民のように貴族に対して畏まったり跪《ひざまず》く意識が芽生えないのだが、それも少し問題かもしれない。

ふー、とリスカは嘆息した。

やはりジャヴが犯人なのか。悩む。本当に悩む。

雑貨店を離れたあと、リスカは分岐しているフォルテルファス通りの一番外側の道まで戻り、そこをさらに右手へと折れて、ビム庭園と呼ばれる、近辺に暮らす住人たちの憩い場所へ向かった。

庭園には、名の通りビムという夏に黄色の花をつける樹木が並んでおり、日差しを遮る枝の下に木製の長椅子などもいくつか設置され、散歩者が休息するさいにもよく利用されている。

祭りを翌日に控えているせいだろう、花の香りに吸い寄せられる蝶のようにわんさと人が集まっていた。あちこちに小山のような天幕が張られ、その合間に揚げ物などを売る屋台が並んでいる。

長椅子は空いていなかったので、リスカは喧噪から離れた場所に立つビムの幹に寄りかかり、しばしの休息を求めた。小鳥は嬉しそうに木の枝を行き来して遊び、ついでにどこからか見つけてきた爪の先ほどの小さな赤い果実を、はぐはぐと食べていた。

そういえば、リスカも空腹だった。

リスカはぼんやりと、拍手を盛んに浴びている曲芸を眺めつつ、もう一度溜息をついた。

「どうするかな……」

店に戻るわけにもいかないが、先立つものがないため宿にも泊まれない。

第一、今のリスカはいわゆるおたずね者、脱獄囚だ。……脱獄囚か。最悪な響きだ。

本来なら、こういった賑やかな場所を呑気にうろついている場合ではない。一刻も早く町を去り、完全に痕跡を消すべきだ。

我ながら緊張感に欠けるというか、神経が麻痺しているというか。

あれだけの災難に見舞われたというのに、平気な顔で町を闊歩《かっぽ》する自分は案外大物かもしれない、と幾分自虐的に思った。

セフォーはどうしているだろう。ふと彼の姿が頭をよぎった。

彼はもう、この町を出てしまっただろうか。それとも、どこかでリスカと同じように、祭りへの期待に浮かれる人々の姿を眺めているのだろうか。

あるいは、誰か別の人といたりして。

娼館、の文字が頭に浮かび、その言葉がもたらす理解不能な威力にリスカは大きくのけぞった。背もたれがわりにしていたビムの白幹に後頭部を思いきりぶつけてしまい、あまりの痛さに屈んだ。

今、脳裏に火花が散った。

娼婦と遊ぶのだろうか。人間嫌いなセフォーも、ときにはそういう場所をご利用になって憂さを晴らしたりするのでしょうか、と頭を抱えつつ、なぜかわからないが激しく悩んだ。うう、いけない想像するな、誰とどこでなにをしようがセフォーの勝手ではないか。

彼の手を振り切ったリスカが口を挟んでいい問題ではない。慌てるな動じるな挫けるな。

ぴぴ、と枝の上で羽を休めていた小鳥が、「リスカ変だよ」と不審そうに鳴いた。

明日の見えない深刻な状況のときにいったいなにを考えているのか、と奇妙な想像に惑乱される自分をめいっぱい叱咤した。立ち止まると余計な苦悩が増すばかりだ。

行こう。いざ出陣。そうだ、ティーナの屋敷にこのまま乗りこんでしまえ。

よし、とリスカは拳に力を込め、勢いよく立ち上がった。

その瞬間、目前を横切った人物と、ぱっちり目が合った。

「あ、あああっ!!」

互いに指を差して絶叫し、凝固する。

周囲で談笑していた若い娘たちが何事かと振り向いたが、愛想笑いでごまかす余裕はなかった。

「フェイ!!」

「おまえ!!」

互いの声が、見事に重なった。

「誰が呼び捨てにしていいと言った!」

「なぜ生きているのです!」

驚愕しつつ、わけのわからない混乱した疑問をぶつける。

蜜のように濃い金の髪を持った青年騎士のフェイが、目の前にいた。とことん悪運の強い騎士だ。

てっきりセフォーの刃に倒れ、楽土に魂を向かわせたかと思っていた。

生きていてよかったような、でも暴行されたし。いやいや小鳥は無事だったし。複雑だ。

はっと、重要な事実に気がついた。

リスカは脱獄囚。彼は、騎士。

「さ、さようなら」

「なっ、おい待て!」

リスカは全速力で逃走した。ぴぴぴぴっ、と小鳥が慌ててリスカのあとを追ってくる。

来なくてもいいのに、フェイまでが追ってきた。当然だが。

「いい今忙しいのです、また今度」

「暇そうにしていただろうが！」

そういう問題か、と思ったが、律儀に答えるのはさすが騎士と褒めてよいのか。なにか違う。

運動とは無縁の軟弱なリスカと、騎士として日々鍛錬しているフェイでは体力に差があるが、まず足の長さからして違う。彼は長身で、動きが機敏だった。セフォーよりも背が高いかもしれない。

庭園の入り口となる蔦の門であっさり追いつかれ、乱暴に襟首を掴まれた。

周囲の人々が、好奇心と驚きの混ざった視線を向けてくる。華麗な技を披露する曲芸師よりも、声高に言い争うリスカとフェイは目立っていた。

「離して、人さらい、また私を監禁して酷いことするんですか！」

「おまえが大人しくせぬためだ！」

「勝手なことを」

「勝手な行動を取るおまえが悪いのだろうが」

「なにが勝手なのです、人の話をろくに聞きもしないで」

「なぜ俺がおまえなどの話を聞かねばならない。おまえが俺に命令するな、俺が命令するのだ」

「馬鹿を言わないでください、私はあなたの奴隷《どれい》ではない！」

「似たようなものではないか！」

「あなたの奴隷などまっぴらです！」

「なんだと！　だいたいおまえ、昨夜、俺の部下を殺したな！」

「あなただって、私を殺そうとしたではありませんか」

「それがどうした、おまえなど奴隷にも劣る――」

二人して一歩も譲らずいささか感情的に怒鳴り合っていると、ふいに、ひゅっと口笛を吹く音が響いた。互いに口を閉ざし、なんの合図かと振り向く。

気がつけば、周囲には人垣ができていた。

なぜか、大半の男はにやにやと笑って二人を見比べている。

な、なんだ？ 見ているなら助けてくれればいいではないか。

そのとき、野次馬のなかから「やるねえ」という、はやし声としか思えない不可解な声が漏れた。

他の人々がどっと笑う。リスカはなにが起きているのか、すぐには把握できなかった。

それはフェイも同じだった。気難しげな表情で、観客と化した人々を眺め回している。

「いや、痴話喧嘩にしちゃあ凄まじい」

「自分の恋人を奴隷扱いかよ」

「ありゃあ神官か？ 聖衣の紋章を見ろよ、高位じゃねえか」

「神官相手なら、そりゃ楽園にも行けるさ」

「こういってはなんだが、少しばかり貧相な神官様に見えるがねえ」

「それが意外に凄いんだろ」

「おい騎士様相手か」

「神官様、男をあんまり殺すなよっ」

幻聴と思いたい冷やかしの声が、まだ昼前だというのに、いい加減に酔っぱらった赤ら顔の兵士たちから飛んできた。たぶん彼らは、毎日酔っているに違いない。

「なっ!!」

リスカは絶句した。二人の仲を激しく誤解されている。しかも聖衣を着用しているため、神官と間違われている。付け加えて、完全に男だと思われている!

殺すって、まさかその、睦言《むつごと》で使われるほうの意味に曲解されているのか。

唖然としていたフェイも、ようやくなにを冷やかされているのか察したようだ。

「愚か者どもめ!」

酩酊《めいてい》している者に、なにを言っても無駄である。すべての反応がからかいの対象となるのだ。

しかもこういうときにかぎってフェイは、割合質素な騎士の衣装をまとっている。

見た目が若いため、機嫌よく酔っている怖い者知らずの傭兵や旅人たちに、いくらしかめ面でつめ寄っても威厳を感じさせることなど到底無理だ。

逆に「あんまり神官様を泣かせるなよ」「また逃げられるぞ」と、激励だか揶揄だかわからない熱い声援を浴びている。

「ちち違います。そういう意味の殺すではなく、死ぬほうの」

人垣がどっと沸く。

「俺がなぜこのように貧弱な男を相手にせねば!」

「そこをあげつらうのは失礼です!」

貧弱とはなんなのだ、貧弱とは！

「だいたい、なぜ聖衣をまとっているのだ。脱げ!!」

おおおお、と観客が期待のこもった嬉しげな歓声を轟《とどろ》かせた。

フェイは自分の失言に気がつき、激高しているのか羞恥心に苛まれたのかはわからないが、とにかく顔を紅潮させて何事かを叫んだ。

収拾がつかなくなった野次馬たちの熱気に、もはやリスカは茫然自失だった。

やがて埒が明かぬと諦めたらしいフェイは、大きく舌打ちしてリスカの手首を掴み、ずるずると門の外へ引っ張った。それはそれで、再び盛大な冷やかしの声が飛び交ったが。

口笛を吹き鳴らす人垣の横を通ったとき、いつぞや店に来てくれたお忍びの客人の姿を見た気がしたが、確かめる余裕はなかった。

嫌がるリスカを引きずりながら、フェイは騒がしいビム庭園を離れ、幟旗の合間をすり抜けて、路地裏へ向かった。

「離してください！」

「おまえのせいでいらぬ恥をかいた！」

「もとはといえばあなたが！」

路地裏にある庭園の管理小屋の後ろで、またも中身のない罵り合いを始めそうになったが、二人とも慌てて言葉を飲みこむ。先ほどの二の舞はご免だった。

フェイは陽光を弾く明るい金髪を乱暴にかき上げ、しばらくのあいだ腹立たしげに虚空を睨んだ。

リスカは逃げるに逃げられず、警戒しながらフェイの様子をうかがった。小鳥の身はなにがあっても死守しようと両手で包み、いつでも走り出せる体勢を取る。

多少は平静を取り戻したのか、フェイが苦々しげな表情でリスカを見下ろした。

「本当におまえではないのか」

「なにがです」

「察しが悪い」

フェイに嫌味を返されて、リスカはむっとした。また睨み合いに突入する。

鮮やかな青い瞳に浮かぶ厳しい色を目にしたとき、地下牢内で受けた暴行などの生々しい記憶が唐突に蘇り、息がつまるほど身体が緊張した。

手のひらの痛み。松明の赤。闇を焦がす怒りの炎。じんと身体に痛みが走った。

リスカは喉を震わせた。

「来ないでください」

一度暴力を受けると、精神は理性の脆さを悟り、肉体が抱く恐怖に否応なく引きずられる。気迫で負けてしまうのだ。

深く心に刻まれた記憶に圧倒されて怖じ気づくリスカの様子を見たフェイは、どこか投げやりといった感を漂わせ、不快そうな表情で言った。

「なにも疾《やま》しいことがないのならば、怯える必要はあるまい」

こちらの説明に耳を貸さず、また事実の確認もろくにせずに、怒りでもって非道な振る舞いをしたのはそちらではないか。リスカは内心で憤慨し、必死にフェイの視線を受けとめた。

「なにか、このあいだと雰囲気が違うな」

ふいに指摘され、ぎくりとした。今は女性に戻っているのだ。ただ、ゆとりのある聖衣を着用しているため、身体の線はわかりにくいはずだった……細身の衣服でも気づかれることはなさそうだが。辛い。

「どういうことだ？」

品定めでもするように無遠慮な眼差しで全身を眺め回され、リスカは鳥肌が立った。嫌悪なのか恐怖のためなのか、判然としない戦慄だった。

「近づかないでください」

リスカの刺々しい声に、明らかにフェイは腹を立てた表情になり、見下すように腕を組んだ。

「魔術師風情が」

「風情もなにも、私は正規の魔術師ではありません」

再び睨み合う結果となったが、リスカの腰は情けないほど引けている。

「おまえが俺の部下を殺したのか」

リスカは逡巡《しゅんじゅん》した。彼の部下を実際に殺害したのはセフォーだ。だがこの騎士は事実を知らない。そもそもセフォーが騎士たちを殺害したのは、地下牢に監禁されたリスカを救出するためである。

「……私です」

「嘘をつくな」

そう思うのなら訊くなと反発したくなったが、声に出せばいらぬ争いを呼ぶかもしれないと考え直した。

「誰が手を下した」

「あなたには言わない」

「なんだと？」

「あの牢獄に隔離されていた者たちは本当に罪人なのですか」

今度はフェイが口ごもる番だった。祭り旗の向こうから響く、路を行き交う人々の空へと抜けるような明るい笑い声が、別の世界に存在するものに聞こえた。

「……当たり前だ」

「嘘です」

意味もなく終始睨み合ってばかりだった。疲労感だけが増す実りのない会話だ。

「ここでなにをしている」

「あなたはなにをしているんですか」

「俺が訊いているのだ」

「私も訊いているのです」

互いに譲歩する気など皆無のため、話は一歩も先へ進まない。堂々巡りだ。

「おまえの行方を捜索していたに決まっている」

虚言だ、とリスカは即座に確信した。

「ティーナを探しているのでは？」

「居場所を知っているのか」

「屋敷にはいないのですね」

リスカは忙しく思考を働かせ、指先で唇を撫でた。屋敷にはいない。ではどこに。

「おい！」

うるさいと口走りそうになった。今、思案中なのだ。

「ああ——もしかして」

不機嫌そうなフェイに視線を向けたとき、急激に視界が開けて、ひとつの可能性に辿り着いた。

ティーナが訪れそうな場所。それは。

「なにを隠している」

リスカは視線をフェイの瞳に定めた。

「なんだ」

不遜な色が見える顔の下には、別の表情が隠されている。焦燥感と苛立ち。苦悩。若さ。もし普通に出会い出会っていれば、だいぶん我が強い面はあるものの、それほど悪い人間ではないと判断したかもしれない。彼は小鳥を殺さなかった。

力と身分を誇る騎士特有のぱっと人目をひく華やかさは、確かに魅力的だ。下手に華美な格好をするより、質素と感じる程度の落ち着いた衣服のほうが、ずっとまともな印象を与える。

よし、なにかあったら大声で叫ぼう、とリスカは覚悟を決め、彼を挑発して情報を引き出してみることにした。

「あなたは真実よりも保身が大事ですか」

「なに？」

「大義よりも、建前を優先させる騎士ですか」

「侮辱するか、この俺を」

フェイの瞳に再度怒りの炎がちらつく。そういえば怒った表情ばかり見ている気がする。怒りの種をいくつも抱えているというのは苦しいことだと意識の片隅で考えた。

「ではなぜ、罪なき者を嬲《なぶ》るのです」

牢獄から解放した罪人たちの姿を思い浮かべ、あえて責める口調で言ってみた。

「罪はある！」

「それは人が人であるための意味が剥奪されるほどの罪ですか」

「やつらは貴族ではない。平民にすぎぬ」

その言葉は決定的だった。リスカも庶民の一人である。

「人が人として生きる理由にまず、あなたは身分が必要なのですね。身分をもって、あなたは人を裁くのですね」

フェイは皮肉に気がついたようだった。

リスカは自分を奮い立たせて、無理やり微笑した。喜びを抱かずとも、人は笑える。

リスカのなかで、彼に暴行を受けたときの恐怖がいびつにねじ曲がり、先ほどの差別的発言と相まって、煮え立つような憤りへと変わった。

平民ゆえに裁くのか。まったく、我を至高と公言する貴族が考えそうなことだ。

所有する広大な敷地内に作られた、花咲く優美な庭園が、世界のありとあらゆる美しい景色を鏡のように映していると、本気で信じているのかもしれない。

一輪の花さえ咲かぬ貧しい土地で今日を耐え抜く人々も、身を切るほどの嘆きや苦悩を抱えているという事実を決して認めようとはしない。無知ではなく無能ゆえの惰性の日々を送っていると、露ほどにも疑問に思わないのだろう。

だが、空の色と地を満たす木々の豊かな輝きを知っているのは、どれほど卑屈で浅ましくても、平民以外にいない。

朝の大気に染みこむ新緑の香りや透き通る蒼天の目映さ、涙をも焦がす陽光の強さ、雷鳴も雨も受け止める大地の深さ。それらの意味を、言葉ではなく我が身ひとつで知ることの重要さを、平民は日常のなかで当たり前のように学んでいく。自分の命を未来へ繋ぐために。だから田畑を耕す彼らの手は、いつだってひびわれ、かさついている。

リスカは憤りをなんとか静め、吐息を漏らした。

なにも、貴族に平民たちと同じ目線まで降りてきてほしいと願っているわけではない。

人には人の事情がある。なにを優先させるか、なにを重視するのか、そういった意向や個人の道徳にまつわる事情を押しつけたいのではない。

敬わずともいい。ただ、懸命に生きる者がつまらない玩具として乱雑に扱われるのはたまらない。

「言わせておけば、なんたる無礼」

「私を裁きますか？　あなたを侮辱した罪で？　それはきっと、貴族にとっては人としての尊厳を奪って当然なほどの大罪なのでしょうね」

「黙れ！」

フェイは片手を振り上げた。殴られる！　リスカはとっさに、むずがる小鳥を庇った。

だが、振り上げられた腕は降りてこなかった。

「俺は貴族だ。貴族として生まれ、騎士として生きていく。その俺に、貴族の在り方を否定せよと言うか」

握り締められている拳を見て、この人は案外理性的なのかもしれないとリスカは認識を改めた。

フェイは蒼白な顔で、かすかに肩を震わせていた。身の内を巡る激情は、怒りというより鬱屈した嘆きであるのだろう。

リスカは、少し口がすぎたかと悔やんだ。平民が平民として生を受けること、フェイが貴族として生きること、それはどうしようもないものだ。人は環境を選んでの誕生など許されない。ましてやリスカが理不尽に責め立てるのもおかしい。

彼には彼の苦悩がある。まあ、乱暴な男には違いないが。

「小鳥を殺さなかったのですね」

「……飛んでいったのだ」

「そう。そうですか」

フェイは顔を背けて、唇を噛んだ。男というのはなぜ、他者にまっすぐ優しさを示すことを恥だと感じるのか。謎だ。

「ありがとう――小鳥を逃がしてくれて」

フェイはなぜか、思わず笑ってしまうほど真っ赤になった。

＊　　＊

これだけはありえないだろうという展開を、リスカは迎えていた。

フェイと行動をともにしている自分が信じられない。様子をうかがうかぎり、おそらくフェイのほうも複雑な心境に違いなかった。

なんとなく気まずくて、沈黙が続く。そういえば彼は今日、部下を連れずに単独で行動している。

「どこへ行くつもりだ」

人波を器用にすり抜けつつ、フェイがちらりとリスカのほうを振り返った。

彼は結構早足なうえ、祭り見物の人が通りに溢れているので、うかうかしているとすぐに距離が開いてしまう。おかげで、リスカは駆け足状態で追っている。

どこへ行くもなにも、あなたが先頭をきって歩いているのですが……と思った。

どうしてこう、自分が知り合う人間は気性の激しい屈折した者が多いのか。脳裏に厄介な知人たちの顔が浮かび、悲しくなる。

まったく歩調を緩めてくれる気配のないフェイは、苛々した表情を隠すことなく、リスカを睨む。ついでにわざとらしい溜息。体力自慢の騎士と一緒にしないでほしい。

……体力の問題以前に、リスカは空腹すぎてふらつきそうになった。

丸一日食べ物を口にしていないし、身体には疲労がたっぷり溜まっている。治癒の花びらで、ある程度回復してはいたが、残念ながら全快にはほど遠い。

行き交う人に何度もぶつかり、リスカはめまいがした。

「――おい！」

ふっと一瞬、視界が白くなり、浮遊感に襲われて足元が崩れた。ぴぴぴぴぴっ、という小鳥の慌てた鳴き声が、厚い壁で隔てられたかのように遠かった。

「馬鹿が。具合が悪いならなぜ言わない！」

ぐらぐらする頭を抱えて地面に膝をついていると、フェイが大股で戻ってきて、舌打ちしながらリスカを抱き上げた。

リスカは、うえええっ、と叫んだ。他人の事情などどうでもいいらしいフェイは、衆目を集めていることも奇麗に無視してさっさと近場の露店へ行き、空いている椅子にリスカを降ろした。

荷物のように肩に担がれて運ばれるよりはましだが、路上で騎士にお姫様抱きとは。リスカは微妙な心地になった。いやいやさすがは騎士、人前でのこういった行為に抵抗はないのだろう。

フェイは注文を取りにきた若い娘に、果汁入りの飲み物と軽食を頼んだ。食事にありつけると考えた瞬間、フェイが誰よりも頼もしく、輝いて見えた。

ふと気づけば、注文を受けたなかなか愛らしい娘は、フェイを見てうっとりと頬を染めていた。

そ、そうか、セフォーのようなあらゆる意味で常識を超越した剣術師が側にいたため、自分はいつの間にか普通の娘の感覚を失っていたらしい。

ううむ、なるほど。多少どころかかなり意地悪そうな顔だが、世のなかにはそこが素敵と好意的な解釈をする娘も大勢いるのだろう。悪い男ほど魅力があるというようだし。

しかしお嬢さん。この男は「天下に我あり」という天晴《あっぱ》れな性格で、なおかつ、機嫌如何によっては無実である私の手に松明を押しつけるようなとんでもない騎士ですよ、とリスカは忠告したくなった。夢を壊しては悪いので、口にはしなかったが。

野蛮というより猪突猛進な性《さが》というか。怒りを抱くと周囲が一切目に映らなくなるというか。いや、普通のときでさえ、あまり他人を気にしていないようだし。

排他主義的なところは貴族の典型のようだが、自分がかかわりを持つことには繊細になる男。意外や意外、四角張った潔癖な面もあるようで。

厄介な騎士だなあ、とリスカは密かに嘆息する。

ぴ？　と不思議そうに小鳥が鳴き、食台の上に降り立つ。こしょ、と嘴を軽く撫でると、気持ちがいいのか目を瞑ってすり寄ってきた。リスカの周りの人間もこの小鳥くらい素直で愛らしければ……と思い、すぐに虚しい気分になった。無理だな。

なにやら強い視線を感じて、リスカは顔を上げた。フェイが、椅子の上で傲然と腕を組みつつ、物思いに耽るリスカをじっくりと観察していたらしかった。

まままた睨むのか睨み合い勃発《ぼっぱつ》か？　リスカは身を硬くした。

ところがフェイは、こちらが真正面から見返すと慌てたように目を逸らす。

なんですかその反応は、と無駄に戦意を燃やしていたリスカは肩透かしをくらった気分になった。

「おまえ、女なのか」

突然の問いかけに動揺し、椅子から転がり落ちそうになった。

「性別なんてどうでもいいでしょう」

「よくはない。よくはないだろう」

次にどのような暴言を浴びせるつもりなのかと内心びくびくしながら、リスカは慎重に、視線を落としているフェイの顔色を覗き見た。

「女には手をあげる気などない……なかった」

ふてくされたような表情でフェイは呟いた。いまさらそんな弁解をされても反応に困る。

「あなたに暴行されたときは、男でしたから」

溜息を押し殺して返答すると、ぱっとフェイが顔を上げ、悔しそうな顔をした。

「嫌味か」

嫌味ではなく事実なんですが。

「紛らわしい。どちらが本当の性だ」

「どちらでも変わりませんよ」

「これだから魔術師は」

小声で嫌味を言われてもなあ、とリスカは戸惑いつつ頬をかいた。

会話が途切れた瞬間を見計らったように、先ほどフェイに熱い眼差しを向けていたお嬢さんが注文したものを持ってくる。

ああ頬が薔薇《ばら》色に染まっていますよお嬢さん。なんとなく釈然としない気持ちになった。

まあ自分の感情は脇によけて。

リスカは素早く胸中でいただきますと告げ、揚げ物を挟んだパンをぱくりと口にいれた。食欲をそそる香ばしい匂いに、負けてしまった。

フェイは顔をしかめたが、文句は言わなかった。

なるほど、心情はともかく、女性に対しては一応紳士的な態度を貫くわけだ。

このさいはっきり女です、と断言したほうが、リスカにとっては有利……ではなく、身の安全が保障されるかもしれない。

「あ、美味し」

つい幸せな感想が漏れる。空腹である今なら、なにを食べても絶品だと感動するだろう。ぴぴぴっ、と小鳥が羽をばたつかせて鳴く。「食べる、食べるっ」とせがんでいるみたいだ。試しにパンを小さくちぎって食台の上に置くと、忙しくつつき始めた。うむ、可愛い。

面白いことに、フェイは苦い顔をしながらもリスカが食事を終えるまで口を挟まなかった。いやはや、徹底した紳士ぶり。礼儀を重んじる貴族は違うものだ。

「……それで。おまえはなにを知っている」

ようやく会話が再開されたのは、リスカがフェイの分までパンをたいらげ、さらに追加で別の食事を頼み、奇麗に腹のなかへおさめたとき。満腹である。至極幸福である。しかも、リスカの支払

いではない。言うことなしだ。

「あなたはなにを知っているのですか？」

質問には質問で答える。これが魔術師の鉄則である。

「……おまえには関係なかろう」

人に訊いておいて、そう返しますか。

「……」

「なんだ、その目は」

「あー手が痛い」

「なっ」

「まだ完全に治癒できていないんですよね。ああ痛い。痕が残ったらどうしようかな……」

治癒の花があれば完治できるが、今は説明する気など皆無だ。

「おまえ！」

「それに私、あなたの部下に指を何本も折られて」

「俺は暴行せよなどとは命令していない！」

「散々殴られ蹴られ。精神的にも肉体的にも傷を負いました」

「魔術師ならば、傷は治せるだろう」

「心の傷は、どうでしょうねえ」

「な、な」

「あっそうでした。小鳥も酷い目に」

「おい、おまえ」

「はーどうしよう。このことが原因で極度の人間不信に陥るかもしれません」

「わざとらしい！」

「傷が癒えなくて、生涯独り身を貫くかも。孤独ですねえ。誰のせいでしょう」

弱々しく目を伏せ、リスカは泣き崩れるふりをしたが、内心で爆笑していた。

「騎士とは、礼を知る者のはずですね。まさかまさか、無実のか弱い女性に酷い真似をするなど、そんな野蛮な……ああ騎士道とはなんたるものぞや。私の認識は誤りだったのか。世は無情。慈悲はどこへ」

悲しみをたたえた目を遠くへ向けて、盛大な溜息をつく。

フェイは半分腰を浮かせ、唖然としている。ちらっとリスカが見遣ると、肘をついて頭を抱えた。

リスカの完全勝利である。

【3】

罪悪感に屈したフェイは、物憂い表情を浮かべながら、次のような事実を白状した。

彼の幼馴染みであるご令嬢が、死に至る媚薬の犠牲になったこと。

ゆえに媚薬を貴族間に蔓延させた魔術師を憎んでいること——元々、魔道に携わる者に好感情を持ってはいなかったのだろう。騎士と魔術師の確執を思えば仕方のない話だ。

ご令嬢を淫靡《いんび》な死の底へと導いた相手は、どうもワイクォーツ伯爵が紹介した貴族の子息であったらしい。また、ジャヴは頻繁にワイクォーツ邸に出入りしているようだ。

地下牢に監禁した者たちのなかには、確かに犯罪者も含まれているようだが、罪の程度と実際に科せられた罰があまりにも見合わなく、公平さを欠いている。

なにより酷いのは、言いがかりで投獄された人々だ。もとは、伯爵の屋敷に勤める勤勉な者たちであったという。庭師や馬の世話係、料理番、下男。そういった人々だ。ちょっとした粗相をして伯爵夫妻の不興を買い、弁明の機会すら与えられずに投獄されたというのだから救いがない。

伯爵におもねる騎士は、率先して、貴族の気まぐれにより運命を狂わされた無実の人々を鞭打ったという。

伯爵が、とある将軍と王都で対立し、その一派から執拗な弾圧を受けて排斥されるまで、騎士たちはずいぶん便宜を図ってもらい、甘い汁を吸っていたらしい。

今現在、伯爵に恭順の姿勢を取る一部の騎士は、それまでの恩返しというよりも、かの貴族が華々しく返り咲く瞬間を強く切望しているのだろう。再興の勢いに乗じて自分もまた確固たる地位を築き、恩恵に与《あずか》ろうという魂胆か。利害と損得の計算のみで描かれた、単純明快な構図だ。

他者を陥れる罪悪の種を躊躇いなく蒔《ま》いて伯爵に迎合する騎士たちの、なんと卑しく浅ましいことか。まあ、生きるのに必死といえば、そうなのだが。

なんにでも限度はあり、背いてはならない倫理というのが存在する。

フェイが、品位の翳《かげ》りを目の当たりにして、部下など仲間ではない、と痛罵したくなるのも仕方ないのかもしれない。


フェイの話をすべて聞き終えたときには、すでに日が傾き始めていた。

蕩《とろ》けそうな赤い太陽が、空の際を侵蝕している。不吉なほどに鮮烈だが、その禍々しさが美しい。

もう少しで前夜祭が始まる時刻だった。前夜祭の幕開けでは盛大な祝いの花火が上がり、町中が踊り出す。

熱狂の渦のなか、若者は花を贈り、娘はその花を髪に飾る。

多種多様な恋をまとい、狂乱的に身を焦がす時刻が迫る。

華やかな舞台の裏では、欲望に塗れた悪徳の宴が密やかに繰り広げられている。

＊　　＊

「ここは……」

リスカは、戸惑うフェイを連れて、太陽に焦がされ赤く染まった神路を突き進んだ。

向かう先は、今のリスカにとって悪夢の象徴ともいえる場所だ。

地下に牢獄を隠し持つ教会裏である。

この周辺は、一般の町民は立ち入り禁止区域とされているため、祭り時期であろうとひとけはない。

いや、以前までは門戸は開放されていたはずだが、いつの間にか物々しい雰囲気に包まれ、町民の立ち入り許可が下りなくなったのだという。なぜ禁止されたのか、その理由を知る者はいない。つまらぬ詮索の結果、災難に巻きこまれるのはご免だと、みな忌避したのだろう。

というかセフォーの凶行の痕跡がきれいに消されているのだけれど、そのあたりはいったいどうなっているのだろうか。

いや、話題に出すのはやぶ蛇というものだ。

「なぜ、この場所に？」

怪訝そうにフェイが尋ねた。

「さあ、勘としかいいようがありませんが」

「魔術師の勘か？」

リスカは苦笑した。砂の使徒であると他の騎士から聞いたはずなのに、忘れたのだろうか。

「いいえ。私の勘です」

「同じことだろう」

「いえ。違います。私は正規の魔術師ではない。ゆえに私の勘、と申し上げました」

「魔術師には変わりない」

「では、あなたは、一般の兵士を、騎士と認めますか？」

フェイは唇の端を曲げた。金色の髪が太陽に溶かされ、炎の色に染まっていた。

「違うでしょう？　誰も傭兵や見回りの兵士を騎士とは認めない。私は、魔術師には永遠になれない」

ふわりと風が吹く。空気が動くと同時に、リスカの前に、影が落ちた。

夕焼けを遮る影。人が影を落とすのは、身のなかに悪の要素を抱えているためだという。

神の背後には、影など落ちないのだろう。

「俺は騎士か？」

「は」

「俺は、騎士に見えるか？」

変なことを訊く。リスカは返答に窮した。

「騎士でしょう、あなたは」

ちょうど逆光になっていたため、フェイの表情は見えなかった。

「あ、あの」

ぼうっとしていると、リスカの両頰に手が添えられた。

「俺は、部下を仲間だとは思わぬ。だが、心情がどうであっても部下には違いない。見ているときにしか恭順の姿勢を取らぬ部下だがな、問題が起きれば俺が責任を取らねばならないのさ。伯爵の地位など、王都内ではたいしたものとは言えない。それでも、ここでは、伯爵の財力に目をつけ陥落しようとする者がいる。オスロルは落ち人の町ゆえな。惑乱の町。くだらないな、そう言った者がいる」

フェイは笑った。積み重なる疲労の果ての、虚ろな微笑に見えた。

リスカはかける言葉がすぐには見つからず、困った思いで彼を見上げた。肩に乗る小鳥が「なにするのっ」という感じに騒がしく鳴いてフェイの腕をつついたが、頬に触れた手は離れなかった。

「都より流されてきた者は死に物狂いであがく。悪にさえ縋ろうとする。再び栄華を極めるために。そして誰もが他者の行いに顔を背ける。災いを招かないよう。好きにせよと、素知らぬ顔を見せる。惑乱の町は、人の心も惑わせる」

「栄光は、鉄の剣と申します」

「鉄の」

「磨けばすり減る。放置すれば鈍る。血を流せば、錆びるのです」

「では、どうせよと？」

「悪魔に返してしまいなさい。悪魔が去った場所に、真実の剣が落ちている」

「真実の剣とは」

「決して鞘から抜けぬ剣です」

「……術師の言葉は、やはり難解だ」

「幾重にも意味を含ませるのが、術師というものですよ」

などと格好をつけていたが、リスカは内心、動揺していた。な、なぜ頬に手が添えられているのか。

ぴっ、と小鳥が焦れて怒ったように一鳴きし、天空へ勢いよく舞い上がった。

「あ」

燃える空へ、高く高く飛び立ち、やがてはるか彼方へ消える。

小鳥の名を呼ぼうとして――まだ名を与えていないことに気づいた。呼ぶことができない。

「……あなたは、昨夜、どこにいたのですか」

セフォー。あなたは、名を呼べば、来てくれますか。

「決まっている。あの魔術師に連れ去られたフィティオーナ夫人を捜していた」

ああ、それでセフォーの刃から逃れることができたのか。

運のいい人だ、とリスカはうなずいた。

「昨夜、なにが起こった？　監視に立たせていた騎士のみならず、教会の神官までもが見るも無惨に命を落としている。尋常ではない出来事だ」

「……し、神罰がくだったのでしょう」としかリスカには言えない。大変うしろめたい。

「神罰だと？」

「業とはいつか必ず、我が身に返るものです」

宿業という言葉がある。この世の誰も逃れられない、さだめがある。業火はいつでも、人が歩んだ道を焼いている。人の心の内に宿る歴史の種に、業火は導かれている。

あまりにその炎が強くなれば、ときに人もろとも焼き焦がす。

町中に響く人々の歓声が大地にも浸透し、震えていた。ざわめきの余韻を感じるほど、世界が遠退く気がした。近くて遠い。人の心と同様に。

「たとえどれほど大層な大義があったとしても、事の始まりは、個人の些細な感情から生まれるもの」

叡智は罪を作らない。そこに感情が付加されて、事が動く。要するに、子どもでも理解できるような、たやすい言葉で表せる感情の迸りが、争いの軸となる。

憎い、欲しい、愛しい、悔しい、羨ましい。そういった原色の感情。

どれほど着飾った台詞よりも、単純な言葉のほうが重く、心を打つものだ。

国の威信をかけての戦争も、酒場での喧嘩も、貴族同士の小競り合いも、すべては、誰かの揺れ動く感情が発端となる。そう考えると、ひどくもの悲しい気分になった。

「……おまえは変わった術師だな」

フェイはようやく手を離し、溜息混じりに呟いた。

「行きましょう。あなたが騎士ならば、きっと目を逸らしてはならないのだと思います」


【4】


一旦教会に行き、手燭を無断で拝借したあと、地下牢へ降りた。

茂みを隠れ蓑とした、地下牢への入り口。荒削りの階段は狭く急で、雨上がりの大地のように湿っているため、洞窟のなかを歩んでいる気になる。

いや、実際に、自然の洞窟を利用して階段が作られたに違いない。

湿り気を含んだ大気が、蛇のごとくリスカの四肢に絡みつく。黴《かび》の匂いより濃厚に漂う死臭が、壁にも、澱んだ空気にも、消しようがないほど染みついている。

外界から差し込む明かりが絶えて、掲げる手燭だけが頼りとなった。フェイは躊躇いながらも、後ろに続くリスカに片手を差し伸べた。

手を引いてくれるなどといった気遣いは想像していなかったので、リスカは激しく面食らった。自慢ではないが、生まれてこのかた、騎士の手を借りて歩いた経験はない。

というより、手燭を持っている状態で、さらにリスカと手を繋いでしまったら、フェイは歩きにくいだろう。地下牢への道は横にも縦にも狭く、足場も悪いため、大の大人が並んで歩けるほどの広さはないのだ。

しかし、騎士が差し出した手を払うというのは無礼な行為ではないだろうか。リスカは大いに悩み、身動きできずにいた。

困惑するリスカの手を無言で取り、フェイはさっさと歩き始めた。

この騎士、実はよほど女性の扱いに慣れているのか、逆に女性を神聖視しているのか、嫌というほど躾を叩きこまれたのか、はたまた天然なのか。わからない。

リスカにとっては肩が強張るほど仰天することだったが、女性を連れて歩くのに慣れているフェイにはごく当たり前の行為で、深く悩むほどのものではないのだろう。

手燭の明かりでは、足元のみを照らすことしかできず、目の前は濃厚な闇に飲まれていた。

そういえば、ここからセフォーがリスカを連れ出してくれたときは、明かりなど存在しなかった。

けれどもセフォーはまるで気にせず、すたすたと確かな足取りで階段を上がっていた。

セフォーは手を引くといったささやかなことはせず、問答無用に抱え上げて突き進む人だった。

しまう場所がないので襟元にさしていた銀色の耳飾りが、小さな金属音を立てて揺れる。

雑貨店でこの耳飾りを目にしたとき、ついセフォーの髪の色を思い出してしまったのだ。さらさらと揺れる髪は銀の帳。これを飾ってみたかった。

似合うと思ったのだけれどなあ。

不穏な暗闇に影響されてか、気分までもが鬱々とし始め、心に不透明な影を落とす。ここで自分は騎士に松明で手を焼かれたのだったなあ、と余計なことまで思い出した。

まさかこのように和解して手を取られるはめになるとは、運命とは先の読めない不可思議なものである。

結構恨みに思っているのだが——優しくされると、なんとなく情がわくのが人の性であろう。

「砂の使徒は、術に制限があると聞いたが」

「はあ」

「どういうことだ?」

小声で話しても、湿った壁は音を吸収せず、反響した。

「普通の魔術師のように、詠唱で術を発動できないのです」

素直に答える自分もどうかと思う。

「では、どのように術を使う」

その答えは自分の弱点を暴露するようなものだが……もしやと思うが、再度地下牢に足を踏み入れることとなった自分を慮り、他愛ない会話で気を紛らわそうとしてくれているのか。

「砂の使徒は、ある特定のものを利用せねば、魔力を放てません」

「詠唱とどう違う」

「詠唱は、呪法を覚え、理解してさえいれば、法具等を必要とせず自由に行使できます。詠唱せずとも、正しい式を地面や宙に描くのもよい。私のような者は、特定された道具が手元にない場合、一切魔術を使えない」

大した差異はないだろうと思われるが、とんでもない。自分が不自由な魔力を持つという立場になればよく理解できるだろうと思う。

セフォーは例外として、剣術師など手元に剣がなければ、ただの人と変わらないのだ。

ふと人の気配を感じた。以前には存在しなかった熱が、闇の色に隠された向こう側から微かに伝わってくる。

「フェイ」

彼も気づいたようだった。慎重に階段を下りて、淀んだ闇に目を凝らす。

頼もしい後ろ姿だが実践の経験はあるんでしょうか、といささか失礼な詮索をしてしまうリスカだった。敵対する者が潜んでいた場合、襲われたらどのように応戦する気なのだろう。まあ、術を使えないリスカにも同じことが言えるのだが。

鼻につく死臭に、別の異臭が混在している。

倦怠感を伴う甘い匂い。精神を麻痺させる艶かしい匂い。それに……独特の、汗の匂い。

リスカは、敵に囲まれたときとは異なる微妙な緊張感を抱き、顔を引きつらせた。それはフェイも同様らしかった。

亡者と悪鬼が蠢く冥府へ続いているかのような、長い階段。幾度も曲がり、延々と足を動かす。奥へ近づくほど匂いは濃くなり、いたたまれなくなる。リスカは変な汗をかいていた。

おや、と思う。

明確には覚えていないが、セフォーに連れ出されたときとは道が異なる気がした。

「フェイ?」

「静かに。……檻へ行っても意味はない。他に抜け道がある」

こちらの地下道はたぶん神官たちが、戦火のときの逃亡用として秘密裏に掘ったものではないか。あるいは、禁忌とされている闇の儀式を行うために。

どちらにしても、聖なるものとはかけ離れた生臭い話だ。

ふと、なぜフェイが抜け道を知っているのかという思いが胸によぎったが、確実な疑念に変わる前に霞んでしまった。

手を繋いだまま黙々と前進する。いい加減喚き出したくなった頃、仄《ほの》かに地下道内が明るくなった。どこからか、明かりが漏れている。

その証拠に道が広くなった。フェイは繋いだ手に軽く力を込めて、庇うようにリスカを引き寄せた。完全な姫君扱いだ。フェイに他意はなく、あくまでリスカの身を案じての行為なので、無下に振り払うこともできない。

「……フェイ」

「静かに」

庇ってくれるのはありがたいが、あなたの剣は飾り物ではないのか、とリスカは疑問に思った。しかし、フェイの腰にさしてある剣は、以前とは違うものだった。装飾として持ち歩く瑞刀ではない。武骨な、それこそ傭兵が持ちそうな素っ気ない剣だった。

フェイが振り向き、リスカの耳元に素早く囁いた。

「向こうに誰かがいる」

道の行き止まりに薄く開かれた鉄の扉があった。明かりはそのなかから漏れていた。


――華の色をした地獄絵図。

フェイが開け放った扉のなかを見て、リスカはそう思った。

呼吸を塞ぐほどの濃密な甘い匂い。この香りが、人を愉楽の最中に、死へと導くのか。

心臓に、胸に、頭に、直接しみ渡る官能的な匂いだ。濃く、強く、骨まで蕩かされる。

「嗅ぐな」

はっとしたとき、手燭を捨てたフェイに口と鼻を片手で塞がれた。扉を大きく開け放ったのは、室内に充満している快楽の香りを霧散させるためだと気づく。

薄ぼんやりとしていた視界が、ふいに鮮明なものへ変わった。

何人の男女の姿があるのか。大半が裸体だった。艶を滴るほどににじませた淫らな白い肢体が、柔らかな布の上に投げ出されていた。

意外にも広い部屋だったが、まったくひどい有様だった。幾つも転がっている酒杯。散乱する食べ物の残骸。破れた衣服。絡み合う裸体。虚ろな目は、死した魚のようだった。

部屋の隅には、激しく燃え盛る愉楽の香が並んでいる。

妖艶というよりはもはや、堕落の象徴のような光景だった。

快楽とは本来、他者の目に美しいと映ることは少ないが、ここまでくるとさすがに胸に迫るものがある。醜悪だった。淫猥すぎて醜怪なのだ。

限度を超えた淫行に耽り、魂まですり減らした者の醜態。見ていると、いつしか自分まで汚穢《おわい》にまみれ、欲に崩れそうな恐ろしさを覚える。

リスカはきつく目を閉ざした。だがどこまでも香りが追ってきて、理性の力を奪おうとする。

生ぬるい体液の匂い。汗の匂い。吐息の匂い。床の上に渦巻く女の髪。乳房。

裸体をさらし、空虚な目で、奇妙に歪んだ笑いを顔にはりつけている。

あぁと獣のように呻く声が聞こえた。快楽の名残に身を痙攣させる男女。ぬらりと輝く肌。

蠢く肉体が、人間のものではない気がした。

奥の長椅子にぐったりともたれかかっているのは、ジャヴだった。彼はかろうじて夜着をまとっているが、それでも胸元はみだらに大きくはだけている。

「ふふ。うふふ」

なんとも艶を含んだ笑い声が響いた。

リスカは聞き覚えのある声音に愕然とした。声のしたほうに目をやる。

——ティーナ！

「あははは！」

誘うような甘い笑い声が、突然甲高い哄笑《こうしょう》に変わった。

うつ伏せで床に寝ていたティーナの肉体から、黒い影がぎょっとしたように離れた。侵入者の存在に気づかず、たった今まで彼女の肢体を無我夢中で貪《むさぼ》っていた男だった。見知らぬ老人だ。

いや、だが、どこかで——見た？

その老人は、のけぞるようにして笑うティーナを戸惑い気味に見つめたあと、リスカたちのほうに顔を向け、驚愕の表情を浮かべた。すぐに我に返ったらしく、慌てた様子で落ちていた外套を羽織る。

「貴様」

フェイが低く唸った。知っている人物なのだろうか。

リスカは視線をフェイへ向け——別の危機を察して身を強張らせた。

「——危ない!!」

空間の捩じれる気配。これは、魔力。

リスカはとっさにフェイを突き飛ばした。

老人が掲げた手のひらから、激しい風の刃が編み出された。

魔術師!!

老人はこちらに背を向けて、壁に飾られていた絵画を乱暴に腕で薙ぎ落とした。

その裏に、扉がある。

「待ちなさい！」

リスカは条件反射のように、扉の向こうへ消えた老人の後を追った。

扉の奥に深い闇へと続く階段が見える。

一歩を踏み出した直後、リスカは自分の大きな過ちに気づき、顔を白くした。

——しまった！

罠だ。動けない。戻れない。天地がぐるりと逆さになる奇妙な感覚。

なんたること!!

背後でフェイの怒声が響いた。

「おい、術師！」

「来てはいけない！」

遅かった。フェイが躊躇いもなく、飛び込んできたのだ。

リスカは盛大に舌打ちして、駆け寄るフェイの腕を掴んだ。

「おい——なんだ、ここは」

フェイは血の気の引いた顔で、周囲を見回した。

リスカたちは異常ともいえる奇怪な空間に立っていた。

終わりのない白い世界に、無数に広がる螺旋《らせん》階段。上にも下にも、左にも右にも。

つるりとした陶器めいた白い床から樹木のように生えているねじれた階段もあれば、いったいどこまで続いているのか、家屋よりも高い位置で真横に伸びているものもある。

視線を巡らせば、いつの間にか扉も老人の姿も消えていた。

はめられたのだ。いや、なんの警戒もせず不用意に追った自分が愚鈍なだけだった。

「なんだ、ここは……」

フェイのかすれた声に、リスカは額を押さえた。緊張のためか、指先が冷たく湿っていた。

「結界のなかです」

「結界？」

「先ほどの老人は、とんでもない魔術師だ。これほど高等の魔術を操るということは、上位魔術師に匹敵する魔力があると考えるべき」

「わからぬ！　どういうことだ」

「つまり、私たちは監禁されたも同然です」

「なに？」

「見てください。ここは無限の広さがある。入り口も出口も、果ても始まりもない。外から見れば、無。だが、なかに閉じこめられた私たちにとっては、永遠の距離となる」

フェイの不可解そうな顔に、リスカは渋面を作る。

「私たちはこの世に存在しない空間のなかに、閉じこめられたということです」

「……存在しないもののなかに、なぜ隔離できる」

ああもう、魔術を知らぬ者に説明しても理解を得られるはずがない。

だめだ、彼のせいではない、自分の軽率さが災いを招いたのだと、荒れた感情をいさめるように胸中で繰り返す。八つ当たりは筋違いだ。

「あの魔術師は、存在しない空間を自分が編み出した結界のなかに構築しました。それがどれほどの魔力を消耗するか。凄まじい。凄まじい力だ。私では、破れない」

「……破れない？」

「完全に閉じこめられたのですよ」

リスカは彼の心に刻み込むように、強く言った。

術の脅威を知らぬ騎士は、まだ自分が陥った深刻な状況を正しく把握していない。どう伝えたらいいだろう。

「この空間にはまず、時間が存在しない。夜が存在しない。命が存在しない。神の加護も存在しない。現実にはありえぬ場所です。ゆえに外からは決して見えない。時間が存在しないため、私たちは死ぬことがない。術を構築した魔術師が解放してくれないかぎり、私たちは永遠にこの場所に置き去りとなります」

フェイはようやく、事の重大さを朧げながらも理解したらしい。

「では」

「そうです。誰も私たちを見つけられないということです」

フェイは周囲に視線を投げた。

永遠と同じ距離のなか、どこまでも続く螺旋階段。他には塵ひとつ存在しない。

ぽっかりと広がる、無限の空間――。

〈無元の結界〉と呼ばれる大掛かりな高等魔術だ。

「では――では、どうするのだ」

「どうにもできません」

リスカは絶望感に襲われた。

急に深い疲労を覚え、手近な場所にある、斜めにねじれた階段の端に力なく腰をおろす。

出口を探し歩いたところで、徒労に終わることは目に見えている。

「呑気に座っている場合か」

「動いても、なんにもなりません」

「なにか方法はないのか？　おまえとて術師だろう」

術師、という言葉に反応し、思わず恨めしい目でフェイを見上げた。

「砂の使徒ですよ、私は。正規の魔術師にかなうとお思いですか？　第一、花も持っていない」

「花？」

「砂の使徒は、ある特定の道具がなければ術を行使できない。私は花を用いるのです」

フェイは苦々しい顔で髪を掻きむしった。術師のくせに役に立たない、とでも思ったのだろうか。

だが批判を口にしないのは、彼なりの気遣いなのかもしれなかった。

フェイは厳しい表情で周囲を見回した。「果てがない」というリスカの言葉に納得したのだろう、さらに顔を歪ませる。そして観念したらしく、どこか粗野に映る仕草でリスカの横に腰を落とした。

「飢え死にすることもないのか？」

「ありません」

「永遠に、幽閉？」

「ええ」

実際に、これほど大掛かりな魔術を目にするのは初めてなのだ。歪みもなく完成されている高度な術――驚異としかいいようがない。

大変なことになったと思い、膝の上に置いた手をきつく握り締める。

もしこの場に置き去りにされたまま、術を構築した魔術師が命を絶てば、もう二度と出られない。

「……すみません」

「なんだ」

「私の不注意です」

「だから、なにがだ」

「先に罠に落ちたのは私です」

「おまえは来るなといった。そのうえで俺は来たのだ」

おや、と思う。人に責任転嫁をするほど横暴な男ではないようだ。

「なんだ、その目は」

「いえ」

「一人ではない分、ましさ」

て狂うだろう。

確かに、すべてが静止しているこの異様な空間に一人で取り残されれば、不安に胸を塗り潰され
物音ひとつない、完璧な静寂。世界も時間も阻んだ無限の空間。

とんでもないことになった、とリスカは胸中で何度も繰り返した。

「……そうですね」


耳鳴りがするほどの無音に嫌気が差したらしいフェイが、性懲りもなく質問を投げかけてきた。

「他の魔術師と連絡を取る方法はないのか」

「ありません。結界内ではあらゆる力が遮断されるとお考えください。……私の魔力が、あの魔術師を上回っていなければ、どうにも手段はないのです」

リスカは――砂の使徒は、本来ならば聖魔級の魔力を有している。

とはいえ、身の内で眠る魔力を現実には自在に引き出せないのだから、聖魔級かどうかなど確認のしようがなかった。

ただ、次のようには伝えられている。砂の使徒が持つ魔力は、人の身に耐えられないほど強大すぎるがゆえに、厳重な枷を必要とするのだと。

一見しかつめらしい話だが、過去の砂の使徒が自尊心を守るために都合よくでっち上げた虚構にすぎないのだろう。

もし、聖魔級というのが真実で枷が必要であるのなら、巨大な魔力を狂気に取り憑かれることとな

く使いこなしているセフォーの存在と矛盾してしまう。

第一、言葉のうえでしか強大さを誇れない力なら、聖魔級であろうがなんであろうが意味などない。

「……すまなかった」

「え？」

「手を」

「ああ、これ」

唐突に、ぎこちない態度で謝罪され、リスカは戸惑いながら自分の手を見下ろした。

かすかに火傷の痕が残る手。地下牢で対峙したときのフェイは、リスカの弁解に耳を貸さず、媚薬を町に広めた犯人だと決めつけて、問答無用に松明の炎を押しつけた。

「私ではないのですよ、死に至る媚薬を作っていたのは」

静かな口調で言うと、フェイは神妙な顔をした。

「わかったさ。この結界とやらを作った魔術師だろう、犯人は」

リスカはうなずいた。

真犯人はジャヴではなかった。彼は他の貴族と同様に、広間の長椅子でぐったりとしていたのだ。死の危険を承知しているだろう媚薬の精製者が、みずから使用するとは思えない。

むろんティーナでもないだろう。

しかし、あの老人、どこかで見た覚えが――。

「惚れた男でもいたのか？」

「は、はいっ？」

なんなのだ、突然。

リスカは忙しなく瞬きをした。予想外の問いかけに、とっさに答えを返せない。

「一生独り身は嫌だと言っていたではないか」

「ななななんですか、いきなり。状況わかってますか？」

「どうにもならぬのだろう？　では悩むだけ無駄だ」

この切り換えの早さはなんなのか。

リスカは顔を引きつらせた。もっと一緒に悩みませんか、と言いたくなる。

「自分にかけられた容疑を晴らすためにしては、ずいぶん必死なことだ」

「当たり前です。私、あなたに殺されかけたのですよ」

「誰も殺めるつもりなど」

「あのような場所に閉じこめて！」

リスカは歯をむく勢いで言い返したが、ふと鬱屈した気分になった。

嘆きに満ちた恐ろしい牢獄ではあったものの、地上へ続く道が確実に存在した分、脱出方法が一切見当たらないこの場所よりましな気が。いや、しかし。いや。

「それは！……ティーナ夫人に頼まれて」

「ほほう、ティーナに！」

「妙な誤解をするな！　あの人とはなにもない」

「へえ、あの人、ねぇ」

なぜか睨み合った。この状況でだ。

「おまえこそ怪しいだろう。ティーナ夫人となにをした？」

「変な妄想はやめてください、私は男ではありません！」

あ。はっきり性別を暴露してしまったではないか。

女に見えないとか不細工だとか、こちらの胸を抉る痛い言葉で罵られるだろうかと身構えたが、予想に反してフェイは黙り込んだ。

「ななななんです、言いたいことがあるのなら、はっきり言えばいいではありませんかっ」

意味深な沈黙に恐れを抱いていささか語気荒くつめ寄ると、これまた不思議なことにフェイは目を逸らした。

「――正気を失いそうになったとき、言うさ」


どれほどリスカたちは待ったのか。

もしかすると数時間は経過したのかもしれないが、外の世界と比較しようがないのでわからない。長い時間が過ぎたような気もするし、まだ数秒しか経っていない気もする。

フェイは、無駄でもいいからそこらを一応見回るべきではないかと何度か提案したが、リスカは決して賛同しなかった。

万が一にも隠されていた落とし穴にはまって、肉体をこっぱ微塵にされぬともかぎらない。

上位の魔術師であれば二重結界を構築することも可能なため、相手の術に囚われた状態で、わけもわからず行動を起こすのは得策ではなかった。

「たまらないな」

ただじっと待つだけの時間。いや、この空間内に時間は存在しない。

自分の心だけが無為に過ぎる時間を認識し、辛さを拾う。確かにたまらないだろう。

魔術師ではないフェイは、本質の部分では、なにが起きているのか正確に理解できていないはずだった。ただ、自力で脱出するのは不可能という最も肝心な箇所だけは、心底納得しているわけではないものの、一応飲みこんでいる。

貴族にしては、珍しく度胸があり忍耐力もあるようだ。その我慢強さがいつまで持続するかはわからないが、少なくとも変化の見えぬ現状に悲観して泣き喚かれたり騒々しく罵倒されるよりはましだった。

だからこそ、正気を失ったときが怖い。狂気の欠片《かけら》は当然ながらリスカ自身にもある。

どれほど強い精神の持ち主でも、永遠をこの場で過ごせば、いずれは発狂する。

たとえばここで自殺を図っても、安らかな死が訪れることはない。

完璧に閉ざされている空間内で受けた傷は、手当てなどせずともすぐに癒えてしまうのだ。

つまり、最初の状態に戻る。時が動かない、というのはこういうことだった。

死という概念が存在しないため、意志をもっての自殺が許されない。老衰することもない。

本当に、たまらない。

どれほどのあいだ、正気を保てるか。己の精神の限界を否応にもはからねばならなくなる。

ゆえにリスカは、退屈な話題であってもかまわずに、口にした。会話が理性を引きとどめ、心を守るからだ。

フェイも気配でなにかを察し、言葉を紡ぐ。

彼が思った以上に理知的な人間であることに、感謝するべきだろう。

ともにいるのが道理を軽んじる粗暴な人間だったら、リスカはきっと地獄を見た。


「前夜祭は、始まっているだろうな」

「そうでしょうね」

リスカはまだ、この町で開催される祭りに参加したことがない。

なにぶん、町が活気づき賑わう今の時期は稼ぎ時になるので、祭りに対する好奇心よりも商売を優先させている。……働かないと年を越せないという現実のために。無常だ。

正直に、祭りの様子を詳しく知らないのだと告げると、フェイはちょっと笑った。

「では、あの踊りを見たことがないのか」

「どんなものですか？」

「ばらばらさ。皆好き勝手に踊る。道に溢れる楽の音もまた様々だ。だが、町中の者が一斉に踊るから、壮観ではある」

「貴族も踊りに町へ出るのですか」

「騎士などは、こういうときに町娘を口説く」

くすり、とリスカは笑った。火遊びを楽しむわけか。

今頃は、あの露店の娘も髪に花を飾り、差し伸べられた誰かの手を取って、幸福な時間に酔いしれながら踊っているのだろうか。

「あなたもですか」

「踊る暇などあるものか」

フェイはなぜか悔しそうな顔で横を向いた。ああよかった、まだ彼は大丈夫だ。過去を懐かしむような言動は、狂気の一歩手前に来ていると考えなければならない。

「おまえも一応は娘なのだろう。どうなのだ」

「どうと言われましても、仕事をしていましたし。というか一応ってなんですか、もう」

「本当にか？」

「もちろんです。嘘をついてどうするのですか」

「……色気のないことだ」

「余計なお世話です！」

以前にも誰かに似たようなことを言われた気がする。そこまで色香がないと思われる自分ってなんだろう。

「一度くらい、誘われてみればいいものを」

誘われるためには、誘ってくれる相手がまず存在しなければならないのですよ、とは虚しすぎて言えなかった。

「なんだ、誘われたことがないのか」

ぐさりと胸に突き刺さる。

「では、仕方がない」

「……放っておいてください」

「俺が誘ってやろう」

突然、手を取られた。条件反射で立ち上がる。

「えっ、あの」

「なにを突っ立っている。踊りくらいは知っているだろう」

知りません、踊ったことがありません、と答える勇気はなかった。

……言わなくても、気づかれたが。

「おまえ、ことごとく世間の娘とはかけ離れているな……」

「悪かったですね！」

「まあいいさ」

溜息混じりに言われても、まったく慰めにはならなかった。

うう、と情けない思いで呻いていると、フェイは苦笑した。

「では、お相手を」

優雅に腰を折り、右手は背に、左手はリスカの手を取って、挨拶する。さらりと頬にこぼれた蜜のように濃い金の髪と、夏の空を思わせる澄み切った鮮明な青い目。踊る相手として文句なしの、魅力的な騎士だった。

「……」

さすがに、このときばかりは、露店の娘の気持ちが理解できた。

音楽もなく、ざわめきも、歌声もない。

そういう寂しい場所で踊る。

なぜだか、少しだけ、仕事にのみ精を出していた自分を後悔した。

……何度もフェイの足を踏んでしまい、冷や汗もかいたが。

セフォーも、踊りは得意だろうか？

第五章

【1】

さすがに――リスカでさえ、じっとしていられぬ重苦しい心境になってきた。

遠くを見やるフェイの顔色も心なしか優れない。踊ったことで余計に身体が疼く。

なんとなくフェイに手をあずけたまま、リスカは気晴らしに、目に見える範囲をゆっくりと歩くことにした。

肉体に疲労は溜まらない分、焦燥感は一層強まる。

「おまえ、名は？」

リスカは微笑した。初めて会ったとき、名を口にされた記憶があるが、フェイは忘れたのだろうか。

「リカルスカイ＝ジュードですよ」

「男の名だろう、それ」

「もしかして偽名だと思ってましたか。これが本名なんです。知り合いは、私のことをリスカと呼ぶ」

「知り合い？　誰がそう呼ぶ？」

「それは――」

――リスカさん。

不意に、抑揚のない低い声が蘇る。脅迫とか殺人予告とかが似合いそうな声。だけども。

「セフォー」

「……なに？」

「セフォーが」

フェイが立ち止まり、怪訝そうな顔をした。

「セフォードが、呼びます」

どうしてなのか、目頭が熱くなる。

「あの人が、リスカ、と、そう呼ぶのです」

「――誰のことだ？　恋人か？」

それは――違う。けれど。

もう一度会えたらたぶん、心のなかは喜びで染まるだろう。町を彩る祭りの景色のように、明るく輝くだろう。

リスカは足元を見つめた。まるで普通の娘のように、感傷に浸りたがる自分がいる。

恥ずかしいことだ。こんな感情は初めてだった。

「――リスカ」

リスカは顔を上げた。

フェイはわずかに顔をしかめて、横を向いた。鮮やかな金色の髪が顔の輪郭を覆っていた。

ほんの少し、フェイの呼び方は、セフォーに似ている。

もう一度呼んでほしくなった。同時に孤独も募っていった。

「どうした」

うつむいた瞬間、体温が近づいた。躊躇いがちに髪に触れてくる指が、穏やかだった。

リスカは指の動きをはかりかね、迷いながら彼を見上げた。

フェイもまた、どこか困った表情を浮かべてリスカを見つめていた。

ふと、一瞬の沈黙をかすめ取るように、空気が変貌した。


「あ」

ひくりと、リスカは喉を鳴らした。

強大な、あまりにも巨大な気配が、稲妻のように降ってくる。

身構える余裕もなかった。突如、恐ろしいほどの勢いで空間が歪み、硬質な音を立てて亀裂が広がる。硝子《ガラス》を渾身《こんしん》の力で叩き割ったときの、鋭い音とよく似ていた。

回転し、崩壊する螺旋階段。

「何事だ⁉」

力。壮絶な力。

リスカは身体を震わせた。歓喜か恐怖か、判別できない。

血が逆流するほどの、声にならぬ熱情に焦がされる。

リスカは天を見た。永遠の牢獄とも言うべきこの白い空間に、外の時間が流れこんでくる。

上位魔術師が構築した「無元の結界」をやすやすと砕き、凌駕《りょうが》する力。

薄い氷でも踏み割るように、片手で叩き潰す。

そんなことが可能な者など、リスカはこの世で一人しか知らない。

ぱらぱらっと、空間の破片が落ちてきた。

リスカは片手を伸ばす。降り注ぐ空間の破片はまるで、星屑のよう。

地鳴り。

歪み、捩じれて、絡み合い。

ああ、ほら。

「セフォー」

＊　＊

一瞬のことだった。まるで夢から覚めたかのように、気がつけばリスカとフェイは見知らぬ広間に立っていた。唖然としてしまうほど豪華絢爛な部屋だ。

「ここは……教会のなかか？」

教会の内部が舞踏会の大広間のごとく華美でいいのか？

リスカは痺れた頭の片隅で、フェイに突っ込んだ。陽の下では清貧を誓う神官の、信心深い人々には決して見せられない隠し部屋のひとつというわけか。

「……セフォー」

「ぴっ」

リスカは視線を慌ただしく動かした。壁際に佇む死神。セフォー。

教会の地下に侵入する前に飛び去ってしまったはずの小鳥が、彼の肩に乗っていた。

またしても小鳥が奇跡の使者となり、ここまでセフォーを引っ張ってきてくれたのだろうか？

どこで手に入れたのか、セフォーは薄灰色の長布で全身をすっぽりと覆っていた。うかがえるのは怜悧《れいり》な目のみで、いつも以上に表情がわからない。

どうして、セフォーは来てくれたのだろう。リスカを追わないと言ったのに。

どうして。

「——おのれ！」

急に嗄れた呪詛の言葉が響き、思考の海に落ちかけていたリスカは飛び上がった。

振り向いた先には、胸から多量の血を流して苦痛の表情を浮かべる老魔術師がいた。

欲望の宴が繰り広げられていた広間でティーナを蹂躙《じゅうりん》し、そしてリスカたちを結界内に封じた老魔術師だ。

「おまえは何者だ！」

厳しい誰何《すいか》の声には燃えるような憎悪の他、わずかに、高等魔術すらいともたやすく破った未知の力に対する畏怖の念が含まれていた。いや……羨望か、嫉妬《しっと》か。

セフォーは、立つのがやっとというほど深い傷を負った老魔術師に、ちらりとも視線を向けない。見下して怒りを煽るためではない。単純に興味がなくて、目に映らないだけなのだろう。

なぜならセフォーは、ただひたすら、ひたすらに、リスカを見つめているのである。

うひぇぇえ、とリスカは内心で奇声を上げた。

なぜ感動の再会！　とはならないのだろう。状況としてはここで歓喜に打ち震えてもおかしくないというのに、恐ろしさが先に立つなど、不思議すぎて涙が出そうだ。

あれ私、先ほどこの人に会えたらすごく喜びそうだなどと思いませんでしたっけ、束の間の淡い夢でしょうか、と現実逃避もしたくなった。

間違いなく「無元の結界」を叩き壊したのはセフォーだろう。ついでに術を仕掛けた魔術師にも重傷を負わせてしまったのだろう。意図していたのかはわからないが。

「おまえが、セフォー？」

我に返ったフェイは、先ほどリスカが口にした名前を思い出したのか、まじまじとセフォーを見た。

リスカの額にどっと大粒の汗が浮かんだ。老魔術師の気迫がこもった悲痛な呼びかけに答えないどころか、視線すら動かさなかったセフォーが、なぜかフェイの言葉には反応して、ゆっくりと身体ごと向き直ったのだ。

どどどうしてですか、この人は単なる騎士です、一応和解といいますか、話し合いの末に誤解もとけたので、もう人畜無害な部類に入れてもいいと思いますよ、とリスカは心のなかで長々と説明したが、声に出さねば意味がないという当たり前の事実をすっかり失念していた。声に出しても意味がなさそうではあったが。

「――これが」

ふと、セフォーが呟いた。

これ？　誰もその端的言葉の意味するところは理解できなかっただろう。悪いが、このなかでは一番馴染みがあるリスカでさえ、わからなかった。

ただ、皆の注意を集めるには十分な威圧感だ。

老魔術師は身に受けた傷を癒すことも忘れて――あるいは魔術が使えないほどの怪我なのか――セフォーを睨み据えている。

セフォーの眼差しが今度はリスカを捉えた。うぐっ、とリスカは実際に呻き声を上げ、苦悶した。磨きあげたばかりの鋭利な刀によく似た凍える瞳が、おののいて硬直しているリスカに深く突き刺さる。致命傷になりませんか、と訊きたい。

「これですか」

まさかと思うが、セフォーの言う「これ」とは、フェイを指しているのではないだろうか。

嫌な予感がする。そして嫌な予感というのは、祈りも虚しく大抵現実になる。

セフォーの視線が再びフェイに戻った。

他者を指一本で動かすことに慣れているはずのフェイも、さすがにセフォーが発散する凄まじい圧力には勝てなかったらしく、怯んだ様子で少し後退する。

普通の人間なら、恐怖感に我慢できなくなり、悲鳴を上げて逃走しても不思議はない。

「――どのように死にたい」

全員の目が点になったに違いない。リスカたちを監禁した老魔術師にその物騒な台詞を投げつけるのならばともかく、なぜフェイに？　という怪訝な思いが皆の胸に去来したはずだ。

「なにを……」

フェイは血の気が引いた顔を、無意識のごとく横に振った。

「セフォー、違います！　彼は、敵ではないのです」

宝石よりも硬度がありそうな目でセフォーにじっと睨まれ、リスカは気絶したくなった。

別れたときと同様の、底冷えする眼差しだ。

「なぜ」

セフォー、あともう一声っ。

「なぜ、それとともにいるのです」

「それ!?」

この憤慨を交えた驚愕の叫びは、リスカが発したものではない。余計なところで誇りを思い出したフェイである。

フェイ、いけない、今一言でも口答えすれば、天地神明に誓って見事に抹殺される。

「な、なりゆきです！」

「なりゆき？」

「ははいっ」

融通のきかない厳格な師匠に叱責を受ける、哀れな弟子状態だ。

「手を」

リスカは本気で死にそうになった。そういえばフェイと手を繋いだままである！

慌てて振り払おうにも、フェイは眉をひそめたまま雪像のごとく硬直していた。

もちろんセフォーの尋常ではない気配と恐ろしさに圧倒されてだ。〈それ〉呼ばわりされた屈辱も、多分に含まれているようだが。

射殺される間違いなく瞬殺の刑だ、とリスカは残酷な未来の予感に戦慄した。

いや、待て、リスカがフェイと手を繋いでいて、なぜセフォーが怒るのか。

「リスカさん」

「はい！」

もう声が裏返り、壊れた楽器状態である。

「なぜ」

わかりません、セフォー。なにをおっしゃりたいのか。

ぴぴぴ、と小鳥がセフォーの肩の上で焦れたように威勢よく鳴いた。なぜか、小鳥にも自分に非があると責められている気分だった。

「それが、あなたの手を」

それ扱いされるフェイは気の毒だが、リスカはようやくセフォーがなにを言いたいのか思い至った。

つまりこうだ。「あなたが手に怪我をしたのは、その騎士が原因ではないのか。なのになぜ行動をともにしているのです？」といったところだろう。

ああセフォー、彼と同行しているのには深い訳が！

しかし、その事実をなぜセフォーは知っているのか。いや、こちらがセフォーの短い言葉を深読みしすぎているだけなのかもしれない。

「離れろ」

返答せずひたすら悶絶するリスカに焦れたのか、セフォーは端的に、絶句しているフェイに命令した。

「消す」

フェイは途端に顔色をなくした。リスカも同様だ。

消す。

消す!?

リスカはくらくらした。絶体絶命、陥落寸前である。

私でよければ気合いをいれてお詫びしますよっ、と命懸けで口を挟もうとして、無駄であることを悟った。

ぴぴぴ……と小鳥が気まずげに鳴く。「リスカ、まずいよ……」と言いたげである。

リスカは、突然の抹殺宣告に呆然とするフェイの手を速攻で離し、よろよろとセフォーのほうへ駆け寄った。満身創痍だ。

「セフォ……セフォー!?」

惨殺される覚悟を決めて顔を上げたとき、視界がくるりと反転した。

足が床から浮いていた。セフォーに抱きかかえられている。

小鳥がたかたかたかっと俊敏に動いて、リスカの頭頂部に移動した。

「リスカ!!」

フェイが叫んだ瞬間、セフォーは氷の矢のような視線を、彼に向けた。

「呼ぶな」

理由はまったく見当がつかないが、セフォーはどうやら怒っているようだった。淡々と放たれる声に、いつもより若干抑揚があった。

「我が主の名をみだりに呼ぶな」

——我が主?

魔術師とフェイの眼差しがリスカに集中した。

そ、そうか、リスカがセフォーを護衛として雇っている形になっているのだ。すっかり忘れていた。無償だが。

「セフォー……」

このままだとフェイが跡形もなく消滅しかねない。

どうすれば、と本気で天を仰ぎたくなった瞬間――複数の足音が響き、正面の扉が開け放たれた。

「なにを騒いでいる！」

妙に威勢のいいしゃがれた声が響き渡る。リスカはセフォーの腕のなかでびくっとした。

天の助けとは到底思えない、小太りの派手な衣装の貴族とそのお供たち……ではなく騎士が姿を現した。

これほど救いを望んでいるのに、事態はますます不吉なほうへねじれていく。

リスカは好転の兆しを見せない現状に頭を抱えた。

「――伯爵」

驚いた声を上げたのはフェイだった。

伯爵。この威丈高な態度を見せる小男……失礼、小柄な貴族が、ワイクォーツ伯爵？

リスカは、美貌のティーナと伯爵が並んでいる姿を想像し、急激に気持ちが萎えた。伯爵には大変、その、申し訳ないが、つり合わない。

いや、なんというのだろう。美女の隣には美男が立つべしといった、ある意味差別的な信条を持っているのではない。むしろそんなのは絶対に許しがたい。妬みではない。決して。うむ。

ただ、伯爵の場合は見るからに性根が卑小というか、傲慢そうというか――明らかに不自然な鬘《かつら》や金銀を必要以上にもちいた豪華な衣装、指にめりこむ大きな宝石つきの指輪、それらがいよいよもって伯爵を滑稽《こっけい》な姿に見せている。町の通りへその格好で出ていけば、間違いなく悪趣味な道化師だと誤解されるだろう。

なによりも肝要な問題は容姿の美醜ではなく、醸し出す雰囲気や口調、目つきなどから推し量れる魂の純度といった点において、ティーナよりも輝きが劣って映ることである。だめだ、取り繕おうとすればするほど墓穴を掘っている気がする。

「シエル殿、これは何事……そなた、フェイ殿ではないか！　なぜそなたがこの場にいる！」

伯爵は赤ら顔をさらに紅潮させ、丸い手を伸ばしてフェイを指差した。

口角から泡を飛ばす勢いでフェイを糾弾する伯爵の姿を見て、リスカは反射的に息を切らした駄馬を連想した。たびたび申し訳ない。

脳裏に描かれた息も絶え絶えな駄馬の姿とは別に、意識は記憶の頁をめくっている。

シエル。エンピス＝シエル。

リスカは驚愕の目で、赤く染まった胸を押さえる老魔術師を見た。思い出したのだ、彼の顔を。

「エンピス＝シエル。あなたは、スウィートジャヴ＝ヒルドの師ですね」

リスカは、無駄に怒鳴り続ける伯爵を遮り、シエルの意識をこちらに向けるべく声を張り上げた。

その場にいた者の視線が、一斉にリスカへ集中した。

華々しい経歴と卓越した才を持ちながら、ある事件により失脚し、島流しの憂き目にあった上位魔術師。

魔術師が集まる王都の塔を去って久しいリスカには、確かな事情など当然知りようがない。

風聞によると、シエルは法王が所有する秘宝のひとつを無断で持ち出したのだという。

扱いに注意を必要とする貴重な法具の類いは、その性質上、塔の宝庫にて上位魔術師が管理するということがままある。シエルは稀なる財物を守るうちに、魅了されてしまったのかもしれない。

だが、法王の宝を私物化するなど、それはいかなる理由であれ、必ず裁かれねばならない重罪だ。過去にも財物に手をつけて厳しく断罪された魔術師がいるという。

なにしろ塔は、法王を最高責任者とした特殊機関だ。皇帝に剣を捧げる騎士同様、塔に籍を置く魔術師たちも、法王に忠誠を誓っている。

法王が魔道関連の研究を支援し、対立相手の皇帝の圧力を退けていてくれるからこそ、リア皇国の魔術師たちは不自由なく生活でき、修業を終えたのちもその異才を多方面で発揮できるのだ。この恩恵を忘れて窃盗の罪を犯せば、不忠だと詰《なじ》られ、追逐されても仕方なかった。

出来損ないの異系魔術師と呼ばれる砂の使徒には、あまり恩恵はないが。

それでもやはり、魔術を軽視している皇帝よりは法王を敬う気持ちが強い。

「何者だ」

シエルはリスカに問いかけながらも、激しくセフォーの存在を意識していた。

高位の魔術師であった彼ならば、不自由な術しか行使できないリスカのような半端者よりも正確に、セフォーの身に内在する力量を推し量れるのだろう。

「おまえがその青年の主であると?」

「……ええ、護衛をしてもらっていますので」

「護衛?」

シエルの灰色の瞳が訝しげに光り、探るようにリスカを正面から捉える。途端に、精神が外へと引きずられるような、抗うことも許されない不快な感覚に苛まれた。

読心術だ。それも、こちらに一切の配慮がない。

心の声のみならず、リスカの記憶をも根こそぎ盗もうとしている！

身体の内部を素手で無造作にかき乱されるような、堪え難い痛痒感をリスカは覚えた。

「無礼な」

一言、セフォーが告げた。

どん、と鈍い音が響くと同時に、リスカを苦痛に追いやり圧迫していた強烈な力が消失する。見ると、背中から壁に衝突したシエルの身が、その場にもろく崩れ落ちるところだった。まとっていた深草色の外套は、命の危機を予感させるほど血塗れになっている。

すぐにはなにが起きたか把握できず、怪訝な面持ちでセフォーの横顔を覗き込んだ。

セフォーは赤子を抱くように片腕でリスカを抱え、もう一方の手をシエルに向かって伸ばしていた。彼の指先には、浅い傷口がある。爪の先から滴り落ちそうな、一滴の血液。

恐れをなした小鳥は、ぴぴっ、と一度身震いし、リスカの髪のなかに潜りこんだ。

「な――」

フェイも伯爵も騎士たちも、茫然自失の体で立ち尽くしていた。それもそのはず。

血塗れになったシエルの身体には、まるで針のように細長い鋭利な刃物――女性の指程度の幅しかない――が数本、突き刺さっていたのだ。

その刃物には、柄がなかった。鍛錬中の刀のように、危うい光を放っている。

セフォーは自分の血を、一瞬のうちに刃物に変えて飛ばしたのだ。

あらためて、セフォーの類い稀なる魔力に畏怖の念を抱いた。

生命の理を塗り替えて、肉体そのものを魔剣へと変化させられるほどだ。血の一部を刃物へ転換させることなど、さほど労力を必要とはしないに違いない。

鈍い衝突音は、とっさにシエルが防壁の術を構築したためだろうが、完全には塞ぎきれていない。有する魔力の差が歴然だった。途轍《とてつ》もない破壊力だ。

「お主――セフォード＝バルトロウか」

「私の名をみだりに呼ぶな」

相変わらずの平淡な口調である。だが、シエルは大きく肩を揺らした。身じろぎすると同時にぼたぼたと血が滴って、床に黒い染みを作っている。

「なぜゆえに、お主がいる。長き眠りについていたはず」

セフォーはただ一度、ゆっくりと瞬いた。また攻撃を仕掛けるつもりだ、とリスカは気づいた。

「セフォー」

ぎゅっとセフォーの首にしがみつく。

「リスカさん」

セフォーはなんの未練もなくあっさり腕を降ろし、リスカの髪に頰を寄せた。

対峙していたシエルの存在など、もう意識にさえのぼらない様子で、リスカを抱き締める。ぴぴっと慌てた小鳥の鳴き声が響いた。猛獣を飼い馴らしている気分だ。

「なぜ――お主ほどの者が、一介の、砂の使徒などに隷従している！」

シエルは先ほどの読心術で、リスカの記憶の一部を盗み出すことに成功したらしかった。リスカが砂の使徒だとはっきり気づいている。

シエルの詰問に刺激を受けたのか、一旦は薄れたセフォーの気配が、再び重圧感を増した。

「セフォー！」

だめです、この方はジャヴの師です！

「宝の持ち腐れというものよ、小汚い砂の使徒などに膝を屈したか！」

小汚くて悪かったですねっ。

「セフォード＝バルトロウともあろう者が、その未知なる力を下等の術師に！」

悲痛な叫びだった。もはや慟哭《どうこく》に近い。

「力、力さえあれば!!　すべてを覆せたというのに！」

髪を振り乱して喚くシエルに、高位の魔術師としての誇りや威厳はなかった。歪んだ矜持のみが、今のシエルを支えている。

順風満帆だった日々を失った哀れな魔術師の、成れの果てだった。

「私ならば、お主のその力、最大限に活かせるものを」

リスカはつい口を挟んだ。

「ジャヴは。あなたを師と仰ぐジャヴは？」

ジャヴは——失脚したシエルの巻き添えをくっただけではなく、自らの意思で王都をあとにしたのではないか、とリスカはこのとき初めて考えた。

憐憫や依存心ゆえではなく、ただ、恩師を一途に慕って。

仲睦まじい師弟だと、微笑ましく噂されるほどの二人だったから。

魔術の道を志す者は、その瞬間より家族との絆を一切断ち切らねばならない。ジャヴはおそらくシエルを父のように、あるいは年の離れた兄のように慕っていたのではないか。

シエルは温和な魔術師だと聞いた。礼儀正しく、慈悲深い人物だと。

短い期間ではあったが、リスカが重力の塔に在籍していたとき耳にした、シエルの人となりについての噂話が色鮮やかに思い出された。

リスカ自身は一度もシエルと顔を合わせることなく、塔を去ったのだが。うろ覚えながらも彼の容貌に記憶があったのは、塔に肖像画が飾られていたためだ。

「あなたには、ジャヴが——」

「知らぬ、そのような者、知らぬ。なんの益ももたらさぬ弟子などに用はない！」

「なんていうことを」

「私が欲するのは力のみ、この世のあらゆるものを凌駕する力なのだ！」

それほどの大きな力を有していて、なおも貪欲《どんよく》に漁ろうとするのか。

「卑しき力しか持たぬ魔術師には永劫、わからぬこと。おまえのような卑賤な者に、私の苦渋が
——」

ふいに、笑い声が広間に響いた。リスカは自分の耳が信じられなかった。

「セフォー……？」

セフォーが笑っている。声を上げて笑っているのだ。

肩を揺らし、リスカの額に頬を寄せたまま、心底楽しそうに笑っている。

いや、愉悦を滲ませた笑みではない。こんなにも眼差しが冷酷なのだ。

「我が主を貶めるか」

誰も口を挟めない。闇のように、夜のように、果てしなく広がる力の威。

「私の前で、主を」

ふふっ、と堪えきれないように、セフォーは笑い続ける。

「私の、可愛い、この人を」

シエルはどこか魂が抜けた顔をしていた。だが次の瞬間、形相を変え、体内に眠る魔力のすべてを解放するべく浅い息を吐いた。

シエルの周囲の空気が激しく振動する。大気にすら亀裂を走らせるシエルの魔力。ざわりと風神と化した気が渦巻き、そそり立って、建物をも揺さぶった。

動揺する伯爵や騎士たちの喚き声が聞こえたが、荒ぶる大気は静まることなく一層昂り、厳然とした白い刃と変貌する。

しかし――。

シエルの魔力をさらに凌駕する、常識はずれの気魄《きはく》。もうそれは、ただの威圧感ではなかった。

冷気をたたえた巨大な力。氷雨のごとく、荒ぶる大気を打ち据える。

圧倒的な力量だ。空気を乱すのではない。静めるのでもない。

ひたすら押し潰すのである。

あらゆるものを凍えさせる、桁外れの魔力だった。

高位の悪魔と匹敵する傲然とした威が、銀の入れ墨を持つたった一人の剣術師から放たれる。

計り知れないその脅威に、風神さえも恐れをなして掻き消えた。

「我が主を穢したその大罪、己の身をもって、償え」

止める間もなかった。神の制裁のごとく非情な宣告だった。

ざっと力が溢れた。軽く差し伸べた腕から、無慈悲な血の刃が一気に解き放たれる。

地を貫く光線のごとく縦横無尽に大気を駆け抜け、標的を打ち砕いた。

シエルが浮かべた驚愕の表情が、リスカの目に焼きついた。それだけだった。

悲鳴すら上げられないまま、シエルの肉体は崩れ落ちていた。

そう、細切れにされ、骨をも砕き、ただの肉片と化し――血塊と成り果てて泥土のように床にこんもりとたまっている。

この塊が、ほんの一瞬前まで生きていた人間だったのだ。

女のような甲高い叫び声が、凍りついていた広間に時間を取り戻した。

「な、な、な」

腰を抜かしながら、ぱくぱくと口を開いて喘ぐ伯爵の姿があった。

「化け物だ」

騎士の一人が放心した表情で独白する。

彼らの視線の先で、静かに佇む剣術師。まだ薄らと笑い、全員を見回す。

「すべて、潰してしまうのがいい」

誰かが喉の奥で叫んだ。逃げ出そうにも皆、驚きと恐怖で足が動かないのだ。

「……ま、待て待て!! 私のせいではない、私はなにもしていない!」

ちぎれそうなほど首を振って伯爵が弁明を始めた。炎を映したように顔に赤みが差している。

「私は貴族だ! 貴族に手を下せば、どうなるか――」

身分を盾とした脅しなど、権力にひとかけらも興味を示さないセフォーには通用しない。

「あの魔術師を追ってきたのだろう、私は無関係だ!」

リスカはセフォーにしがみつき、床の上を這って逃げようと懸命にもがく伯爵を見つめた。

「無関係ではないでしょう」

「私のせいではない!」

「死に至る媚薬は」

「あの魔術師がラスタスラだけではなく、オスロルにも広めたのだ! そう、欲にくらんで財物を盗んだというあの魔術師がすべての災い。罪を犯しておきながら王都追放処分を不服とし、自分を見捨てた貴族ばかりか無害な者たちまで奈落に引きずりこもうと――わ、私は止めたのだ。だが、脅されて」

「ティーナは、なぜ」

「ティーナ、あの娼婦！　あれは売女だ、魔術師と契り、奴隷とも交わり……好きなように殺せばいい、私はあずかり知らぬことだ！」

口を開く気力が失せた。醜い。人の心は、時にひどく醜い。

他人が自分を映す鏡であるというならこの醜さは、リスカ自身のものでもあるのか。

なんだかリスカは、疲れてしまった。

「リスカさん」

セフォーの淡々とした声だけが、いつもと変わらない。

「つかまっていなさい」

「セフォー」

「穢れしものは、消滅させましょう」

セフォーがかすかに笑った。

「なにもいらないのです」

すぐに表情を消した彼の左手から、大量の血が霧のように噴き出した。

その血が意思を宿した蔦のように絡み合い、ひとふりの硬質な剣に変貌する。

道理で剣の一本も持ち歩く必要がないはずだ。彼は自在に血を剣へと変えてしまうのだから。

小鳥はリスカの髪のなかに深く潜って、ふるふると震えている。リスカも半ば似たようなものだった。声が出ない。

目に映るのは、血色の地獄だった。

荷でも担ぎ上げるようにしてリスカの体重を片腕で抱えながら、セフォーが空気を乱すことなく軽やかに動いた。

軽く撫でるように翻る剣。断末魔さえも許さず、矢が駆ける速度をもって、広間中を血飛沫で赤く染め、騎士の首を切り飛ばす。華麗な剣舞だった。セフォーが舞うたびに花びらのような赤い血が狂い咲く。

セフォーは床を這う伯爵までも、情け容赦なく切り裂いた。すっと剣を掲げて閃かせた次の瞬間には、すでに伯爵は胴を切断されていた。

「セフォー」

ああ、あの本の記述になにも誇張はなかった。

死神閣下。破壊の王。彼は目の前にあるものすべてを打ち砕くのだ。

「セフォー、だめ、もうだめ！」

リスカは我に返って叫び、視界を塞ぐため強くセフォーの頭を抱えこむ。そうしないと、他人の命に価値を見出さない彼は止まらない。

「その男が、まだ」

フェイは両手をだらりと垂らしたまま、放心した様子で周囲を見回していた。

阿鼻叫喚の図の中央、五体満足なのはもはや彼だけなのだ。悪夢よりもまだ残酷な光景に、意識が追いついていない。

「フェイはだめ。だめなのです！」

「フェイ？」

名を呼んだことが閣下はどうも気に食わないらしい。

「やはりあなたは見ていない。肝心なものを見ていないのです」

「で、では、教えてください。セフォーは、私になにを見せたいのですか！」

「見せたい、のではない」

「セフォー」

「それほど」

「セフォ……」

「この男が」

「ま、待って」

「この男がよいのですか」

「なんの話です！」

目がくらむような血みどろの広間で、なにを話しているのだ！

「セフォー、彼は無抵抗です。武器をかまえてはいません。無抵抗な者を殺めてはならぬのです」

「その男は、別」

「別ではありません、無抵抗です！」

「しかし」

「セフォー、だめですか、私の頼みは聞いてもらえないのですか」

「あなたは、私の願いを聞いてくださるか」

「聞きます、なんでも聞きますから！」

「わかりました。無抵抗な者は殺めない」

渋々とだがセフォーは約束した。茫然自失のフェイを一瞥したあと、リスカを抱え直して、さっさと広間から退出した。

＊　＊

……約束通り確かに、無抵抗な者は殺めないつもりのようだった。

リスカは、時を置かずしてさっそく自分の言葉に首を絞められた。

海底に突き刺さるほど深く、自分が口にした誓いを後悔するはめになったのだ。

広間を出ると、外で待機していたらしい複数の騎士たちに遭遇した。

彼らは当然、血塗れの剣をぶら下げているセフォーを見て身構え、制止の声をかける。

セフォーは、行く先を阻む彼らを無抵抗な者ではない、と判断した。

神を讃えるはずの教会は、こうして、血を賛美する悪魔の城に変貌した。

歩くたびに築かれる屍。まさしく死屍累々のありさまだ。

リスカは、セフォーにしがみついたまま放心した。目を開けたまま失神したというほうが、より正確だった。

＊　＊

「セフォー、待って、待ってください」

リスカは恥も外聞もなく半泣きになりながら、先を進もうとするセフォーを引き止めた。

「なにか」

「お願い、戻って。ティーナが、ジャヴが、あそこに」

「あなたは」

セフォーは厳しい瞳で、必死な形相のリスカを見つめた。

「懲りぬ人だ」

＊　＊

なんだかんだ叱りつつ、ついでに濃厚な苛立ちの気配を漂わせつつも、セフォーは最終的にリスカの願いを聞き入れてくれた。

二人は、欲望の宴が繰り広げられていた快楽の部屋に戻った。

扉を開放した状態であったため、蕩けるような甘い芳香はすでに霧散し、意識せねばわからないほどに薄れていた。

だが、裸体のまま横たわる貴族たちはまだ酩酊状態で、生気のない虚ろな表情をさらしている。

「ティーナ、ジャヴ」

リスカはセフォーの腕から飛び降りて、長椅子にもたれたまま昏々と眠っているジャヴのところへ駆け寄った。

頼りない夜着を羽織っただけの彼の頬は、驚くほど冷たかった。一瞬、もの言わぬ屍と化したのかと勘違いし、動揺のあまり手が震えた。

……まだ、息はある。

ひとまず安堵して、ぎゅっと固く目を閉ざしたままのジャヴの頭を抱きしめる。手触りのいいさらさらした紺色の髪が、リスカの膝の上に広がった。

「ジャヴ、起きて」

催眠薬でも飲まされたのか、強く揺さぶってもジャヴは一向に目を覚まさなかった。唇にも頬にも血の気がなく、まるで蝋人形を抱いているようだ。

「平気です。彼はただ眠っているだけですから」

艶かしい柔らかな女の声に、リスカはジャヴの頭を膝に乗せたまま、振り向いた。

真紅の布を腰から下にかぶせていたティーナが、気怠げな様子でリスカを見ていた。

「シエル様が眠り薬を飲ませたのです。そのうち目覚めるでしょう」

恥じらう素振りもなく裸の上半身をさらすティーナの視線が、リスカを貫く。

「ごきげんよう、リカルスカイ様」

「ティーナ」

ティーナは儚く微笑み、細い肩にこぼれる髪を緩慢な動作でかき上げた。

彼女の腕に、欲望の痕跡である白い体液が付着しているのに気づき、リスカは思わず目を逸らした。

「浅ましいですか、わたくし」

苦笑混じりの吐息が耳に淡く届いた。

「……そんなことは」

「いいのですよ、はっきりおっしゃって。こんな姿、まるで娼婦のようですね。誰にでも身を任せ、誰にでも笑いかける。そういう穢れた者なのです。いいえ、娼婦は生きるために身を売る。わたくしは、ただ言われるままに身を差し出す。この世でわたくしほど、無価値な女が存在するでしょうか」

「自分を貶めてはいけません」

「ねえ、リカルスカイ様。わたくしの夫、ご覧になりましたか」

見たどころではない。先ほどセフォーが……殺してしまったのだ。

真実を説明する勇気を持てず、リスカは返答に窮した。

「あの人、死にましたのね」

リスカの顔色から、すべてを察したらしい。

「よろしいのですよ。いずれ、わたくしが殺そうと思っていたのですから」

平然と驚くべき言葉を口にして、ティーナは笑った。

「ふふ、おかしな顔をしていらっしゃる。自分の夫を殺そうと思う妻が信じられないのですね」

信じられなくて当然だ。

「醜悪でしたでしょう？　どうしてこれほど凡庸なのかと哀れになるくらい、愚かで浅薄な夫ですの」

笑いながら言われても、リスカは同意できなかった。

「あのような人だから簡単に騙され、都から追い出されるのですわ」

「だが、あなたの夫でしょう」

「ええ、夫なのです」

深々とうなずくティーナに、リスカは違和感を覚えた。

ひどく蔑みながらも、夫であることを決して否定はしていない。普通、痛罵するほど嫌悪が募っているのなら、伴侶である事実など隠したがるものではないだろうか。

「ねえ、真実をお知りになりたい？　なぜわたくしがこういう穢れた行為ばかり求めるのか。なぜ夫を殺したいと望むのか」

リスカは、誇り高い女王のような表情をじっと見つめ、「はい」と答えた。

「あなたが原因のひとつでもあるのですよ」

ティーナは優しげな口調でそう言い、どこか稚気のうかがえる目をリスカに向けた。

「わ、私が？」

なんの脈絡もなく自分が引き合いに出されたために、驚きのあまり膝の上からジャヴの頭を落としそうになった。いけない、ジャヴが死んでしまう。

思い当たる節などないが、無意識に犯す過ちというのもある。むしろ、災難と過ちばかりの人生のような気がする。微妙に動揺したリスカは助けを求めるつもりで、扉に寄りかかってこちらを静観しているセフォーへ顔を向けた。

ななななぜ、睨まれているのだろう!?

セフォーは年がら年中殺人的な眼差しをしているが、今はもう別格というか断然というか、その視線の冷たさは通常時と比べ、赤子と大人くらいの差がある、などとリスカは混乱の果てに、わけのわからないたとえを思い浮かべてしまった。いや、先端のえらく鋭利な氷柱《つらら》と丸い氷塊くらいの差、と言ったほうがいいだろうか。

リスカは祟《たた》られる前に素早く目を逸らした。

「すみませんが、なぜ私が原因となっているのでしょう」

「だって、あなたはわたくしの手を取ってくださらなかった」

「はい？」

「ジャヴの誘いを断ったから」

「は……？」

「ともに堕ちてはくださらなかったのですもの」

ともに堕ちてって、そんな無茶な。

「いつもそう。いつだってそうなのですわ。なによりも強く求めるものは、決して手に入らない。望まぬものばかりで周りが埋め尽くされて、わたくし、窒息してしまいそう」

「ティーナ、お待ちください」

「ジャヴもそうですわね。わたくしたち、本当に似た者同士なの」

「ええと、求めてくださるのは嬉しいんですが、私は、その……実は、性を変えていて」

「ジャヴが教えてくれましたわ。リカルスカイ様はわたくしと同じ性でございますのね。ですが、そのようなこと、些細な問題ではございませんか」

問題と思わないことが最も問題ではないだろうか。

リスカは言葉の意味を深く考えて、のけぞりそうになった。

「肉欲など実際はどうでもいいのです。ただ、手を取り肯定してくださるだけでかまわなかったのですわ」

艶事を重視しているのではなく、精神についての話をしているのか。

ジャヴも同じ？

リスカは視線をさまよわせ、なんとなく、ジャヴの髪を指で梳いた。

ぴ、と小鳥がもぞもぞ動き、リスカの髪のなかから顔を出した。

「あるとき、ジャヴに聞きましたの。砂の使徒と呼ばれる、魔力に欠陥を抱えた魔術師がいると」

〈砂の使徒〉という言葉に、リスカは軽く顔をしかめた。だがティーナの声に悪意はない。

「他者に蔑まれながらも己を立たせている者。どのような心の持ち主なのかと興味を抱き、会いたくなったのです」

「は……」

そういえば、ティーナは店に現れたとき、セフォーも側にいたというのに、真っ先にリスカを見た。普通の女性ならば、目立った特徴を持たない平凡なリスカよりも、外見からして華やかなセフォーにまず気を取られるだろう。

「憎く思いました、あなたを」

面と向かってきっぱり「おまえが憎い」と宣言されれば、結構傷つく。

ティーナはわずかに視線を逸らして、自嘲気味に唇を歪め、溜息をついた。

「とても憎くて、羨ましくて。あなた様には、あなただけを守る者が側におられる」

ティーナはぼんやりとした表情で呟き、ちらりとセフォーを見た。

セフォーは微動だにせず、傲然とリスカを睨み……いや、見つめている。

「わたくしのことなど、なにひとつ知らないくせに。それなのに、真摯《しんし》な目でわたくしを止めようとなさいましたね。憎いのです。苦しくてたまらない。なにも、なにも、わからないくせに、わたくしに、すべてを忘れて酔うことを許してはくださらない。わたくしは酔いたかったのです。快楽にではなく——愛というものに、いつまでも酔っていたかったのです」

愛の象徴のような美しい人から、愛を乞う言葉が吐き出されるのは、奇妙な気がした。

「お許しくださいね、最初にお会いしたとき、とりたてて気にするほどの者ではないと思いました。わたくしは安堵しました。けれども、魔術師だからかしら、あなたの目線は平民ではなく、わたくしと対等にありました。それでこう思ったのです。つまらない者なのに、わたくしにかしずかない。ならば崩してみせようと。穢したかったのですわ。あなたも暗い闇の底へ堕ちてしまえば、わたくしたちと変わらぬようになるはず。ジャヴも同様に壊したく思ったのでしょう。なのに、牢に監禁し、脅しても、あなたは一向に堕ちてくださらなかった。ゆえに憎いと申し上げたのです」

知らぬあいだにジャヴにも憎悪の対象と思われていたのですか自分、と半ば呆然と考え、リスカは本気で打ちひしがれた。

「けれど、嬉しいのです。なぜでしょう。こうしてあなたが来てくださること、とても嬉しく思うのです」

おかしいでしょう？　とティーナは首を傾げて微笑んだ。

「なにもおかしくはありません」

「おかしいですわ。わたくし、自分がおかしくて仕方がない」

「それは――悲しい、というのです」

「悲しい？」

「人は悲しいときにも笑うと、思うのです」

ティーナは華やかに笑いながら、両手で顔を覆った。

「ティーナ」

「嫌です、わたくし、なんて醜い顔」

リスカは、危うい言葉を紡ぐティーナの側に駆け寄りたかった。けれども、これほど冷たい身体のジャヴを床に放り出すこともできない。リスカの小さな手では、二人も支えきれないのだ。

「愛していましたの」

「ティーナ？」

「わたくし、夫を愛していました」

リスカは、しばし惚けた。

最後の最後まで自分の罪を認めずシエルに責任転嫁し、無様に悪あがきをしていたあの小男……ではなく、伯爵を、ティーナが？

普通逆では、と思うのが、偽りなき人の心というものだろう。

「ね、おかしいでしょう？　あれほどみすぼらしい卑屈な男を愛してしまうなんて。わたくし、愛など、よりどりみどりと勘違いしていました。手を伸ばせば望むだけ手に入ると。でも、木の枝になる果実とは違うのですね」

「ちょ、ちょっとお待ちください。ではどうして他の男性と」

「だって、わたくしの夫は、指一本触れてくれない！」

顔から笑みを消し、暗い激情が輝く目をしてティーナは低く叫んだ。

「夫がなぜ、落ちぶれたかご存知？　あの人、誤解したのです。わたくしが都城を守護する将軍と、密会しているなどと。そのようなことありえるはずがないのに。わたくしは夫を愛している」

「その、将軍とやらは」

「ええ、確かに、幾度か誘いの言葉をかけられましたが、すべてお断りしたのです。けれども夫は裏切られたと誤解して、逆上した。当時、将軍は皇帝の寵愛をいただいていた方。私怨による揉め事が公のものとなった場合、放逐されるのはどちらかなど、火を見るよりも明らかです」

「見せつけるためですか？　あなたが、他の方と、関係を持たれたのは」

「いいえ。わたくし、本当に馬鹿なの。最初に媚薬を使用したのは、そうすれば、夫が優しくしてくれると思ったのです。他の女性のついでででも、かまわないと思いました。でも、あの人、どれほど酔いしれても、わたくしには一切触れようとしなかった。美を謳われたこのわたくしに、決して触れようとは」

リスカは頭がぐらぐらした。

指先まで美しいティーナが、これほど伯爵を慕っているとは。

「あ、あの、シエル殿は、いったいどうして」

「ああ、シエル様。ふふ。可哀想な人。あの方、魔が差して、法王の財宝に手を出してしまわれたとか。たった一度の過ちで栄誉のすべてを手放すことになり、後ろ指まで差されるはめに。それまで彼と交流をもっていた貴族たちは、薄情にも皆、背を向けたのですよ。お仲間の魔術師も同じですわね。誰も彼に情けをかけようとしなかった。ご存知ですか、皆、扇の裏に妬みと蔑みを描くのです。高貴と称される者のあいだに、清気は吹かぬのですよ」

ティーナは疲れた顔で、静かに真紅の毛布を引き寄せた。それはとても孤独な仕草に見えた。

「ティーナ、顔色が」

「ねえ、腹上死って、あらゆる死のなかで最も滑稽だとは思いませんか？」

「え？」

「死は死であるのに、誰にも同情されない死に方。いえ、死後でさえ、他人に笑われるでしょう」

確かに、あまり褒められた最期ではないが。

「王都から閉め出されたシエル様は、落ちぶれていくご自身の姿に耐えきれなくなったのでしょう。そしてお心を失い、自分を見捨てたこの国に恨みを募らせて、復讐しようとお考えになったのよ。

最も屈辱的な死に方をさせてやろうと、そう思って、最初は魔術師たちにあの媚薬を広めたそうです。魔術師って、本当に背徳的なものに目がないですものねえ」

ううむ、指摘通り倒錯的な者が多いが……どうしても、性的なものと魔術は結びつきやすいのだ。

「そうして、退屈な日々に飽いた多くの貴族までもを巻きこみ――夫と出会ったのです」

「ジャヴは」

「誰より哀れなジャヴ。師のためにと一切合切を投げ捨てて追ってきたというのに、決して振り向いてはもらえない。愛するがゆえに告発もできず、離れることも裏切ることもできない。慕えば慕うほど、疎まれるなんて」

似た者同士の二人――そういうことか。

「死に至る媚薬を作ったのは、シエル様。でもねえ、すべてがすべて、死に至るわけではないのです。十のうち、九は安全なもの。でもたったひとつ、本物の死が紛れている。わたくしたち、そういう遊びをしていたのです。いつか死を当てる、そんなことを考えて毎日毎日、愚かな真似を」

「たったひとつ？」

「ええ。お考えくださいませ。媚薬のどれもが死に至るとなれば、誰も警戒して手を出さないでしょう？　十人のうち、九人は無事。運の悪い一人だけが死ぬ。人は、そういった危険なものに惹かれるのです」

「当のシエル殿まで、遊びに加わっていたのですか？」

「あはははは！　本当におかしいわ！　あの方、夫と手を組んで、最終的には媚薬を他国に売ろうと考えていたのですよ」

　他国に――？

「戦時中の兵がどこに身を寄せるかご存知？」

「……血は、人の神経を昂らせますね」

「そうです。生死の狭間に立つと人は本能的な行動に走る。兵が戦時下において女性を求めるのはそのためでしょう」

　戦いに疲れた兵の多くは、癒しを求めて女のもとに潜り込む。娼館の繁忙期は戦時中に訪れるという。

「死に至る媚薬を娼館に手配し、兵士にばらまくつもりだったのですね」

「ええ。標的となるのはもちろんこの国。現在のリア皇国は、争いの絶えぬ国。そして他国が最も関心を示す閉ざされた国。内側から、最も屈辱的な手段で崩壊させること。それが復讐というものです」

　なんという馬鹿馬鹿しくて、狂気めいた策略なのか。

「わかりました。あなたやジャヴは……遊びと称して、みずから実験台になったのですね」

「察しのよいことですね、リカルスカイ様。まだ試薬の段階でしたのよ。この媚薬、一般の者には見分けがつきませんが、魔術を知る者には、気づかれてしまう」

「ジャヴは罪とわかっていても、シエル殿の役に立とうとしたわけですか」

「そうです。でもわたくし、知っていますの。本当はシエル様に、この国を裏切るほどの度胸はないのですわ。すべて絵空事。皆、好き勝手な妄想のなかで、それぞれの夢を叶えていたにすぎないのです」

地下牢に幽閉された下働きの者たちは、おそらく伯爵の思惑に気づいたか、あるいは実験台になったのか。

「ねえ、夫は死ぬ間際まで無様でしたか？」

リスカは答えられない。ティーナがどういった返答を求めているのか、予想できなかった。

「無様であってほしいの。そうでなくては、わたくしはあまりに惨めだと思いませんか？」

そうなのだろうか。そういうものなのだろうか。

リスカは心の底から困惑した。本当にわからないのだ。

「正しい答えなどいりません。安らぐような嘘のほうが、どれほど尊いでしょうか。わたくしにとってこの現実は、冷たく、硬く、無情なものでしかありません。尖った氷ばかりがあたりに敷きつめられている。歩いていけば、足が潰れ、血塗れに」

ティーナの言葉は、リスカの過去をまっすぐに貫いた。嘘に救いを求める気持ちを知っている。だが、ここで認めてしまうわけにはいかない。それだけは。

「歩きたくない。痛くてたまらないわ」

心細い声だった。

「わたくしは、どうしてこんな生き方を選んでしまったのかしら」

答えられない。正しい答えがわからない――いや、彼女にとってどんな優しい嘘が必要なのか、わからない。

「もうずっと、夜明けも夜更けもただ切なく、春も冬もただ暗くて」

毛布のなかで、ティーナが寒そうに身を縮めた。

「生きようとすればするほど、醜悪になっていく」

「違う、醜くなど」

「だから夫も振り向いてはくれなかったのね」

「そんなことは」

「涙するほどの、叱る言葉で鞭打たれたかった」

「ティーナ」

「そうしたら、どんなに幸福だったでしょう」

「ティーナ、聞いてください」

「心をもって見つめても、心でもって弾かれる。なぜ？」

「それは」

「心が金貨で購えるものなら、愛が花のように摘めるものなら、胸を潰すような苦しみを知らずにいられたでしょうに」

「ええ、でも」

「ねえ、わたくしは誰にも必要とされぬ者かしら？」

「いいえ、いいえ」

「ではどうして、温もりある場所にとどまることが許されないの?」

リスカは口を閉ざした。ただたどしく言葉を重ねるティーナの顔を、見ていられない。

「とどまれる場所すらない。ならば、こうして愛によく似た淫らな夢に酔い、狂う以外に方法がありましょうか」

ティーナの問いかけは、リスカの胸にも大きな穴を開けた。自分も迫害され、とどまれる場所を探してさまよっていた。

「救済など、福音など知らない。いいえ、清きものなど、欲しくはない。わたくしは、そう、ただ、手を、この心を、温めてほしかった。馬鹿な望みですね」

「ティーナ」

「嬉しい。わたくしを愛称で呼んでくださる。夫は呼んでくれないの」

「……ティーナ」

「わたくし、やはり醜いわ。本当にどうしてこんなことになったのでしょう」

「あなたは、誰よりも美しい人です。真の美しさとは、穢れのなかでも失われない」

なんて無意味な賞賛だろう。リスカは唇を噛み締めた。

「美しいですか? わたくしをまだ、美しいといってくださる?」

「何度でも。ティーナ」

「嬉しい」

ティーナは、か弱い少女のようにはにかんだ。

「美しいと言われると、わたくし、愛されているような気になるの」

「はい。恋人として……ではなく、友として、愛を分け合うことはできると思うのです」

リスカとティーナでは、身分に大きく隔たりがあるが。

「よかった、わたくし、ねえ、夫よりも幸せに死ねるのですね」

「死ぬ？　あなたが死ぬ必要が、いったいどこにあるのです」

リスカは憤然とした。

思い返せば、ティーナには酷い目に遭わされたかもしれないが、これほど悲しい話を聞いてしまえば、恨み言など吹き飛ぶではないか。

恋愛感情などなくとも、今のリスカにとって彼女は守りたい対象の人となっている。

「友として、わたくしは愛を今、得られました。これはきっと確かなものですね？　リカルスカイ様、嬉しい」

ティーナの白い顔を凝視する。苦しそうには見えない。

――だが、なにか不自然だ。

「ティーナ？」

リスカはわずかに躊躇い、ジャヴを床に降ろしてティーナへ近づこうとした。

「来てはいけません。あなた様にはジャヴを救ってほしいのです。わたくしは、もう十分」

「どういう意味です」

「ジャヴから離れないで。どうぞ温めてあげて」

「どういうことです」

リスカは混乱して叫んだ。

沈黙していたセフォーが音もなく近づき、なんの断りもなく、ティーナの身体を隠していた真紅の毛布をはぎ取った。

「せ、セフォー！」

セフォーの行為に非難の声を上げかけて——リスカの視線はティーナの腰に釘付けとなった。

短剣が、ティーナの腰に突き刺さっていた。

刃が致命傷となるほど深く、白い肌の奥に埋まっている。

「——！」

リスカは目を疑った。いったいなんの悪ふざけなのかと、不安を押し殺してティーナを睨む。悪ふざけであってほしい、どうしても。

「なんの冗談ですか、これは」

ティーナは会話を続けているあいだ、ずっと腰に毛布をかけていた。

だが、まさか短剣が身体に突き刺さっているとは夢にも思わなかった。単に、下半身を隠しているだけだろうと軽く考えていた。

だいたい、こんなに出血していながら、平然と話し続けることなど、普通は不可能だ。

「リカルスカイ様、わたくしには、二人も魔術師の友人がいたのです。痛みを封じる薬くらい、いくらでも手に入ります」

「自分で刺したというのですか！」

「まさか」

「では！」

いったい誰が、と言いかけて、リスカは口を噤《つぐ》んだ。

「夫です」

曇りのない笑顔でティーナが答えた。

リスカは慎重にジャヴを床に降ろすと、急いでティーナの元へ駆け寄った。セフォーが手を伸ばして遮ろうとしたが、普段では到底できないような乱暴な仕草で振り切り、ティーナの肩を掴む。

「来てはいけないと言いましたのに」

リスカをいさめながらも、ティーナはどこか慈しみが込められた嬉しそうな表情を見せた。息がつまるほど澄んだ目だった。

「どうして早く言わなかったのです！」

怪我を負っているのならば、無理に長話などさせなかったのに！

なぜ血の匂いに気づかなかったのか、死ぬほど悔やまれる。散々血の匂いを嗅いでいたせいで、おそらく嗅覚が麻痺していたのだ。救助に駆けつけてくれた事実に深く感謝するべきとは重々承知していたが、降り注ぐほど騎士の血を流したセフォーを、リスカは少し恨んだ。

「あきらめなさい」

いつも通りの平淡な、短い言葉。

「その者、すでに魂を手放している」

「どこが！　どこがですか！　まだ生きて、話をしている！」

「リスカさん、よく見なさい」

何度言われたことか。リスカは見ているようで、なにも見ていないと。

こういうことなのか？

「その者は死を望む。手出しはならないのですよ」

「手出しとはなんです！」

ティーナは困ったように微笑した。

「いいのです、このまま死にたい。幸福のまま死ぬのです」

「幸福とは、生のなかに見出すものです」

「ええ——最後の最後に、わたくしは得た」

どうしてティーナとセフォーは、こうも落ち着いていられるのか。

ぴぃ、と小鳥がティーナの首筋に舞い降りた。自分だけがなにも理解できず浅慮である気がした。

「まあ、白い鳥。わたくし、本当に恵まれているのね。聖なるものに導かれて、眠れるなんて」

リスカは身を小さく震わせた。こんなに普通に、ティーナは話しているではないか。

なのにどうして、儚い顔をする！

「セフォー、お願いです、彼女を店に！」

「連れ帰っても、間に合いません」

「花を、治癒の花を！」

緊急用に隠していた花びらがまだあるかもしれない。リスカの花ならば傷を癒すだろう。

命さえ失われていなければ、リスカの花は力を注ぐのだ。

枯渇する命の泉に、生気を注げる。

「リスカさん」

「花を！」

セフォーは静かに首を振った。

「どうして!?」

砂の使徒は本来、大きな力をその身に宿すという。

使えないではないか。必要なときに、なにもできないではないか。

奇跡は、絶望の最中に起こるからこそ、奇跡ではないのか！

一度くらい、奇跡に縋ってもいいではないか!!

「一度くらいっ……」

なんのための魔術だ。友一人救えないのなら、なんのために宿る力だというのか！

「リカルスカイ様」

ティーナの白い華奢な手を、リスカは両手で包む。ティーナよりも、自分のほうが震えていた。

花がないと、力は使えない。どうあっても魔力を放てない。

――無力！

おぞましいほど自分は無力だ。汚らわしくて、吐き気がする！

「ねえ、わたくし……」

握った手に額を寄せるリスカを見て、ティーナはにこりと笑った。

ふう、と柔らかに吐息を漏らし、神聖なほどに澄んだ紫色の瞳でじっとリスカを見る。

その目は、とても満ち足りていた。悲しみも孤独も超えた穏やかな眼差しだった。これほど美しい人がいるだろうか。

「もう眠りますね」

おやすみなさい。ティーナはあどけなく囁いた。

ぞっと全身が粟立った。

いけない、いけない。死はだめだ、友だと認めるのならば死んではならない。

リスカは呆然とした表情で、ティーナの頬を両手で包む。

まだほんのりと温かいのに、虚ろに開かれる目が不可解だ。

「ティーナ？」

「リスカさん」

セフォーに名を呼ばれたが、リスカはティーナから目を離せなかった。

目を逸らせば、その瞬間にティーナが旅立ってしまう。

リスカは懸命に命の欠片を探している。

温めればティーナの心は肉体に戻るだろうかと、再びその白く華奢な手を握り締める。こうして離さずにいれば、失わずにすむのではないかと。

「死者を呼び戻してはなりません」

「セフォー」

「あなたがここへ来たときにはすでに、この者の肉体は壊れていた。魂の残滓が、あなたに語っていたのです」

「けれど」

「幸福だと言っていた。それでいいのではないですか」

リスカは、平然と放たれる言葉に怒りを抱いた。

「セフォー。あなた……知っていたのですね。彼女が傷を負っていることに、気づいていたのですね！」

「はい」

臆面もなく肯定された。

「なぜ!!　なぜそれを早く言わない！　ここに花がなくてもどこかへ運べた!!」

リスカはかっとして叫んだ。もはや自分でも制御できない怒りだった。

「間に合いません」

「誰がわかる、そんなことは！　あなたは神か!?」

「いいえ」

「ならば！」

「伝えて、どうなるのですか」

「な――」

愕然とするリスカの腕を、セフォーは強く掴み、引っぱった。立ち上がるよう強要される。

ティーナの繊細な身体が、リスカの膝から落ちた。繋いでいた手が離れ、絶望感で一瞬、目の前が暗くなった。まるで命の糸が断ち切られてしまったようだった。

「嫌っ、セフォー、離しなさい！」

「死者にいつまで引きずられるのです」

「あ、あなたになんの関係が!!」

冷たい眼差しだった。この人に、慈しみの心はないのか。なぜこれほど冷酷になれるのだ。

「冷酷、冷酷と言いますか。ならば先ほどのあなたは？　死を悼むのならば、私が他の者を殺めたときにも、今と同様、罵るべきだった。なぜこの女だけが特別ですか」

痛烈な指摘に、返す言葉もなくリスカは唇を震わせた。

そうだ。リスカは騎士や伯爵が殺されたとき、単に哀れと感じただけだ。

心に触れたティーナだからこそ、死んではいけないと懸命に願うのだ。

リスカは人の死を、平等に扱っていない。差別にあれほど苦しんできた自分がだ。

今のリスカに、セフォーを糾弾する資格はない。

騎士たちの命がリスカにとって大事ではないように、セフォーにとってティーナの命は価値がな

い。

どちらも、違いなどないではないか——。

全身から力が抜ける。

恐ろしいものを見た。その恐ろしいものは、自分の胸のなかにある。

「私は……」

言葉が続かない。リスカはもうなにも、語る言葉を持っていない。


「リスカ、帰りましょう」

帰る？　どこへ？

「どこかに」

どこか。そんな場所、知らない。とどまれる場所なんて——。

深い失意に頭を垂らし、目を閉じたときだった。

「——俺の屋敷に、来るといい」

突然、苦渋に満ちた声が割りこんできた。フェイだった。

第六章

【1】

フェイの提案を、リスカはありがたく受け入れた。

理由のひとつに、未だ目覚めぬジャヴを守らねばならないということがあった。

リスカの店に連れ帰ったのでは十分な看護ができない。治癒さえままならぬ術師が側にいるよりも、腕の確かな薬師を呼べるフェイの屋敷で静養させたほうがよほど彼のためになる。

もうひとつ。リスカを救出するためだったとはいえ、セフォーはいくらなんでも騎士を殺害しすぎている。問題が解決しないうちにおめおめと店に戻れば、フェイ以外の騎士が彼を捕らえにくるだろう。

よってリスカたちは、フェイの庇護《ひご》の下でしばらく身を潜ませることにした。

＊　＊

ティーナの死から、三日が経過した。

祭りは最高潮に達しているようだが、人目を遮るべくフェイの屋敷に居候しているため、不用意に町の中心部へ近づくことはできない。遠く響く歓声を、憂鬱な気分のまま聞くばかりだった。

　フェイはオスロルの高級住宅地でも、とくに広大な敷地を有する貴族らしかった。感嘆の声が漏れるほど豊かな土地だったが、そこに建てられている屋敷は彼が管理する別邸のひとつにすぎないのだという。

　隅々まで手入れの行き届いた庭園には小さな泉があり、茶会用に作られた小広場もある。

　精霊の木として知られる常緑樹サリコリが塀に沿って並んでいるので、外の様子は、無数に伸びる枝に遮断されてうかがえない。

　青々とした葉を垂らすサリコリは、鮮やかな西日を浴びて、茜色に染まっていた。

　黄昏時は好きではない。リスカは精霊の木を染める激しい光の色を眺めながら、ふいに思った。

　魔が差す、という表現はいつも、夕日の色を隠し持つ。

　最も人の背後に長く濃く、影が作られる時刻のために。

　リスカは、ぶらぶらと庭園を散策した。

　フェイは残務に追われているようで不在だったが、屋敷に通う下働きの者を厳選し、最小限の人数に減らしてくれたので、こうしてうろついていてもリスカの行動が咎められることはない。

　口を挟むとすればただ一人。この世の常識という常識を、片手で覆す剣術師のみだ。

　天へと腕を差し伸べている典雅な天使の像を中央に据えた噴水の前で足をとめ、ふと顔を上げたときだった。

噴水のふちを囲っている淡い色合いの石段に、セフォーが腰をかけていた。

相変わらず神出鬼没である。普段は溢れ返りそうなほどの威圧感があるのに、こういったときには微塵も気配を悟らせないのだから、大したものだ。

セフォーは白銀の髪を、結い上げず肩に垂らしていた。サリコリの葉のように、西日を受けて赤く染まっている。

フェイが見立てたものなのか、彼が身に纏っている衣装は、呆気に取られるくらい豪奢《ごうしゃ》だ。貴族どころか王族並みの華美さである。一般の感覚で言えば、単なる客人に与えられる衣服ではない。も、もしや、フェイはかなりの爵位を持っているのでは、と嫌な考えが浮かんだ。

黒に近い紺色の長衣は、腰の位置で月色の帯が巻かれていた。なんといっても、首飾りが凄い。幾重にも連なる銀の鎖部分には細やかな細工が施されており、所々に見事な宝玉が埋められている。両手首に腕輪もしているし、長靴の踵部分にも、革帯ではなく華やかな銀製の鎖が巻かれていた。

さすがは閣下、実によく似合っている。

このまま王城に乗り込んでも違和感を覚えないだろうが、そこはやはりセフォーというか、魔城から現れた冥界の王、と言ったほうが断然相応しい気がする。リスカの妄想が激しすぎるだけなのか。

いやいやなにより、セフォーがこの絢爛たる衣装を、不平を零《こぼ》さず素直に着用したという事実が驚異だ。むろん、侍女か誰かが着せてくれたのだろうが……その侍女、心臓を悪くしなかっただろうか？　この懸念、セフォーに見蕩れて、という意味ではなく魂が凍えるような恐怖で……などと無礼な考えを抱いてしまったことは、本人には決して言えない。

美形なのだけどなあ、とリスカはなぜかしらおかしくなる。美よりも威である。おもしろい人だ。

顔半分を覆う入れ墨までもがひとつの装飾に見えるほどだ。

視線さえ合わせなければ、じっくり観賞するのは楽しい。

といささか不躾な感想を抱いていると、セフォーがちらりとこちらを見た。

リスカは困惑と後ろめたさを感じた。

フェイの屋敷に滞在させてもらってから、セフォーとはさりげなく距離を置いていた。

この数日のあいだに起きた一連の出来事を、リスカはまだ消化できていない。納得できない感情が胸を塞いでいる。

とはいえ、近い距離で視線を交わしておきながら無言のまま立ち去るのは、さすがに大人げない行為だとも思う。

セフォーはいつものように感情に乏しい顔をして、じっとリスカを見た。髪同様、銀色の瞳に、夕焼けの色が溶けている。

夕日の色を宿した彼の目の奥にも魔が潜んでいるのかと、リスカは詮無い考えを抱いた。

さわさわと風が木の葉をそよがせ、小さく逆巻いて、天へ駆けた。リスカはわずかに乱れた髪を押さえ、セフォーから視線を外した。

侍女が呼びにきてくれないだろうか、と他力本願な祈りを捧げてしまう。

「私を」

やはり、な端的言葉。

リスカはうつむいたまま、セフォーの言葉を聞いた。

「疎ましいと？」

こちらが避けていたことは、とうに察していたようだった。

疎んじていたわけではない。ただ、忌憚《きたん》なく言わせてもらえば、セフォーの態度に少しばかり腹を立ててはいたのだ。ティーナを……冷淡に突き放し見殺しにしてしまったこと。理不尽な怒りだとは十分承知しているが、感情は理性で割り切れないものと決まっている。

リスカは心のどこかで、セフォーに甘えていたのかもしれない。

傷を負った現実に癒しをもたらすのではなく、叩き壊して、予測不可能である新たな未来を生み出してくれるのではと、期待をした。

都合のいいことだ。利用しているのとなにが違う？

そういった後ろめたさ以外にも、じくじくと痛む気持ちがある。ティーナが息を引き取ったときにセフォーが放った言葉は、リスカにとって苛烈すぎた。真実ゆえに、辛いのだ。

「リスカさん」

催促するように名を呼ばれた。しかし、感情が整理できない状態で近づく気にはなれなかった。

「わっ」

いきなり抱え上げられて、噴水の石段に座らされる。

「セフォー！」

抗議したが、やたらと着飾った華麗な姿の閣下は、生意気にも聞く耳をもたないようだった。

リスカを逃がさないためなのか。真正面に立つと、リスカの身体を挟みこむようにして石段に両手をつき、視線を合わせてきた。

ひ、卑怯な、とリスカは恨めしく思った。

「まだあの女のことを?」

「そんな言い方は!」

セフォーは物言いがひどく冷たいのだ!

目隠しをして断崖から飛び降りるとき以上の勇気で、セフォーを睨んでみた。一秒ももたなかったが。

「わ、私は、とても弱くなった!」

言うまでもなく、八つ当たりである。最悪である。

だが本当に自分は、セフォーと会ってすこぶる弱くなった気がする。

一人では越えられない壁にぶつかってばかりだ。

「私は強いです」

と、あっさり返り討ちにあった。

ううう無神経だ傷口抉った信じられない!

リスカは内心で激しく喚いた。口には出せないのがリスカだ。

「それがなにか?」

こうも淡々とした無感動な声で言われると、なんでもありませんよええ、としか答えられない。

この人に普通の感覚を求めてはいけないのだと改めて確信した。虚しい。

「あなたは、いつも私を見ない」

なぜか恨み言まで言われる始末……うむ？

「あなたのなかで、私は価値がないのですね」

笑いもせずに言われると、妙に気になった。

「セフォー？」

「他の者は追っても、あなたは決して私を追わない」

リスカは息を殺した。なにかまた心が軋みそうな話になってきた。

「憎悪、執着にかかわらず、私は追われる立場にいた。ゆえに、己とはどのような意味であっても、人に追われる者と認識していた。だが、あなたは、あなただけは、私を追わぬ」

なにを言いたいのか――。

「あげく、私が追うとは。私が」

セフォーは一旦視線を外した。

リスカは次第に恐ろしくなってきた。威圧感に対する恐怖ではない。ティーナと会話を交わしたときに抱いた孤独感や疎外感。リスカには理解できない感情の話に、恐れが募る。

「あなたは誰を必要としていたのです」

「セフォー」

「誰を見て、なにを求めた？」

「い、嫌」

「なぜ」

「嫌です！」

リスカは耳を塞いだ。

「答えてください」

セフォーは、逃げようと身じろぎするリスカの両手を掴んだ。

「私を責めて、おもしろいのですか！」

「おもしろい？」

「私が過ちを犯す姿を見て、あなたは楽しいのですか！」

「私が、楽しいと？」

痛いほどの力で腕を束縛され、リスカは喘いだ。

「離してください！」

「不愉快です」

「なにをっ」

「不愉快だ、許せぬほど」

乱暴な手つきでぐいっと髪を鷲掴みにされ、リスカは一瞬目の前が真っ白になった。

「痛っ」

「あなたは本心で、なにを望んだのだ？」

リスカを見据える銀色の瞳に強さが増した。

――読心術！

信じられなかった。セフォーが、心に手を入れて、荒そうと――！

気づいた瞬間、身を焼き尽くしてしまいそうなほどの激しい怒りが目覚めた。

これほど酷い仕打ちが、あるだろうか。

ジャヴもシエルも、そしてセフォーまでも皆、勝手に人の心を暴こうとする。

そのくせ、憎い、許せない、とリスカを糾弾するのだ。

彼らは自分のことなどなにも教えてくれないくせに！

「セフォー、嫌です！」

「ならば言いなさい」

なんて勝手で傲慢な物言いだろう。

「嫌です、もう、もう、わからない！」

「なにがわからぬのです」

リスカは無我夢中で、セフォーの腕から逃れようとした。

後ろは噴水だ。体勢を崩して落ちそうになるところを、セフォーに助けられた。

あわや濡れ鼠と化すところだったリスカは、命綱に縋る勢いでセフォーの胸にしがみついた。

それでも心を守るように身を固くし、拒絶を訴える。

「だって、わからないのです。なぜですか。ティーナはなぜ、死なねばならないのです。幸福だと言いながらなぜ死にたがる！」

「リスカ」

「私にはわからない。なぜ皆、あれほどまでになにかを求める？　狂うほど貪欲に、なぜ、求めることができる！」

無理やり顔を上げさせられた途端、涙が溢れた。

「愛とはいかなるものです。セフォー」

リスカが知る愛とは、慈しみだ。

たとえば——そう、地下牢に監禁されていた者が、見返りなくリスカに水を与えてくれたこと、その行為が愛と呼ぶに相応しいものではないのか。

ティーナのように憎しみをまとい、自身を破滅させるものまで愛というのか。

他人を傷つけ、自分まで血に塗れる狂気すらも、愛おしさの結晶だと？

「正しい愛の姿とは？」

「リスカさん」

「わからない、どうしても私には理解できない」

リスカはただ、真実を知りたかっただけなのだ。

ティーナの行動の意図、ジャヴの言動の行方。それを知りたかった。

だが、いくら彼らの歩んだ軌跡を辿っても、リスカには、真実を宿す心が見えてこない。

「私は術師です。術師とは、理知の目をもって真理を求めるもの。だから知りたかった。それなのに、得体の知れぬなにかが見えてくる。だが、見えても、それは曖昧な残像でしかない。私が望む真実の姿ではない！」

気味が悪かった。人の心の深淵に渦巻く暗い熱情が、闇のなかで蠢く魔物のように恐ろしい。

ぎゅっとセフォーの胸を掴む。溢れる涙で、顔が見えない。

……見えないから、真実が遠ざかるのか。

「望まぬものしか見えないのも、仕方がない」

冷酷な、どこまでも静かな声だった。失望に似た感情を覚える。

「他者の心理は、あなたの真理とはならないから。だが、あなた自身の心理は、真理に変わる。ゆえに、他者の心をいくら覗き見ても、あなたは納得できないのですよ」

リスカは嗚咽《おえつ》を漏らした。言葉はどこまでも、リスカの心の表面をかするのみだった。

人とのかかわりを避け、自分の心からも目を逸らし続けた罰なのだろうか？

だがそうせねば、今のリスカは存在しない。

異質な存在だと、役には立たぬと、皆に指を差され、侮蔑も受けて、その悪意の沼から這い上がるには、痛みに気づかないよう背を向けるしか方法がなかった。

だからこそ、リスカはことさら慈悲や慈愛を重んじてきたのだ。

それがここへきて危うくなった。ティーナやジャヴの抱いた愛によって、リスカの信念が覆されそうになっている。

「では、セフォー。私は、私には、埋められない欠陥があるのですか。術師としてだけではなく、人としても駄目なのだと⁉」

人として欠けているからこそ、魔力が花咲かないのか。

嘘のように涙ばかりがぽろぽろと溢れる。

あんまりだ。これでは、あんまりではないか。

「リスカさん」

リスカは顔を上げられなかった。涙を踏み潰すように、瞼もきつく閉ざした。

「目を開けてください」

ゆるゆると首を横に振る。その拍子に涙が散り、頬を転がり落ちた。

ふと、小鳥が甘く啄《ついば》むような優しさで、額に柔らかな感触を与えられた。

「リスカさん」

あやすように何度も名を呼ばれ、リスカはようやく瞼を開いた。

今度はこめかみに、柔らかい感触が与えられる。

頬に、瞼に、目尻に、睫毛《まつげ》に。

繰り返し、繰り返し、唇が落とされる。かすかな吐息を、セフォーは漏らした。

頬を指先で丁寧に愛撫され、視線を合わせるよう促される。

「愛とは、焦がすもの、焦がれるもの」

言葉とともに、こぼれる涙に口づけられた。

「世界よりも、世界に在る唯一の者を、抱くこと」

冷淡な声音なのに、どこか甘い。リスカは、ぼうっと銀色の瞳を見返した。

「深海のような夜の底へ、月の光を捧げること。花の在処を教えること。そして、美しいという言葉を、口にすること。憎しみか慈しみかと、論じるものではないのです」

「セフォー」

「だから、愛とは――リスカ、あなたです」

「あ」

「そして、あなたを映す、私です」

見ているようで見ていなかった銀色の瞳が、ふわりと蕩けるように細められたのがわかった。

「わ、私、私は」

紡ごうとした言葉は、そっと指で覆われた。

「いいのです。あなたは、あなたの時間のなかで、真理を得てください。私が急いでも、あなたは急がなくていい。愛とは、己の知らぬうちに芽生えるものなのです。今はわからずとも、ある一瞬に知る。いつか、稲妻に貫かれるように、これが愛であると、あなたは理解するでしょう。視線のなかに、温もりのなかに、吐息のなかに、目には映らぬ熱情を、あなたは感じるでしょう」

抱きしめられて、甘やかされている。

リスカはどこか呆然としたまま、瞬いた。

「そのとき、世界はどれほど輝くことか。花は咲き乱れ、風はなにより甘く香る」

瞼に何度も口づけられた。唇から伝わる体温に、ひどく胸がざわつく。

「私はあなたを追ってしまった。追われるのではなく追う立場に。ゆえに、私はどれほど強くても、あなたに負ける。あなただけが、私に勝つのです」

リスカは少しずつ意識がはっきりしてきた。

まるで睦言のようだと気づいたのだ。

「――せ、セフォーっ」

激しく瞬くリスカの目の上に、また口づけられる。

「あ、ああああ」

愕然、というかなんというか。背を撫でられ、そしてするりと髪のなかに指を入れられて、深く引き寄せられる。びりびりと、よくわからない痺れが背筋を走った。思わずのけぞりそうになるところを、優しいがとても強い力で止められる。

「あなたが口にするのなら、どれほど陳腐な戯言でさえ私は宝石以上の輝きを見出す。そしてこの滑稽な考えすらも、神聖だと信じてしまうのだ。リスカさん――愛とは、人を愚かにさせるのでしょう。いえ、みずから愚かになりたがるのでしょう」

熱い、とリスカは思った。言葉は火の熱さで心を焼いた。

この熱さ、リスカは知らない。

「セフォー、もう、お願いだから」

「あなたは甘い香りがする」

もがいても、振りほどけない熱情に、リスカは震える。

「セフォー、もう」

「ねえ――」

耳元でくすりと笑われた。溜息のような浅い息に、ふわりと首筋を撫でられた。

「私、あなたの奴隷になりましょうか？」

リスカは一瞬、真っ白になった。

「あなたの指だけが、私を殺し、従わせるのです」

「え、ああ、え、うあ」

見開いた目に映るのは、星のように輝く銀色だ。自分の一部であるかのように、近い。

リスカは混乱しながらも、瞼や頬へ飽きずに繰り返される口づけを止めた。指先で、軽くセフォーの唇を押さえる。

「ま、待って、あの」

その指も甘噛みされて、リスカはおろおろした。驚くほど柔らかな濡れた唇の感触に、めまいを起こす。冷たいはずの氷の瞳が、なぜこれほどにも凄艶に映るのか。

ああ、本当に、こんなにも、こんなにも、この人は艶かしいのだ。あでやかな表情を隠し持っていた人なのだ。

「言わなければならないことが！　わ、私は、セフォーに嘘をついて。結界用の花が、なかったのです。だけど、それを、あなたに伝えれば」

ふっとセフォーが微笑んだ。

唇の端にちょんと口づけられて、リスカは再び硬直した。

「もうよろしいのです。あなたが不必要なほど余計な気を巡らせる面倒な人であることは、十分思い知りました」

なんだか微妙に恨み言を言われているというか、さりげなくけなされている気がした。

涙はいつの間にか止まっている。これほど抱きすくめられると、もはや泣いている場合ではないとさえ思う。

なにも解決していない気もしたが、荒れていた心は不思議と静まっていた。いや、別の意味で心拍数は激しく上がっていたが。

この状態をどうすればいいのか。あわあわとセフォーの服を掴み直し……リスカは青ざめた。

「あああっ!?」

なんとしたこと、いかにも高価そうな首飾りを、ぶちっとちぎってしまったのだった。

「あっ、あ、セセセセフォー」

甘い余韻はどこへやら。

どうしよう、フェイにどう言い訳すれば……! あくまで言い逃れる術を考えるリスカだったが。

「本物の宝石は必要ない。すべて水に沈めてしまいましょう。そのかわり、あなたの言葉で私を飾ってください」

セフォーはなんと、首飾りも腕輪も躊躇いなく噴水のなかに投げ込んだ。

リスカは迷った。言葉に驚くべきか、水没する宝石に驚くべきか。

祭りの夜は、娘も若者も身を飾るという。

恋の炎で、鮮やかに。

――恋?

恋!?

なななな に!? とリスカは激しく心のなかで吃《ども》った。

「ねえ、リスカさん」

「あ、うう?」

「時々でかまいませんから――」

放心するリスカの手に指を絡めて、とどめの一言。

「私を、追ってくださいね」

＊　　＊

放心状態のリスカを置いて、時間はどんどん経過し――。

気がつけば、すでに夕食も終えていた。

なにを食べたのか、さっぱり記憶にないが、満腹になっている事実を考えると、しっかり夕食はとったらしい。

本能は偉大だ……と感心するリスカの前には、繊細な硝子製の杯につがれた食後酒が用意されている。

酒の誘惑に溺れかけながらも視線がつい横に流れてしまうのは、もうリスカの意思では止められないことだった。なにせ、草木も凍る真冬のごとき無表情をはりつけた閣下様が隣におわす。

ちなみにだが、セフォーの前には酒杯ではなく果汁の飲み物が置かれていた。意外なことに下戸であるらしい。

リスカは今度こっそりお酒を飲ませてみようかなと妄想しつつ、頭の上で羽を休めている小鳥を膝へ移動させ、木の実のかけらを食べさせた。小鳥が嬉しそうにぴぴと鳴いた。癒される。

和んでいる一人と一羽が憎らしいのか、時折セフォーが鉄槍のような殺傷能力ありすぎる目を寄越し、小鳥を指先で弾き落とそうと地味な攻撃を仕掛けてきた。

悪い人だ。目を吊り上げてリスカが止めると、実に意地悪い微笑を見せ、髪やら目尻やらに性懲りなく口づけてくる。そのたび、ひぐわああ！　と胸中でいかつい悲鳴を上げ、じたばたと動揺する有様だった。遊ばれている。

「……なにをしている」

突然、機嫌の悪そうな声が聞こえ、リスカは硬直した。

「フェイ！　ようこそお帰りなさいませ、お疲れ様でございますね！」

自分はどこの新米侍女だ、と我ながら突っ込みたくなるような支離滅裂な挨拶だった。

フェイはきつくリスカを睨むと、つかつかと歩み寄って、微妙に苛立ちを漂わせながら斜め前に置かれている一人掛けの椅子に腰掛けた。

ちなみに、ここはリスカに割り当てられた部屋だ。

貴族の屋敷というのはどの部屋も、清掃する者に試練を与えるためではないのかと疑いたくなるほど無駄に広く豪奢である。

寝台などは当然天蓋付き、光る鉱石をもちいて細かな波形模様を彫った四柱式のものだ。どこぞの麗しい姫君が眠るのに相応しい豪華な寝台だった。残念ながら寝るのは自分だが。

酒杯やらを載せた卓の横に置かれている新緑色のこの長椅子は、眠気を誘うほど柔らかく、座り心地がよい。

「フェイ、食事は……？」

たった今屋敷に戻ってきたばかりなのか、秋の匂いをたっぷり含んだ風の気配をまとっている。疲労感をにじませてフェイは髪をかき上げた。鮮やかな金色の髪が木漏れ日のようにきらきらと指のあいだを流れる。

「食事はいい。話のあとで」

リスカは姿勢をあらためた。彼の顔を見たとき、水に沈んだ首飾りが脳裏をかすめたが、都合よく記憶から消去することにした。

「とりあえず――」

「はい？」

「教会の件だがな」

「ははははいっ」

リスカは青ざめ、顔を引きつらせた。図らずも大虐殺の場と化した教会の件か。やはりセフォーと自分は、世を震撼《しんかん》させる史上最強の凶悪犯として各地に指名手配されたのだろうか？

「悪魔の仕業、ということで処理をした」

「悪魔……？」

あらゆる不吉な予想を裏切る突拍子もないフェイの言葉に、リスカは耳を疑った。

「そうだ」

確かに悪魔並みの凄惨凄絶な殺戮ではあったが……それですむものなのか。

「他にどう説明できる？　たった一人の剣術師が、騎士に剣も抜かせず全員を殺害したなどと説明しても、誰も信じぬ。また、騎士の沽券《こけん》にもかかわる話だ。ならば、騎士ですらかなわぬ人外の存在……悪魔の非道な所行としたほうが我らにとっても都合がいい」

というのは、おそらくリスカたちを気遣っての台詞だろうと思った。

口で言うほど事実を隠蔽するのは容易ではなかったはずだ。

リスカには推測できない形で、各方面へなんらかの代償を支払っているだろう。

「だけど、それではあなたの立場が」

「それとな」

フェイは明らかにリスカの言葉を遮り、しかめ面で続けた。

「フィティオーナ夫人についても同様だ。すべては悪魔のなせる業。よいな、おまえたちはもう、この件を忘れろ。口外はならぬ」

「お待ちを。王都ならばともかく、最果ての町に悪魔などが」

「水紫の高位悪魔、イルゼビトゥル」

——イルゼビトゥル!!

それはまた、ずいぶんと強大な悪魔を持ち出したものだ。

水紫の高位悪魔、イルゼビトゥル。水を自在に操る悪魔で、その性は淫猥、残忍。人をよく誘惑し、堕落させるという。人の世をかき乱すのが好きで、頻繁に顔を出しては、平穏の時を壊し波乱を招く。容貌は一国を傾けるほど、美しい。

「そのくらいの悪魔でなければ、説明できぬ」

うらむ、とリスカは呻いた。まあ、イルゼビトゥルが相手ならば、騎士団総軍を率いる覚悟でないと、力量的に拮抗しえぬだろう。

「でも、イルゼ……」

リスカが言いかけたとき、いきなりセフォーに片手で口を塞がれた。

なななに？　といささか狼狽しつつ、リスカは隣に座しているセフォーへ視線を向けた。

「名を」

セフォーは、いさめるように首を振った。

悪魔の名を呼んではいけない。おそらくそう言いたいのだろう。

リスカは怪訝に思った。自分は一応術師だが、召喚系の魔術は一切使えない。ゆえにここで悪魔の名を告げても、問題はないと思うのだが。

困惑したが、セフォーはただ「いけません」と警告するのみで詳しく説明しようとはせず、相変わらずの怜悧な眼差しをこちらに向けている。

ああこれはきっと口を割る気はないのだな、とリスカは察した。フェイが側にいるためだろうか？

「とにかく、そういうことだ。おまえたちはみだりに騒ぎ立てるな」

これ幸いという様子で、フェイは素早く話を打ち切ろうとした。

リスカは慌ててセフォーの手を外し、椅子から腰を浮かすフェイを呼び止めた。

「あのっ」

「なんだ」

実に面倒そうな顔をされたが、そこは礼儀を重んじる騎士。きちんと椅子に座り直した。

最初の最悪な出会いからは想像もできない寛容な行動だ。リスカは密かに感心した。

「なぜティーナは、伯爵に刺されたのです」

刺殺されねばならなかった理由がよくわからない。伯爵はティーナに愛情を向けてはいなかったのだし、関心を抱いていないどころか娼婦呼ばわりすらしていたのだ。

フェイは渋面を作り、軽く頭を垂らして指を組み合わせた。

「ティーナ付きの侍女から聞いた話だ。あの人は伯爵に手紙を出し、呼びつけたのだ」

「どこにですか」

「決まっている。自分が……背徳行為に耽っている様を目撃させるため、あの場に呼んだ」

リスカは教会の地下に存在する隠し部屋で目にした貴族たちの、乱れに乱れた姿を思い出し、複雑な気持ちになった。

いまさらではないのだろうか。伯爵はティーナがよその男性と、その、いや、快楽を分け合っているという事実など、最初から承知だったのではないか？

「愚問だな。単に言葉で聞くのと、実際に事実を目にするのとでは、受ける衝撃が違うだろうに」

そうだろうか。どちらも同じだと思うのだが。

「言葉のみならば、まだ否定もできる。だが、その光景を見てしまえば、もう自分にすら言い訳できない」

「そういうもの、でしょうか」

「仮にもあの人は、妻だぞ」

はっきりと、鈍感なやつだ、という呆れた顔をされたが、リスカにはやはり納得できなかった。

「初めは、伯爵のほうが、ティーナに惹かれたのだ」

「……えっ？」

「あの美貌だ。大抵の男は心を奪われる」

べ、別に羨ましいとは思っていない！　断じてっ。

妙に気合いを入れるリスカを訝しげに見ながら、フェイは先を続けた。

「ティーナは、冷めた女性だった。言い寄る男は皆、同じに見えると以前、零していた。彼女が軽い病を患ったとき、愚かな男たちはわんさとつめかけて、見舞いの品を置いていったという。花束や首飾り、腕輪、華麗な衣装。早く快復して美しい貴女の姿を見せてください、とこういうわけだ。しかし伯爵のみが、他の者とは異なる贈り物をした。遠い異国より取り寄せた薬と毛布。屋敷に上がりこんで、臥せるティーナを叩き起こすような真似をしなかった。養父と折り合いの悪かったティーナは、贈り物のなかに慎ましい愛情を垣間見、それで伯爵に傾倒したのさ」

ところが、とフェイは皮肉な顔をした。

「あれほどの美貌の持ち主が、なぜ自分の妻となってくれるのか。財産目当てではないかと、伯爵は疑心暗鬼の虜《とりこ》になった。あとは空回りばかり。あげく、かの者を疎んじる将軍の策略に足を取られ、落ち人の運命を辿った。類い稀な美貌は、場合によっては諸刃となるのだな。みずからの運命までも狂わせる」

決して伯爵はティーナを愛していなかったわけではないのだ。

「伯爵が狂うほど再興を願ったのは、おそらくティーナのためだ。また王宮に返り咲けば、ティーナの愛をも取り戻せると考えたのだろう。哀れなことだな。ティーナの愛は、初めから伯爵の手のなかにあったというのに」

リスカは——言葉を失った。

容姿や国籍が異なり、そして対極の性格を持っていても、友人という立場でなら良好な関係を築いていけることは多い。なのに愛情は、愛の形だけは違う。ぴたりと同じ大きさ、同じ向きで重ならないと、こうも歯車が狂う。なぜだろう。

「伯爵もティーナも、互いに弱みを見せられない人間だ。泣きつくことも引き止めることもできない。わかっていても、もはや自分では変えられなかったのだろう。……いつか最悪の事態になるのではと恐れていたが」

フェイは苦しげに小さな溜息を漏らした。

本心を覆い隠し、頑なな表情を浮かべて背を向け合うティーナたちの姿が、ふと脳裏によぎった。すれ違う心が発する悲しい嘆きを、とうとう互いに聞かないまま終わりを迎えてしまったのだ。それだけは、リスカにも理解できる。

変えられなかった二人の運命にやるせなさを感じて軽く唇を噛み締めたとき、些細なことだがひとつ引っかかりを覚え、躊躇いに似た曖昧な不思議さを抱いた。

フェイはいったい、どれほどティーナたちとかかわりを持っていたのだろう？

その疑問を口に出すべきか逡巡していると、ふいにフェイがなにかを思い出したという顔をして、懐を探った。

「これをティーナから預かっていた」

フェイが差し出したものは――金貨だった。

リスカは、フェイの手に載せられている金貨を凝視した。些細な疑問は、金貨の目映さを受けて呆気なく霞み、消えてしまった。いや、今後の生活に絶望的なほどの不安があって、つまりその。これは、いつぞや、押し問答の末、ティーナに返した金貨ではないか？

「おまえに渡してほしいと、ティーナの侍女が言っていた」

なんの冗談かと警戒したが、真面目な顔で見つめるフェイの様子に不審なものは感じなかった。だとすると、この金貨は真実、リスカあてにティーナが用意したものであるらしい。

リスカは少しのあいだフェイが差し出す金貨を睨みつけると、苦渋の表情を浮かべた。

「……受け取れません」

「なぜだ」

「いただく理由も、資格もありませんよ」

「俺に言われても困る」

助けを求めてセフォーを見上げたが、「我関せず」といった素っ気ない態度で横を向かれた。

ううう。困る。非常に困る。

「腐るものではない。貰《もら》っておけばよいだろう。今回、迷惑を被った代償として」

「これは使えませんから」

「使わずとも、とっておけばよいだろう」

「ですからっ。使いたくないから、貰えないのです！」

怪訝な顔をされてしまった。

なんというか、非常に現実的な問題を持ち出す自分がいやにさもしく悲しいのだが……店も荒らされたし、おそらく商品もまただめになっただろうし、そういった厳しい状況のときに金貨を押し頂けば、間違いなく冬越えの資金として使ってしまうだろう。

生活感溢れまくる自分の思考が虚しい。

「というわけで、この金貨はあなたが預かっていてください」

「馬鹿を言うな。俺が預かってどうする」

ええい、察しの悪い騎士め。あなたと自分では、生活の水準が天と地ほどに異なるのだ！

「使えない金貨です。けれども今頂いて、使ってしまったらどうするのです！　ひ、人には、明日の暮らしに対して差し迫った深い事情があるでしょうっ」

「……術師のくせに、生活が困難なほど貧しいのか？」

言うな、それを！

「ならば、この屋敷を使えばよいだろうが。衣食にも困らないだろう」

リスカは飛び上がりそうになった。悪魔だ、悪魔の誘惑だ。魅力的すぎるではないか。

「いらぬ」

よろしくお願いします旦那様、という狡猾《こうかつ》な台詞を声に出すべきか本気で検討したとき、今まで傍観者に徹していたセフォーが突然口を挟んできた。リスカは驚きで、再度飛び上がりかけた。

「せ、セフォー？」

「金ならばなんとでも」

まさか強盗とかするつもりですか。

どこぞの裕福な貴族を闇討ちして金品を強奪するとか。思わず恐ろしい想像を巡らせてしまう。

はらはらしつつセフォーを見上げると、驚異的に凍えた瞳とばっちりかち合った。

「あなたは」

「は」

「理由」

「ひ」

「屋敷に？」

「う」

セフォーの端的台詞を解読してみよう。「あなたは金がないなどのくだらぬ理由にとらわれ、今までこの屋敷に留まっていたというのか？」といった詰問的意味合いの気がする。

「え、ええと」

いや、どちらかといえば蓄えの有無の問題よりも、セフォーが町に混沌と恐怖をもたらす最強極悪犯として手配される事態を恐れていたため、フェイの保護を受けたのだが……嘘偽りない本音をさらに吐露させてもらえば、再度セフォーが凶行に及び、騎士を血祭りにあげるのではということをなにより危惧していたのだが……言えない、これぱかりは。

「俺にも責任がないわけでは……ない。おまえの店を荒らしたのは俺……俺の部下ゆえ」

微妙な間に真相が隠されているのではと思わなくもなかったが、後ろめたそうな顔をするフェイを見てしまうと、それを意地悪く指摘する気にはなれなかった。

フェイには散々迷惑をかけていることでもあるし、不問にしておこう。

「金がないというならば、いくらか援助しよう」

ああ悪魔の誘惑が再び。もう堕ちてしまっていいだろうかと、リスカは自分に問い掛けた。

「いらぬ」

愛想もなにもない冷淡なセフォーの声で、確実に室内の温度が低下した。

完璧な拒絶にフェイはえらく苦々しい表情をしたが、反論の言葉を口には出せないようだった。

まあ心中は察してあまりある。命の危機とかなんとか。血の宴とか。うむ。

「リスカさん」

リスカの未練たっぷりな表情が気に障ったのか、セフォーにくいっと顎を掴まれた。

間近で銀の眼差しと衝突してしまう。ああその瞳の色、まさに寒風吹き荒れる冬海のごとしですね、この世のありとあらゆる冷たいもの冷酷なもの凄惨なものをこれでもかと詰めこんだ地獄の宝箱的双眸ですね、とリスカは無礼な感想を内心で述べつつ青ざめた。小鳥がそうっと椅子の背もたれのふちへと避難したのに気づく。ひどい。

「……すぐに決めることでもないだろう」

たとえようもなく不機嫌なフェイの声がした。

リスカはあわあわとセフォーの手から逃れ、見つからないよう一息つく。

「ああ、あの魔術師、目を覚ましたそうだ」

「ええ？」

なぜそれを早く言わないのか！

リスカは長椅子から飛び降りて、駆け出した——いや、駆け出そうと試みた。

「うわわっ」

やたらと毛の長い絨毯に足を降ろす直前、ひょいっとセフォーに腕を掴まれたのだ。

勢い余って、セフォーの膝に座ってしまう。

「あなたは」

「……は」

厳しい真冬の風に匹敵する視線ですよそれ、喜んで気絶しますよ私、とリスカは内心で情けなく訴えた。脆弱である。

「懲りぬ」

す、すみませんっ、と無我夢中で泣き出したくなった。

「行かせてやればよいだろう」

天の助けのようなフェイの言葉が聞こえた。が、フェイはなにげにセフォーから視線を逸らしている。いや、正面からセフォーと張り合えなどと無謀なことは言わないが、そこまであからさまに虚空へ顔を向けるのはどうなのか。

室内に充溢するこの寒々しい空気はなんなのだろう。氷雨が降っても不思議ではない冷たさだ。

「セフォー、あの、ちらっと、顔を見てくるだけでも……」

「リスカさん」

「はいっ」

「半刻」

「え？」

「いいですね」

もしや、半刻だけなら許してやるので行ってこい、という意味でしょうかセフォー。意図を正確にはかりかねて、戸惑いを覚える。

セフォーは、ふとリスカの耳に囁いた。

「それを過ぎれば、この男を殺します」

「……」

「いいですね？」

「ははははい！」

渾身の力を込めてうなずいた。

不思議そうな顔をしているフェイに、「半刻だけという約束を破ればあなたの命はありません、ごめんなさいね」という言葉をどうしても告げられないリスカだった。

リスカは虚ろな笑みをフェイに振りまき、素早く部屋を出た。

＊　＊

リスカは、廊下の途中で足を止めた。

ジャヴに膝をついて謝罪しなければならないことがある。

もちろん、セフォーが殺めてしまったシエルのことだ。

だが今のジャヴはきっと、シエル殺害の件について冷静に話ができる状態ではなく、現実を固く拒絶しているに違いない。ずっと目覚めずにいたのはそのせいだろう。では、心を閉ざしてしまっている彼を、どういった言葉で呼び戻せばいいのか。

無力な自分になにができるだろう。

ティーナの言葉、シエルの言葉、フェイの言葉、そして——セフォーの言葉。

幾つもの言葉がリスカの胸のなかで熱を持ち、渦巻いている。

リスカは汗ばむ手を握り締めた。曖昧だった真実の影が、ようやく輪郭を作り始めている。

今まで目を逸らし続けていた、闇夜のような暗い感情に彩られながら――。

傷つくことを、傷つけることを覚悟して、リスカは再び歩き始めた。


【2】


豪華な部屋の寝台に寝かされているジャヴは、まるで精巧な人形のようだった。

リスカは寝台の端に腰かけて、柔らかな枕に広がるジャヴの髪を丁寧に整えた。

「ねえ、そろそろもう起きないと」

呼びかけるリスカの声に、ジャヴが瞼を開き、ゆっくりと瞬いた。夢見心地の表情だ。

「ジャヴ?」

「――なぜ」

聞き取りにくいかすれた声で、ジャヴが問うた。視線はぼんやりと、寝台の天蓋を彩る女神の絵をなぞっている。

「困った人ですね。いつまでも迷夢の最中を漂うなど、あなたらしくない」

「なぜ、目覚めを促す」

「起きてほしいからですよ」

不安定な感情を映す碧色の瞳が、枕元に腰掛けるリスカをようやく捉えた。

「余計な真似を」

「ええ」

飄然《ひょうぜん》とリスカは答えた。側にいれば罵倒されるだろうということは、ある程度予測済みだった。

「下等な魔術師風情が」

「はい、その通りですよ」

リスカは軽く答えながら、ジャヴの髪を何度も梳く。

若い魔術師たちの憧れであった人。本人に伝える度胸はないが、憧憬を向けていたのはリスカも同じだったのだ。

女性の魔術師ならば、誰もが隣を歩くことを望んだ。頬に艶を乗せ、恋情の眼差しで彼を追っていた学徒たちを何人も見た。栄えある日々を嘱望されていた魔術師だったのだ。

「ティーナは？」

「聞かずとも、賢明なあなたならわかるでしょう」

「では、なぜ私のみが生きている？」

「神のご意志でしょうか」

「神など！」

ジャヴは横を向き、痛烈な勢いで吐き捨てた。

「神も人もいらない、出ていけ！」

「と言われましても、ここはとある騎士様の屋敷ですし、その騎士様に滞在の許可はいただいてますしね」

「じゃあ私が出ていこう」

「立ち上がれないでしょう？」

ジャヴは半身を起こし、寝台から降りようとした。その結果は目に見えている。四肢に力が入らず、糸を断ち切られた操り人形のように、床に崩れ落ちてしまう。

手を貸そうとして、リスカは躊躇した。こちらを睨む目には、憎悪と嫌悪が双子のように宿っている。なにもかもを罵りたいという荒んだ目だった。自分のことすらその枠内にあるだろう。

これはだめだ、優しく諭すのは逆効果になる。

リスカはなるべく……無慈悲に聞こえるような声を出し、彼の気を引いた。

「一人では立つことすらできない事実を、あなたは自覚するべきだ。そして今の自分の姿をより理解すべき」

「――穢れし砂の使徒が、私を貶めるつもりか」

「その穢れた砂の使徒にまで見下されるあなたは、いったい何者なのか」

食いついてくれたことにひっそりと安堵しつつ、あまり得意ではない冷笑を浮かべてみた。

「身をわきまえないか、魔術すらろくに操れぬおまえに、なにがわかる！」

「魔術しかまともに操れないあなたの目には、なにが映る」

腰をすえて痛烈な舌戦に挑むことにする。

リスカは冷徹さを見せるように、感情を押し殺した声音を心がけた。慈悲よりも、打ちつけるような冷たさを全面に出すほうが、きっとジャヴを揺さぶることができるはずだった。

なぜなら攻撃や侮蔑の言葉というのは、大抵の場合、口にした当人にとっても耳に痛いものであるためだ。そして今の彼は、攻撃したくて、されたくて、たまらない顔をしている。抱えきれない苦しみを、別の苦しみで隠そうと。

「おまえの姿など見たくもない、はやく、出ていけ！」

「だったら自分の足で歩いていけばいい――それほど強大な術を操るのだから、歩くことくらい」

子どもの癇癪のように枕を投げつけられた。危ない。本当は驚いたが、余裕そうに受け止める。

「卑小な術しか操れぬ使徒が、この私を嘲るのか！」

「私に嘲りの言葉をもたらしているのは、あなた自身だ」

ジャヴが一気に顔を紅潮させた。膨らむ怒りで呼気が荒くなっている。

リスカはその激しい感情、怒りを支えようと立ち上がる意志を、じっくりと見据えた。

彼は突き抜けるようにして鋭く考えるだろう、なにがリスカにとって最も効果的な一撃となるか――めまぐるしくも理性的に、純粋に、考える。その思考こそ、リスカの望むものだった。

狂気の影がない怜悧な怒りを抱けるうちは、自分を捨ててはいないという証になる。

放っておけば怒りの火はやがて消え、灰色の死を呼んでしまう。だから燃やしてやろう、ずっとずっと燃やしてやろう、怒りのあとに、生きる意欲が芽吹くまで。

友となったティーナに、この人を温めるようにと頼まれたのだから。今度こそ死なせない。

「生まれながらに堕落の刻印を持つ使徒に、嘲笑を受ける謂れなど！」

「生まれ持った資質を捨てて堕落の日々を送るあなたに、どんな賛美の声をかけろと？」

ジャヴはゆらめく瞋恚《しんい》を瞳に宿し、リスカを睨み上げた。

すぐさま、汚いものでも見たように大仰に顔を背ける。

「もういい、話したくもない！」

「嫌です、私は話したい」

愕然と振り向いたジャヴの前に屈み、再び顔を背けさせないよう、深まる夜の色をした髪を乱暴にぎゅっと掴んだ。ちょっとこの動作はセフォーっぽいかもしれない、と頭の片隅で思った。

眦《まなじり》を吊り上げ、リスカの手をはたき落とそうとするジャヴと睨み合う。

「だけどあなたの望む話などしない。鞭のような言葉だけを」

「非力である者の言葉など、誰が聞きたいと思う！　浅はかな甘さを望んでいるのはおまえなのでは!?　世を知らぬ赤子のように、力もないのに、ただひたすら無責任な享楽だけを！　他者の嘲笑に耐えられず塔より逃げ出しておきながら、したり顔で私に空疎な弁をふるうなど笑わせる！」

「知らないんですか、愚者の言葉こそが最も尊く、石より固いことを。だから賭事の札の表裏にも、聖者と愚者が描かれている」

「賭事!?　馬鹿げている、こんなときに、賭博の話をしろとでも」

「それならあなたが死を弄んだ話にしますか？　賭博よりも淫らな、貴族の遊びについてを？」

言葉にならないほど腹が立ったらしい。リスカを乱暴に押しのけようとするが、今のジャヴは病み上がりで、子どもよりも体力がないのだ。

「楽しかったですか、堕落の日々は。幻の喜びに酔うだけ酔って、泥の愉楽に首までつかって、それがあなたの求める日々だったんですか。本当に満足したんですか」

「愚弄するのか！」

「私は事実だけを見て言っています」

「事実！　なにも見ていないくせに！」

セフォーの言葉が蘇り、深く胸を刺したが、その痛みはやりすごした。

「ではあなたはなにを見たんですか。見ていない私に教えてください」

「――言う必要など！」

「必要の問題ではないでしょう」

リスカは言葉を挟ませないよう、声高に言い放った。

「見ていない、あなた自身が見ていない。幻のなかでの幸福を選んだからだ、かりそめの喜びに惑わされたから！　死に至る媚薬。外から見れば凍える地獄、だけども、なかから見れば、きっとめざましいほどの楽園だったんでしょう。その幻はどれほど平和でしたか、白夜のように明るく初夏のように緑芳しく、触れるものはみな聖母の吐息のように清らかだった？　そこではあなたの求める人は絶え間なく微笑み、叡智の書を開いて、鳥のような快い声で朗読を？　そして求める物は望むだけ手に滑りこみ、すべて傷ひとつなく磨かれていた？　身に浴びる水は新雪を溶かしたもの、まとう衣は水辺の天女が楽土の鳥の羽で織ったもの？――そんな温もりのない屈辱的な楽園が、どうしてこの現実に勝てるのか！」

「黙れ、黙れ！」

「黙りません、あなただってわかっているはず！　幻を壊すことを望んでいたくせに！　そもそも死に至る媚薬の実験台となったのは、声なき抗議だったのでしょう」

「違う、勝手な憶測を」

「声を上げるべきだった、幻のなかではなく、求める人の腕を、自分の手で掴んで！　そうしたらあなたの体温を、その人は――シエル殿は感じたはずでは!?」

「やめろ、リル！」

「それとも諦めたのか、あなたから手を離して逃げたのか。シエル殿が欲に落ちたからか、軽蔑しないためなのか、醜い姿に恐れたからか、狂人のように服を逆に着こんで笑ったからか、栄華の一切に見放されたからか！」

「リル、リカルスカイ、もうやめろ――！」

ジャヴは耳を塞ぎ、うずくまった。ひどく胸が軋んだが、ここでやめてしまえばもっと事態を悪化させることになる。

リスカはその腕を取り、顔を上げさせた。ジャヴの瞳から怒りは消え、涙が溢れていた。

本来ならば、リスカが駆使する舌先の論理などに負ける人ではない。言葉による応酬に対処できないほど、ジャヴは衰弱している。

それでもなお、胸に蔓延《はびこ》る暗い熱を吐き出させるのが先だった。

「違う、私は、私は、あの方を見捨てていない。この世の誰が背を向けようとも、私だけは、師とともに」

　ジャヴが顔を歪め、大粒の涙をこぼす。

「師を救おうと！　師の心を、苦痛を、和らげるために！　だからなんでも聞く、どんな命令でも、腐水をすすれというのならそうする、腕を切り落とせというなら、喉を突けというなら。死の薬でもなんでも飲み尽くす！　なのに、あの方は私を遠ざけた。なにも望もうとしなかった、私は弟子であるというのに。私を見ようともせず、去れと一言！」

　がくりとジャヴは項垂れた。

「私がどんなに懇願したか。去れとおっしゃるばかり、近づくな、かかわるなとおっしゃるばかり。だがどこへ行けと？　師の側以外に、私の場所などあるものか」

　拒否の言葉は、リスカの耳には別の印象をもたらした。

　ジャヴの師であるシエルの懊悩《おうのう》が、そこに見えはしないか。

　ジャヴが捧げる愛情は、きっと純粋すぎていたたまれなかったのではないだろうか。

　未来を期待された魔術師であり最も大切な愛弟子が、築いた栄光を投げ出し、すべての可能性を抛《なげう》ってまで、落ち人となった自分とともにあることを望むという。まるで殉死と変わらない。

　崇高な愛情に対して、シエルは嫉妬さえ向けてしまうだろう。手酷く拒絶しても離れない健気なジャヴを哀れみ、一層みじめにもなったろう。やがて愛よりも強く、憎悪すら芽生える。

　この神聖さ、一途さが、シエルを余計に追いつめたのかもしれないなどと、どうして言えるだろうか。

　自分を顧みない献身的な愛など、リスカは知らない。けれども、身を焦がす嫉妬ならば、理解できる。

　リスカは砂の使徒で、いつも誰かを羨む立場にいたのだから。現在もまだ。苦悩はもはや自分の影になっている。

「なぜ、なぜ、シエル様は私を見捨てた⁉　私は栄華など求めない。名誉など必要としない。シエル様だとて、そうではなかったのか、それが、なぜ」

　ジャヴ、あなたがいたからだ。

　あなたがいつか見せるだろう落胆や、侮蔑に、シエルは怯えていたのだ。

　過去が輝かしいほど、現状のみじめさがより明瞭に映る。シエルは、いずれあなたの心が離れるのではと――猜疑の念に押し潰され、ありもしない幻影に囚われて身を落とした。

　ティーナの愛を取り戻そうと、道を踏み外した伯爵のように。

　リスカは、ようやく真理に手を触れた。だが、決して心に安息をもたらさない真理だった。

「シエル様は、師はどこに！」

　リスカは首を振る。言えなかった、セフォーが殺したのだとは。リスカが殺させたようなものなのだから。

　弱々しい力で腕を掴まれ、縋るような眼差しを向けられる。

「ジャヴ――シエル殿は、最後まであなたを愛していたと思います」

「偽りを！　師は、私を見捨てたのだ！」

リスカは過去形で語っている自分に気づかなかった。

そして、その事実を、ジャヴが咎めなかったことにも思い至らなかった。

「いいえ、見捨てることで、あなたを光のなかへ戻そうとしたのです」

「光など、どこにある！」

「あなたの側に。あなたの心に。シエル殿が語った言葉は、今もあなたのなかにある。あなたの血となり、肉となり、安らぎとなる」

虚ろな、形式的な台詞しか吐けない自分に恥を思う。

リスカは知らないから。彼らのような、愛ゆえの狂おしい熱情を、抱いたことがない。

「戻れない。光のなかへなど。私は穢れすぎて」

「穢れは払えるものです」

「どう払う、この身を染めた汚穢を、いかに拭うという！」

ジャヴはリスカの肩に、額を押しつけた。寒さに震える子どものような仕草だった。

「なにも、なにも救えない、私は、師さえ、救えずに」

リスカはきつくジャヴの手を握った。冷たい手に、ふうっと息をかける。

「なにも救えぬことはないでしょう。例えば、私は今、悲しい。あなたが嘆きの底に埋もれたままです。私は辛く思って、涙を落とす。あなたが救ってくれるというのなら、嘆きの底から這い上がって、どうか私の涙を拭ってください」

振りほどかれそうな手を、リスカは離さなかった。

ティーナ、あなたは、ただ手を取ってほしかっただけだと言いました。

だから私は、ジャヴの手を離さないように。

本当はわかっている。ジャヴの心を蝕む喪失は、ちっぽけなリスカの存在では拭えない。彼が求める人の手はもう存在しない。

それでも、ジャヴがどれほど解放を願っても、まだここには彼の生を望む者がいる。

「穢れている、私の手は、もう」

「そうですか。でもこの世に穢れを知らぬ手など存在するでしょうか。そんなのは——神の御手だけで十分ですよ」

「なにも知らぬくせに。堕ちるために他人の妻を抱き、夫を抱いた、醜い振る舞いばかりを」

震える言葉を吐き出すジャヴを、リスカは悲しい目で見つめる。

「望まないことばかりが次々と。いつから私はこれほど醜く穢れた者に？」

リスカは答えられなかった。

ジャヴの言う穢れは、真の穢れではない。たとえ誰と交わっても、それは、シエルが堕ちた地獄とは違う。

なぜならば、才に溢れながらもその価値に固執しない彼は、人を妬むことを知らない。

自分を犠牲にしてまで、他者を穢したいと思う狂気を超えた心の闇に、ジャヴが囚われることはない。

身を汚濁のなかへ浸しても光を失わない魂。ジャヴは本当の意味で、他者を羨むことはない。羨望は邪悪な面を持つものだ。わからないだろう、ジャヴ。あなたは生涯、その神聖さゆえに、わからないだろう。

ゆえにシエルは、あなたを通して、自分のなかで息をひそめていた醜悪の淵を見てしまったのだ。自分を穢れていると思いこむジャヴやティーナ。しかし彼らは気づかない。シエルや伯爵、そしてリスカが、どういった目で彼らを見ているのか。

なにひとつ穢れていないのに。なにも醜いところなどないのに。

そう妬んでしまう、この心の卑小さ。

リスカは確実に、シエルと同じ側の人間だった。だからこそ理解できる。

他人が持つ、自分には与えられないもの。不幸ばかりが自分の周りに当然の顔をしてあるような。嘆き、憎んでいくうちに、疲弊する。目を閉ざし、なにも感じなくなればいいと、願わずにはいられない。

向けられるひたむきな愛情が、心を癒すものではなく、死に至る劇薬としか感じられなくなる。

そうか、だからシエルは、死に至るという媚薬を作ったのだ。

誰よりも誰よりも愛しく、同時に、憎まずにはいられない愛弟子のために。

魂の糾弾。甘い毒のような無償の愛。

シエルは溺れたかった。けれども、最後の最後で自尊心を捨てられなかった。弟子を遠ざけようとしたのは、かろうじて残されていた正気が訴えたためだろう。

「ねえジャヴ。そんなに穢れを知っているというのならば、逆にあなたは人の穢れを癒すことができるとは思いませんか。誰もが眉をひそめるようなことでも、あなたは目を逸らさず、見守れる。摂理の図には、必ず光と影が描かれる。相反するなにかがあらゆるもののなかに存在するから。生には死、希望には絶望、善には悪。穢れはいつしか、聖なるものへ」

もう一度、ふうっとジャヴの手に息を吹きかけた。

人世はいつだって忙しなく、小石につまずくようにして困難や悲しみに行き当たり、不意の喪失に立ち尽くす。その負担を少しでも減らすためにあくせくと生きる者の姿は、とても美しいとは言えない。それでも時々、命というのは、土をくっつけた新芽のように、ひどく尊く思えるものだ。

「ジャヴ。穢れていてもいいから、幻ではなくこの現実でたくさん生きてください。きっとその苦しみが軽くなるように、私、なんでもしますから」

震えるジャヴの頭をリスカは抱え込んだ。彼はそのまま、ずるずると崩れ落ちて、リスカの膝に顔を埋める。

リスカは丁寧にその髪を撫でた。ただ嗚咽のみが静かに響く。

「大丈夫、もう大丈夫です」

自分に言い聞かせるように、繰り返す。

リスカが閣下との恐ろしい約束を思い出したのは、ジャヴがわずかばかり冷静さを取り戻した頃だった。

すでに室内には夜の色が満ちていて――。

確か半刻を過ぎれば、フェイは死ぬ、とかなんとか。

セフォーの容赦ない残酷な宣言が頭をよぎり、リスカは思わず口を開け、両手で頬を押さえた。

リスカの膝の上で微睡んでいたジャヴは、異様な気配を察したのか、ふと顔を上げた。

「ジャヴ、少々お訊きしたいのですが……っ。わっ、私がここへ来てから、半刻、過ぎているでしょうか。いいえ、過ぎていませんよね、過ぎてないと言ってください」

「一刻以上はとうに過ぎているだろう」

「嘘です。嘘と言ってください！」

「嘘」

「あからさまな嘘など聞きたくありませんっ」

「君が言えといったのに」

あああああ、とリスカは恐慌状態に陥り、視線をさまよわせた。フェイの命が。どうしよう。

「どいてくださいっ」

リスカは未だ膝の上を占領するジャヴを手荒く押しのけようとした。邪魔だっ。

その行為に、ジャヴはむっとしたらしい。

「どこへ行くのかな」

動こうとした瞬間、引きとめるようにゆるく腰を抱きしめられた。

「離しなさい、それどころではないのです！」

もう手遅れやも知れない。血溜まりのなかで息絶えているフェイの姿を想像し、冷や汗が出た。

ジャヴが据わった目をしたのにも気づかなかった。

「いいのか？」

「なにがです！」

「飛び降りようかな」

「な」

「君が行けば、私はその窓から飛び降りようかな」

なっ……。

「師に置き去りにされ、そしてティーナにも。あげく君も……となれば、私はとても立ち直れない」

「わざとらしい！　今ものすごく演技的な気配を感じましたよ！」

「なんてむごい。傷心の私にさらなる痛みを？」

「いいですか、人の命がかかっているのです」

「私の命より大事だと？」

思いきりジャヴの頭をはたきたくなった。なんだか妙に図々しくなっていませんか。開き直りすぎですよ、と大声で注意したくなった。する勇気はなかったが。

リスカは絶叫する寸前で思いとどまり、髪を掻きむしった。

「冗談だよ、怒るな。それよりね、手を貸してほしい。寝台に戻りたいのだが」

一人で戻れ、と言えない弱気な自分が悪いのか。あんまりジャヴが弱々しく頼むものだから、ついほだされる……それどころじゃないのだが！　万が一にでも、無慈悲に突き放されたと落胆して本当に身投げをしてしまったら、目も当てられない。

肩を貸して、やや忙しなくジャヴを寝台に戻し――。

「うぉわっ」

女性らしさ皆無の悲鳴を上げてしまった。

薄闇のなかでもきれいに輝く瞳が、いやに近い。それもそのはず、なぜかリスカまで寝台に転がされている。誰もかれも、甘い顔をすればいい気になって！

「リスカ。リル。夜はこれから始まるのだけれどね」

「そうですか、勝手に始まってください」

覆い被さるジャヴの身体を脇へのけようとしたが、さっきまでふらふらだったのは嘘だったのかと疑いたくなるほど、びくともしない。

「私は基本的に美女が好きなのだけれど」

「なんです、その基本的というのは！」

つい突っ込んでしまう自分を殴打したくなった。だが聞き流したら、なにかが終わる気がした。

「まあこのような状況だし」

「状況とはいかようにも変化できるものです」

「なぜだか、先ほどずいぶんと酷いことを言われた気がしてね」

「私だってかなり酷いことを言われましたよ」

「そうか、では慰めてあげようか」

「結構です、重いからどいてくださいっ」

リスカは最高潮に狼狽えつつ、顔を背けた。逃げ出そうにも、のしかかられているので動けない。

「ジャヴっあんまりではないですか、あなたを心配する私に対してこの仕打ち！」

だいたい、この状態をセフォーに知られたら。

セフォー。そ、そして、フェイ。

「こここ殺される!!」

「なに？」

血の塊となる細切れにされる屍と化す。リスカは、死に物狂いでジャヴの下から逃れた。

呆気に取られるジャヴを置き去りにして、リスカは天まで届くほど絶叫しながら、走り回る。

「セフォー、早まってはいけませーん!!」


【3】


「セフォー、セフォー！　どこですかー!!」

ぽかんとする侍女やら下働きの男やらの脇を、目にもとまらぬ勢いでリスカは駆け抜けた。

ついでに通りかかった執事の首を締め上げてフェイの行方を問いただしたり、階段の手すりに乗って召使いの女から幸せそうに木の実をもらっていた小鳥をつかまえ、無理やりセフォーを探させたりしたが、地団駄を踏みたくなるほど見つからない。

「ううう」

リスカは通路の途中で屈みこみ、ひとしきり呻いた。

今頃フェイはセフォーの手にかかり、どこかの茂みの陰で朽ち果てているのか？　いや、窓から吊り下げられているとか。

あるいは、口にも出せぬ恐ろしい拷問を受けたあと、手足を細かく刻まれたのか。

すみませんフェイ、あなたを見殺しにして……とリスカは想像のなかでフェイをすでに亡き者として捉え、悲嘆に暮れた。

「なにをしている？」

一人涙を拭い冥福を祈るリスカの背後で、不思議そうな声が響いた。

「フェイ!?」

「……なんだ、その反応は」

仰天しながら振り向くと、幾分くだけた衣服に着替えてこざっぱりとしたフェイが立っていた。

「フェイー！」

「な!?」

思わず飛びつき、命の無事を確かめながらぱしぱしと背を叩く。

「あああぁよかった、野ざらしにはなっていなかったのですね！　神よ感謝します」

「な、なんの話だ。野ざらしとはどういう意味だ！」

「いいのですいいのです、世界には知らぬほうがよい拷問方法があるのですよ」

「拷問？」

「フェイ、私も頑張りますから、なんとか生き延びるのですよ」

「はあ？」

これが今生の別れになるやも知れぬ、とリスカは急に感傷的な気分になり、フェイの手を強く握って目を潤ませた。

「なっ、おまえ、なにが……」

わけがわからない様子で動揺するフェイに「いざさらば」と告げて、リスカは再度、全力疾走の人となった。

＊　＊

――セフォーが見つからない。

激しく息を切らし、リスカは悩んだ。

月が煌々《こうこう》と輝く夜。屋敷中をかき回し、衣装部屋や棚、調理場なども覗き、さらには浴場、厠《かわや》なども確認したが、影も形も見あたらない。

見張り番と出会うたびに問いただしたが、誰も見かけていないと返答するし、実際、敷地内から出た形跡はない。リスカは走りすぎて、今すぐ寝転びたいと思うほど疲労していた。自慢じゃないが、体力には自信がない。

まるで、セフォーと初めて会った夜のよう。ひどく疲れて、目も足も限界に近い。

「セフォー」

なぜいないのか。屋敷の外に設けられている庭園にまで出て、徹底的に捜索しているのに。

「セフォー」

名前を呼んでも、返る言葉はない。

「私は、あなたを追っているのです」

時々でよいから、追えと言われた。

こうして今、リスカは静かな夜を駆けている。

もう少し追わなければ、あなたには辿り着けないのか。

リスカはふっと息を落とし、空を見上げて、再び駆け出した。

＊　＊

秋花が咲き誇る花園で、ふと、気配を感じた。

よほど腕のいい庭師を雇っているのか、奇麗に整えられている花園には、花と蔦、草のみで造られた巨大な像が点在していた。それらは天使の姿であったり、妖精の姿であったり、乙女の姿であったりと、ひどく幻想的な美を描いている。

花園内を探し回って途方に暮れたリスカの目に、微睡む天使の花像が映った。

リスカは天使の花像の羽を両手でかきわけた。淡い色の花々で造られた天使の羽。月と星が、瑞々しく輝く花びらを照らし出す。

「あ」

媚薬のように香る花が、甘く切なく心を溶かしていく。

くらりとするほど強い芳香に酔い、月明かりに身を浸し——。

「セフォー」

微笑む気配。

花像のなかの空洞に手を伸ばしたとき、リスカは捕らえられた。

「せ、セフォー」

一転する景色。空洞のなかへと引き寄せられ、驚いて顔を上げれば、目映くきらめく銀づくしの人がいる。

花々の隙間から差し込む月明かりが、さらに香りを高めていた。

「遅いです」

この可憐な状況に似合わぬ淡々とした声に、リスカは思わず笑ってしまった。

「すみません」

まるで花に抱きしめられているようだった。体内に染みこむ馴染みの深い香りが、優しい安堵感をもたらしてくれる。

「リスカさん」

そっと肩を抱かれ、髪を撫でられた。疲れのせいか、香る花のせいか、ほうっと緊張が解け、リスカはいつになく素直にセフォーの胸へもたれかかった。

「少し、疲れました」

そう言うと、労るように頬を撫でられる。

「ゆっくり眠りたいな」

短い日々に、目まぐるしいほど様々なことがあった。出会いと別れ。痛みと喪失。平坦だった世界に、突然多彩な色が与えられたようだ。

「眠ってください」

静かな声に促され、リスカは深い吐息を漏らした。花と月と銀の翼に抱かれ。

「ありがとう」

リスカは微笑み、目を閉ざす。


ちなみに——目を覚ましたとき、リスカは見慣れた自分の部屋に寝かされていた。

どうやらセフォーは、花園で眠ったリスカを抱きかかえて店まで運んでくれたらしい。

荒れていたはずの店内は、可能な範囲で小奇麗に清掃されていた。たぶん寝ているあいだに、意外と几帳面なセフォーが片付けてくれたのだろう。

ううむ、フェイになにも言わず戻ってきたことになるのだろう……いろいろと世話になったのだし、ジャヴの様子も知りたいし、やはり一度挨拶に行くべきか。セフォーの視線をかわせたらの話だが。

というより、今店に戻っても、売りに出す商品がないのだけどなあ、などと悩んだ次の朝。

フェイから大量のクルシアやその他の花が届けられた。

その後も数日のあいだ、食べ物やら宝石やらが届いたが――。

自分は食べ物さえ足りないほど貧困に喘いでいると、フェイに思われているのだろうか。

リスカは一人、項垂れた。


――まさか、この早朝に届けられる食べ物や宝石が、新たな騒動の発端になるとは、誰が予想できただろうか。

リスカの日常は本当に、賑やかなものに変化してしまったらしかった。

日々は続く。途切れることなく続いていく。

喜びも驚きも悲しみも、すべてひっくるめて、多彩に。

← セフォーの襟
ここらへん
リカルスカイ＝ジュード
150cm
くらい
ギリッ…
ひゃあああぁ
ヤァー

セフォード＝バルトロウ

花術師《かじゅつし》

2012年4月25日　第一刷発行

著者　糸森《いともり》　環《たまき》
発行者　赤坂了生
発行所　株式会社双葉社
〒162-8540
東京都新宿区東五軒町3－28
電話　03－5261－4818（営業）
03－5261－4828（編集）
http：//www.futabasha.co.jp
（双葉社の書籍・コミック・ムックが買えます）
印刷・製本所　図書印刷株式会社
イラスト　成家慎一郎
ブックデザイン　金上倫子

ISBN 978-4-575-23765-8 C0093